在丽江，遇见你

木成舟 著

陕西新华出版传媒集团
太白文艺出版社·西安

图书在版编目（CIP）数据

在丽江，遇见你 / 木成舟著. -- 西安：太白文艺出版社，2023.1
 ISBN 978-7-5513-2229-4

Ⅰ. ①在… Ⅱ. ①木… Ⅲ. ①长篇小说－中国－当代 Ⅳ. ①I247.5

中国版本图书馆CIP数据核字(2022)第179583号

在丽江，遇见你
ZAI LIJIANG,YUJIAN NI

作　　者	木成舟
责任编辑	靳　嫦　汤　阳
整体设计	悟阅文化
出版发行	陕西新华出版传媒集团 太 白 文 艺 出 版 社
经　　销	新华书店
印　　刷	成都市兴雅致印务有限责任公司
开　　本	710mm×1000mm　1/16
字　　数	230千字
印　　张	20
版　　次	2023年1月第1版
印　　次	2023年1月第1次印刷
书　　号	ISBN 978-7-5513-2229-4
定　　价	68.00元

版权所有　翻印必究
如有印装质量问题，可寄出版社印制部调换
联系电话：029-81206800
出版社地址：西安市曲江新区登高路1388号（邮编：710061）
营销中心电话：029-87277748　029-87217872

目录
CONTENTS

第一章 ～ 1
第二章 ～ 16
第三章 ～ 30
第四章 ～ 40
第五章 ～ 71
第六章 ～ 82
第七章 ～ 93
第八章 ～ 107
第九章 ～ 129
第十章 ～ 147

第十一章	、	160
第十二章	、	182
第十三章	、	207
第十四章	、	225
第十五章	、	236
第十六章	、	244
第十七章	、	260
第十八章	、	273
第十九章	、	290
第二十章	、	301

第一章

奕琳一边收拾行李，一边回想起昨夜的梦。

她梦到溺水，自己犹如无根的浮萍般，在水里浮浮沉沉，然后漂到一座岛上，浑身湿淋淋的，爬起身，走向岛的深处。

岛上有无数伟岸的树，无数奇幻的花，到处都弥漫着温暖与治愈的声息。

她这次的目的地是云南。

丽江、香格里拉、泸沽湖，这些地方都曾令她心生向往，她正好借着这次休假，随心所欲地去飘荡一回。

预订的是北京至昆明的夜间航班，十九时起飞，二十三时十分抵达。

奕琳趁着父母下班回到家之前，悄然离开了家。留了张便条，说临时被派出差，不用预留她的晚餐。

到达机场时，夜幕正降临。

机场内灯火通明，人影幢幢，人们步履匆匆。

奕琳很快进入游客状态，有几分忘我。

在昆明住宿过一晚，第二天转乘火车，午时，便抵达了丽江。

出发之前，奕琳已经预订好了一家古城客栈，是一家网红客栈，名叫"在·自由"，老板娘网名叫方姑娘。

原定是方姑娘派车来接的，但接人的车一早去了机场接客，不知何故，迟迟未归。

方姑娘在电话里连声道歉，让奕琳在火车站等一等。

奕琳表示没关系，自己可以打车过去。

方姑娘微信发来客栈的定位。

奕琳打车来到古城入口，按照地图导航，七拐八拐地找到了方姑娘的"在·自由"客栈。

方姑娘热情地招待着。比起网络视频里那个飘飘若仙的唯美姑娘，现实中的方姑娘似乎要逊色不少，看起来也不像是姑娘，倒像是三十出头的样子。

奕琳起初以为是其他人在招待，直到方姑娘自我介绍了，才敢确定她就是方姑娘本人。失去视频中的仙气，倒有一种真实的生活气息。

虽然方姑娘本人与视频中相差较大，但好在客栈的环境与视频中相差无几。

如此入冬季节，客栈的院落、天台、走廊，乃至窗台，到处藤蔓苍劲、花草烂漫，尤其是颜色各异的绣球花，正大朵大朵地盛开着，甚是惹眼。

藤椅、秋千、风铃、屏风、玻璃瓶罐及各种创意十足的陀螺椅、懒人椅、工艺饰品等也都错落有致，与视频中诗情画意又浪漫十足的情境别无二致。

方姑娘一边解说着自己的客栈，一边将奕琳领到三楼的一间单人房，便下楼去了。

*

奕琳打开行李箱，将一些物品简单地放置好后，和衣躺在床上，想小憩一会儿，却毫无睡意，便干脆又起了床，背上小背包，挎上单反相机，准备到心仪已久的古城中去逛一逛。

走出客栈，顺着绵长的石板路小巷前行，古城一派冷清，人影寥寥。

一栋又一栋古老的庭院紧挨着，各自取着生动、浪漫的名字。

有的门扉紧闭，有的虽敞开着门，但放眼望去，除了桌椅花草，并无其他。

这大概就是人们常说的旅游淡季吧，奕琳想。随后将相机取出，打开摄像头，开始拍摄。

作为一名动漫原画师，奕琳除了角色设计外，最主要的工作，仍然是故事板原画设计，为此需要创作大量的人物背景与场景。

对现实生活中场景与风景的捕捉，无疑是她灵感的巨大来源与基础，因而每次拍摄，都异常投入与用心。

在深蹲着拍摄了好几张天空下的翘角屋檐后，奕琳站起身，感到些许头昏乏力，方想起自己还未吃午餐，已经很饿了。

掏出手机看了看时间，下午四点半，原来不知不觉间，自己已经拍摄了将近三个小时。

由于作画持续时间长，经常导致吃饭误时误点，奕琳的胃并不好，一旦饥饿过度，就可能引起胃痛。

为了防止在旅行中引发胃病，奕琳赶紧将相机收了起来，百度搜索"四方街"的位置，连奔带跑地向着四方街而去。

作为古城中心地带，四方街要热闹许多，虽不是人山人海，但总算能看到不少人。

三三两两，或三五成群。

奕琳顾不了这些，直奔美食广场而去，直到看到一个摊位连着一个摊位的小吃铺，紧张的心情才放松了下来，盘算着该吃哪一些。

在饥饿的状态下，太辣的食物奕琳是不敢吃的，尽管突然面对这么多诱人的美食，她的胃口很好，很想大餐一顿。

但为了自己不好伺候的胃着想，最后也只能挑了两三样看起来不咸不辣、不油不腻的，都打包好了，拎到旁边广场的一个角落，坐在台阶上吃了起来。

两盒小吃下肚，奕琳终于可以不再那么紧张了。

在慢悠悠地吃着第三盒美食时，奕琳习惯性地又拿起了相机，打开自动对焦模式，想抓拍一些游客。

她把镜头对准几米开外游人最多的美食广场前的那条小路，将焦距拉近，半按快门键，任凭人群不远不近地在镜头里流进流出，间或将键按下，进行抓拍。

也就是这时，镜头里捕捉到一个男生，并将他拍摄了下来。

待奕琳放低相机，对着主屏仔细看时，只觉得这人侧颜英俊，似有些眼熟，于是不禁抬起了头，向远处的人流看去。巡视了几圈，却没有找到这人的身影。

这身影比周围人几乎要高出一个头，应该不难发现，怎么会这么快就消失了呢？

奕琳若有所失。

再看屏幕，仍觉得似曾相识，不由得便有些心动，眼睛竟久久无法挪开。

自己好像已经很久没见到过这样能令自己一见倾心的异性了。

一年？两年？还是从来就没有遇见过？

怎么一来丽江就见到了呢？难怪人们都说这里是艳遇之城，果不其然。

奕琳暗自笑笑，心想自己才不可能在这里去跟一个外地人发生感情呢。

将美食吃完，站起身，又四处逛了逛。

还是没有发现相机里的那个人。当然，她也不是要刻意找到他。

一个人出去，一个人回。

一个人的旅行，似乎也不是想象中那么自由与浪漫，逛久了，反倒备感寂寞与冷清。

好在二十四岁单身至今的她，早已习惯了这份清寂。

*

回到客栈时，已是傍晚。

方姑娘坐在前台，见到奕琳，欢笑着招呼："逛古城去了吧？

感觉怎么样？"

奕琳回道："还挺好玩的。"

"是啊，这里好玩的地方可多着呢。"方姑娘说，又突然想起了什么，"对了，你回来得正好，刚刚有人说要跟大家伙一起打火锅吃，已经买食材去了，你待会儿就下来一起吃吧。"

"不用了吧，谢谢。"奕琳腼腆地拒绝。

"干吗不用啊？大家都是出来玩的，就一起热闹热闹，别那么见外呀。晚点就下来吧。"方姑娘笑着相劝。

"那我到时再看吧。"奕琳为难地敷衍。

"不用看了，就下来嘛。"方姑娘坚持。

奕琳没再回应，从楼梯上了楼。

回到房间，无聊了一阵，开始回看并整理相机里的照片，将一些重复的和不太满意的照片删除。

当然，那张虽然拍得不好，边角模糊，且略有重影，但还是被她珍藏般地保留了下来。

窗外，夜幕正在降临，不多久，天便暗了下来，温度断崖式下跌，像是一下又回到了北方，却没有暖气。

奕琳感到有些冷，又懒得找遥控器开空调。

行李箱里还有些食物，足够应付接下来的晚餐，便想着随便吃点，早早洗漱，早早上床，躺在床上看一看电视，或再做一做瑜伽，早点歇息算了。

打开泡面，正准备充作晚餐。

就在这时，方姑娘打来了电话，声音很大："喂，你怎么还没有下来？快点下来吧，大家都已经准备好了，就等着你呢。"

"我不去了——你们吃吧。"奕琳讪讪地回。

"可我已经跟他们说了你了呀,你就快下来嘛,大家都正等着你哪!"

与素昧平生的人一桌就餐,是奕琳所不喜欢的,单是想想那情景就满满的尴尬。

但奕琳对生人向来口拙,拗不过方姑娘的一再坚持,最后只得答应。

*

下楼。当走到一楼楼梯的时候,奕琳遇上了一个人,很高大,似曾相识。

该人正迎面上楼。

两人都抬眼,看向彼此。

短暂的对视,眼神中似有些迷茫,又似有些惊喜,接着都小心翼翼地侧身,擦肩而过,彼此再回头。

就在再回头的片刻,奕琳确认了此人居然正是那个人——那个被她的相机拍下并令她心动过的男生,或者说,男子。

因为他确实很高大、帅气,还有点成熟。

她的心不由得怦怦跳动起来。

火锅已备好,锅内的汤水正在翻滚,食材摆了一桌,四五个游客已围桌坐好。

方姑娘见奕琳走来,一边说"你终于下来了",一边忙拉她坐下;又说,还有两个游客没来,他们还在外面玩,估计会吃了再回,就不用等了。

其他的人叫嚷着，让方姑娘坐下，别那么客气，说她让别人不要客气，自己反倒那么客气。

但方姑娘却像定下规矩似的，拒绝着，就像饭店的老板，只是招呼客人，却没有要与客人一起吃饭的道理，说：

"如果你们要喝酒的话，前台那边就有，米酒，自己酿的，过去拿就是。火锅我就不吃了，是真的已经吃过了，还撑着呢。"

说罢，摇摆着手走回了前台，自顾忙碌。

奕琳忐忑地坐着，等着那个男子回来。

没几分钟，他便回来了，穿着一件灰褐色夹杂黑色不规则斑点的外套，深灰色休闲裤。

身材挺拔，运动员一般的体型，生命气息浓郁。

奕琳不禁抬头看去，只觉得他就像一棵高大的树木般，矗立在自己的面前，挡住了自己全部的视线。

她很快又低下了头，心跳再次急促。

头脑像供血不足，有些迷糊，脸上却血液涌动，涨涨地发着热。

她想自己一定红了脸，又不禁有些懊恼。

让她欣喜的是，刚坐定的他，面对自己，似乎也很是紧张失措。

当他伸手准备去拿眼前的杯子时，一不小心把杯子弄翻了，接着又让杯子掉到了地上。

杯子发出一声巨响，好在并没有破碎。他的脸也红了起来，弯腰捡起杯子，有些手忙脚乱的样子。

奕琳不由得抿唇哂笑，心想也跟我差不多嘛，好像有了可以轻视的人似的。

男子瞟她一眼，随即转移了视线，又接着好似不甘心地转了回来，定定地看着她。

她也不甘示弱地回视着，同时发现他实在是长得好帅气，无论是眼睛、鼻子、嘴巴，还是额骨、颧骨、下颌骨，乃至身型、气质等，全都长在了她极其挑剔的审美点上，也难怪她会觉得他有些眼熟。

最终，还是她败下阵来，惊慌地逃开了他的目光。

他若有若无地笑笑，脸上的红退了下去。

她脸上的红也跟着退了下去，逐渐放松了下来。甚至觉得，是因为他陪她一道儿紧张了这片刻，她方能这么快地恢复过来。

莫名的轻视也很快消失了，反而跟他有了某种理解与默契似的。

他再次看了看她，目光温柔，又看了看桌上的其他人，率先开始了自我介绍。

她知道了他的名字，景榆，榆树的榆。

她觉得他是人如其名，身上有一种让人既温暖又治愈的气质，就如她梦到的岛上的树。

二十七岁，杭州人。

果然不是北京人。

虽有些失望，但也在意料之中。

他旁边的男子也跟着做起了自我介绍。马晟涛，英文名Martin，所以让大家叫他马丁。二十八岁，来自佛山。

接着是一个矮矮小小的女孩，叫唐糖，二十一岁，湖北人，来自上海，某大学大三学生。

接着轮到奕琳，同样地报了姓名、年龄和地域。

还有另三位年纪大些的，也都做了自我介绍，均来自武汉，目测年龄都在四十岁左右。在四个年轻人面前，三人以大哥大姐自居。

大家一边吃着火锅，一边聊起了天。

看得出来，唐糖与马丁比较熟悉，与景榆也已认识。

起初，奕琳几乎以为唐糖就是马晟涛的女友，因为她会不时地依靠到他的身上，还抱住他的手臂，而马晟涛也都由着她，还会配合地用手搂一搂她的肩，颇像是情侣之间的行为。

直到唐糖开始叫嚷自己刚经历失恋，所以正十分痛苦时，奕琳才知道是自己误会了。

唐糖个子不高，仅有一米五左右，不仅瘦小，而且看起来十分羸弱，脸上没有化妆，肤色苍白，口唇也有些苍白。因为心情不好，加上一来丽江就有了高原反应，晚上睡不着，因而神态看上去很疲惫，但精神却又有些亢奋。

唐糖一边叫嚷着自己心里痛苦，一边便要喝酒，说她必须要喝酒，要一醉方休。

马丁接过她的话，说："要喝酒可以，但女孩子家家的，别动不动就一醉方休。"

"那我问你，你有失恋过吗？你知道失恋有多痛苦吗？"唐糖推开马丁，自己坐正了，又转头质问。

"你们几个，都是单独出来的吗？还是互相认识的？"姓刘的大哥插话。

"都不认识，来客栈才认识。"马丁立即回道。

"不是，我跟他网上认识。"唐糖挑衅地纠正。

"那也叫认识？也就出发的时候，网上打了个招呼。"马丁表示不屑,接着说,"而且,我跟你可不一样,你是来疗伤的,我纯粹就是来玩的。我难得休一次假,出来就想玩得开开心心的,哪来那么多痛苦。"

"你不痛苦,不代表别人就不痛苦。"唐糖生气地驳斥。

"我没说你不痛苦,但你也别一天到晚强调自己的痛苦,你让别人怎么办?别人又帮不了你。"马丁提高了声音,似早就心生不满。

唐糖窘迫了一阵,脸色更加苍白,随后似乎是将要说的话隐忍了下去,委屈得快要哭起来。

气氛近乎凝结。

罗姓的大姐赶紧打圆场,说:"好了好了,你也别说了。刚失恋嘛,确实是会很痛苦的,需要点时间,慢慢就好了。小姑娘,你也别太难过了。"

"我才不难过,人渣,我干吗去为一个劈腿的人渣难过啊!"对于罗大姐的安慰,唐糖并不领情,又叫嚷起来,"喝酒!我就想喝酒!你们到底要不要喝酒啊?"

"那好吧,要不我们就都来一点,怎么样?正好我也想要喝酒。"马丁嘿嘿笑着,见没人反对,便走去方姑娘所在的前台处,拿回一罐装的米酒。

马丁给每人都倒上了一杯米酒。

奕琳没怎么喝,景榆也是浅尝辄止。唯有唐糖一人喝得最为起劲。一边喝,一边颠三倒四地讲起自己发现前男友劈腿的过程。

整个过程她自己像极了一个直觉敏锐的侦探,而她男朋友在被揭发后,非但不乞求她的原谅,还直接要求分手,这样的渣男,是可忍孰不可忍。

奕琳感到，因为唐糖一人对痛苦的过分宣泄，使得整个饭局的气氛并不是那么好。

景榆也很少插话，但会不时地探起身，将锅内煮熟的食物用勺子舀起，分给每个人，其中也包括奕琳。

因为两人面对面坐着，隔得最远，其实并不方便，然而景榆对她还是一次不落。

每次都是先与她眼神对视，奕琳端起碗去接，他伸长手臂，才能准确地倒入她的碗里。

透过他的眼神，奕琳知道他对自己的感觉非同一般，甚至还觉得，他之所以对大家如此殷勤，很大部分是冲着自己而来。

她想要谢绝，却又不舍，且每次都很享受这种被他关心的温暖。

这似乎也成为他们默契的一部分。

*

唐糖越喝越多，说话也越来越颠三倒四、口齿不清。

罗姓的大姐开始阻止，让她别喝太多了，担忧地说："你还这么小呢，还在读书，就一个人这样出来，你不怕家里人担心吗？"

"他们才不会担心。"唐糖不屑地说，"就算我死在外面了，也没有人会关心。"

"小姑娘不要乱说话，哪有父母不关心自己孩子的？那是你还不理解你的父母。"罗大姐感叹。

"真的不能再喝了，看你现在这样，明天你能去雨崩吗？"马丁也开始阻止，直接就拿走了唐糖的酒杯，不满地说，"说实在的，我本来就担心你去不了，要是今晚你还喝醉的话，那就更别去了。"

"你们明天要去雨崩吗？"李大姐问，"我们原本也想去的，听说那里特别美，但找团都说组不了团，去不了。"

"那要不你们跟我们一起去？"马丁问。

"现在不用了，我们有事，明天就要回家了。"李大姐说。

马丁接过话说："要不是下午已经交过钱，我都不想去了，要徒步几十公里，你看她这个样子能走吗？别到时要我扛。"

"你放心，我绝对能走！"唐糖强打精神。在酒精的作用下，她两颊泛红，嘴唇也红了些，说："我的意志力比谁都强，你信不信？"

"就你这样，还意志力？"马丁不屑地笑笑，"好了，不说了，再说又要吵了……"

"嘿，美女。"马丁转向奕琳，"你要不要一起去？"

"我？我不去了。"奕琳急忙回道。

一转头，又遇见景榆的目光，一时分不清那目光究竟要表达什么。

"她也去不了。"唐糖用手指敲着桌面，垂着眼帘，头也不抬地说，"车子坐不下，我们三个人，那边还有三个人，加上导游，正好七个人了。"

"你怎么知道是七人座？"马丁反问。

"我就是知道。"唐糖冷冰冰地说，又补充，"导游说过的。"

奕琳的心猛地一沉。

她没想到景榆是与他们两个一起的。

而且明天就将离开。

去一个叫雨崩的地方。

当景榆再次温柔地看向她时,她立即就将目光避开了。

她突然好像不知道该怎样去面对即将离去的他。

晚餐的最后,马丁告知,这顿 AA 制的聚餐的火锅食材是他们三个一起去买的,但都是景榆一个人提前掏的钱,所以建议建一个微信群,方便大家联系,大家也可以在微信群里把钱转给他。

尽管景榆一再表示用不着,就当他请客好了。

但大家还是觉得理应 AA 制。

马丁用微信加上了奕琳的微信,又加了刘大哥的微信,连同景榆与唐糖,一起拉入新建的微信群中。

*

这一晚,不知是否与唐糖一样有高原反应,奕琳躺在床上,辗转反侧,难以入眠。

满心满脑都是景榆的影子,他的眼睛、脸庞、表情,尤其是每次与自己目光交汇时的眼神,尽管只是那么一两秒的时间,却总好像包含了千言万语似的,让她忍不住想要去琢磨。

她甚至满怀期待,期待景榆会通过群,单独加她为好友,与她聊聊天。

然而,景榆并没有那么做。自己发到群里的聚餐费红包,景榆也一直没有收;当然,其他人的,也都没有收。

她不由得失望，几乎怀疑一切不过是自己自作多情。自我安慰地想着，或许这样更好吧，毕竟他是杭州人，而且明天就要离开了。

到下半夜，依旧睡不着。

两三点之后，奕琳陷入一种似睡非睡、似醒非醒的迷迷糊糊的状态，整个身体都好像漂浮着一般。

她担心自己又将沉入那与溺水雷同的梦境，同时又期待着能再见到那梦里的岛，和岛上温暖的花与树。

之后，她便睡着了，似乎并没有做梦。

第二章

又是新的一天，奕琳从很浅的睡眠中醒来。

窗外晨光已现，摸出手机看了看时间：六点半。

景榆、马丁与唐糖是在大约七点钟离开的，当时奕琳就站在窗帘背后，目送三人的背影。

景榆走在中间，在即将走出庭院时，他驻足回头，漫不经心地朝上瞥了一眼，但什么也没有发现，随后便走出了庭院，高大的身影被墙面遮挡，消失在空寂的清晨。

他终于还是离开了，而且是这么快就离开了。

把昨晚没来得及泡的方便面泡着吃完，奕琳来到了楼下庭院，找了个鸟巢形状的藤条秋千，盘腿窝了进去，一边晒着太阳，一边轻轻地摇晃。

不得不承认，丽江的阳光洒在身上，清亮、温暖，又格外静谧，如果不是昨晚认识了那个叫景榆的男子，自己现在应该不会感到这样无聊吧？或许还会感到如同向往中的一样悠闲与惬意吧。

　　对着藤条，伸出五指，让光与影斑驳地映在手上，形成不同的纹案，然后又用另一只手去增加那些光与影的驳杂。

　　对光与影的交叠、变幻，奕琳一直痴迷，而现在这样做，纯粹是因为无聊。百无聊赖。

　　早知会如此失意，还不如不遇见呢。

　　奕琳心里想着，整个胸腔似乎都弥漫着一种"此情无计可消除"的惆怅感。

　　不远处，方姑娘正在制作视频，准备发布到网络上。

　　因为另一名服务员不在，方姑娘只能一个人来来回回地利用手机延时自拍。

　　奕琳从秋千上跳下，走过去帮忙。

　　方姑娘的手机里下载有特定的美颜软件，一入镜头，人物立即改头换面，突变比较厉害。

　　奕琳自己还不太习惯这样失真的镜头，忍着笑，只管按照方姑娘的意思去拍摄。

　　方姑娘生活中爽快、随意，但拍摄起来，心里就像住了个文艺又小资的公主，骄傲地在人世间勇往直前地追逐着情调与浪漫——或许唯有这样，才符合人们对丽江美好的向往吧。

　　"昨天人倒还可以，今天就少了，一下走了好几个。"方姑娘有些失望，"没办法，淡季就这样，能应付上租金就不错了。"

　　"那——那些出去玩的人，还会再回来吗？"奕琳忍不住问。

　　"有两个回来是肯定的，他们的行李都还留了一些在这里。至于住不住就不知道了，也可能回来拿了行李就走。"方姑娘接着说，

"另一个，个子很高的那个，应该就不会回来了。他说要去西藏，从德钦那边就可以直接过去，没必要再回丽江。"

"哦。"奕琳一时语塞，不知该如何接话。

方姑娘像是嗅到了什么，但也无意窥探。在丽江开客栈多年，各种明恋暗恋、真情假意的，早已见怪不怪、习以为常。

她瞄了眼奕琳，提议她可以去丽江周边的景点玩一玩，比如玉龙雪山、束河、拉市海、虎跳峡，这些都很不错，既可以自己去，也可以找一日游的团。

拍摄好视频，方姑娘进了屋内。

经过走廊时，奕琳看到一个书架，顺手翻了翻，翻到一本旅游摄影的杂志，接着又找到一本云南旅游指南的册子，将这两本都拿在了手上。

从一旁的户外楼梯，爬到二楼天台小花园，奕琳决定上午不外出了，就待在客栈里看看书，找一找周边可去的地方，先比较比较，再做安排。

*

"嘿！"景榆站到奕琳的面前，打了声招呼。

奕琳抬起头，几乎不敢相信自己的眼睛。

在此之前，她其实已隐约感觉到有人走来，只是懒得去看。

她压根没想到走过来的会是景榆，一时间不知该说什么才好。

"你们不是去雨崩了吗？"惊了半响，奕琳才开口问。

"已经取消了。"景榆微笑着回答。

"为什么？"奕琳问。

"那边准备出游的车突然坏了，一时间没法修好，所以就取消了。"

"噢。"

仍又无话。一晌，景榆指了指奕琳手中的杂志，问："在看什么书？"

"杂志，就随便翻翻。"奕琳说着，将书合上，从藤椅上站了起来。

两人都站着，他比她高出一个头。

"这个客栈倒真是挺美的，到处都是花花草草。看来这个方姑娘是真爱花，难怪有人叫她花仙子。"景榆寻找话题。

"有真花，也有假花。"奕琳笑着说。这是她刚刚帮方姑娘拍摄视频时发现的。不过，假花也都很逼真，足可以假乱真。

"是吗？我以为都是真花，还奇怪这么冷的天居然还开有这么多种类的花。"景榆也笑了起来。

奕琳发现景榆笑起来时，显得更加温暖与动人。

又一次无话。

好在这时马丁也从楼梯爬了上来，唐糖尾随其后。

"取消了也好，这下我终于放心了。"马丁有所指地说。

"放心你个头！请别把我当累赘看好吗？"唐糖不悦。

"只要你不找事，就没人把你当累赘看。"马丁说着，舒了一口气，弯腰捡起圆桌上的那本云南旅游册子，翻了翻，接着看了看奕琳，又看了看景榆，问接下来他们该去哪里玩。

"要不就去玉龙雪山吧？"景榆提议。

"我没问题。"马丁说,"只是现在去还来得及吗?"

景榆看了眼手表,说才九点不到,应该来得及。

"那就去玉龙雪山吧。"唐糖不冷不淡地回应。

"你也想去?"马丁大叫起来,"我说小姐,那里可是海拔4500多米!你在丽江都高反了,还敢去那儿啊?到时高反严重了可是会死人的——我这不是开玩笑,就你,还是别去了吧。你可以去束河玩一玩啊,那地方更适合你疗伤。"

"我就要去!"唐糖斩钉截铁。

"你真没事吧?"景榆问,大概指的也是她的高原反应。

"我没事,真没事,死不了!"唐糖叫道。

僵持半晌,景榆提议唐糖就只到云杉坪索道口,那里海拔只有3200米,再备好氧气罐的话,应该是没有问题的。

"怎么样?要么你不去,要么你就只到云杉坪,你自己选。"马丁语气坚定。

"那好吧,我只到云杉坪。"唐糖只得答应,"那你们呢?"

"我们你就不用管了。那,美女,你也一起去吧?"马丁迫不及待地掏出了手机,似乎已习惯称呼奕琳为美女。

"我——还是不去了吧。"奕琳被动式地拒绝,"你们去吧。"

"干吗不去啊?就你一个人待在客栈里有什么意思?你就跟着我们一起玩吧,多个人多份热闹。"马丁坚持,"我现在就来订票!"

奕琳一时不知该说什么。

事实上,她也是很想去一趟玉龙雪山的,据说那座山是丽江旅游必去的胜地,尤其冬天的时候,雪景奇美,她想去多拍些照片。

只是这一切来得太过突然，她完全没有心理准备。

*

一行四人匆忙购买了必要的物品，乘坐的士直奔玉龙雪山。

马丁、奕琳和唐糖坐在后排，景榆坐副驾驶位。一路上，他不时与司机聊上几句，随着颈部的摇摆，脸的轮廓也跟随变化。

大多数的美都与角度相关，但奕琳注意到，景榆的俊美，是无死角的，并不需要考虑任何角度，无论是背面，还是不同程度地偏向左边的司机或右边的车窗，抑或回头往后看，脸的轮廓都拨人心弦。

这样一个令人心动的美好男子，现在居然与自己一起旅游，奕琳只觉得不可思议，既有些欢喜，又有些说不清的复杂情绪。

的士到达云杉坪索道口，停了下来。

马丁告知唐糖可以下车了。他已将网上所购套票的号码发给了她，唐糖只需前往登缆车口排队即可，之后前往附近的蓝月谷，在那里同他们会合。

唐糖一声不吭地下了车，又一声不吭地径直往前走去。

看着唐糖瘦瘦小小的背影，奕琳有些不放心地问："她一个人没事吧？"

"能有什么事？又不是小孩子了。"马丁无所谓地说，"再说她本来就是一个人出来玩的——你别看她瘦瘦小小、弱不禁风的样子，她其实胆子可大着呢。她说她去年曾一个人去过新疆。一个女孩去新疆啊，就连我这个大男人都不敢。"

听马丁这样说，奕琳稍稍放下心来。

的士继续载着三人直往冰川大索道的乘坐口。索道全长2914米，垂直高差1150米，需要历经足足半小时才能抵达4506米高的冰川公园。

不得不说，奕琳本身是很恐高的，她不敢走玻璃桥，不敢走悬空的栈道，即使只是坐不太高的索道，她也会头晕目眩、心跳加速。

但是，她曾鼓起勇气坐过不低的摩天轮，坐过一次过山车，倾尽所有勇气爬过一段垂直的天梯。

就因为有过这些克服恐惧的经验，奕琳于是以为绝大多数恐惧都是可以靠毅力战胜的，一路也没太去担心。

但真正到达后，抬头只见一个又一个缆车凌空飘移，在高高远远中，一无所托，还是不由得倒吸了口冷气。

如今的她，就如浮萍般，内心更加害怕这种没有根基、无所依托的感觉。但事已至此，她只能硬着头皮沉默着。

乘坐冰川大索道的人远比乘坐云杉坪索道的人要多得多，多到不像淡季的样子，队伍排得很长，似乎来丽江的人都聚集在了这里。排了一个多小时队，才终于轮到他们。

六人座的缆车。

一上缆车，景榆就坐在了她的旁边。

她对他高大而温暖的气质颇为敏感。

虽然此时，两人都已穿上了厚厚的羽绒服，景榆是纯黑色的，她是纯白色的，但当景榆的纯黑色羽绒服触碰到她的纯白色羽绒服时，她便能感觉到他的温暖。就像在梦里，即使浑身湿淋淋的，她也能感受到那些花与树的温暖一样。

她小心翼翼地感知着那份隐约的温暖，既不舍远离，也无法去靠得更近。

景榆的轻微活动，使得那隐约的温暖变得更加清晰，或是更为模糊。

她面色寻常，却内心雀跃，如微波荡漾。

当如此近距离地打量身旁正襟危坐的景榆时，奕琳甚至能透过他的肌肤，看到他的骨骼。

她一直觉得在人的肌肤与骨骼之间，蕴藏着一些灵魂的东西，就像现在，她能从他特别清晰的脸上，捕获到一点属于他灵魂的东西。

她喜欢这样默默地感受，就像感受植物，感受风景，无须语言，但情感却比有语言时更为浓烈。

奕琳还是远远低估了自己的恐高症。

在缆车刚行驶的时候，她还能勉强用相机对着窗外拍下几张照片，但几分钟之后，头就越来越晕，不得不缴械投降。

她用双臂紧紧抱住相机，屈腿盘膝地把自己缩成一团，眼睛紧闭，以此来减弱对于身体在高空的感知。

然而，这种感知随着身体上升，愈加明显，根本无法承受。

头顶的光芒，令她脑海白茫茫一片，心也被越掏越空，浑身颤抖得越来越剧烈。

她完全不知道该拿什么来与这恐惧抗衡，她感到自己很快就要晕倒了。

旁边的景榆自然是注意到了奕琳的异常，却又一时间不知该如何是好，便用眼神示意了对面的马丁。

马丁也发现了。

他们都没料到这个女孩有如此严重的恐高症——在此之前，她竟只字未提。

"要不我们换个位置？"马丁边说边用手势示意。

"不用了，我自己来吧。"景榆摇了摇头说，稍微迟疑了一下，便伸手拍了拍奕琳的肩，询问起她的情况。

奕琳没法回应，完全沉浸在与恐高反应的斗争中。

仍有几分迟疑，但景榆终于还是伸出了手臂，缓慢地将奕琳往自己的怀里揽。

奕琳于是像落水者抓住了救命稻草一般，也贪婪地索取着他的体温。

景榆端坐着，能感觉到奕琳时而将他抱得很紧，时而放松了一些，时而又更加紧了，且越来越紧，好像要往他身体里钻似的。

他努力维持着不变的坐姿，承受着她的力度，以及缆车不时或轻或重的震荡。

终于到达终点——冰川公园，偌大的广场上同样聚集着密密麻麻的人群。

奕琳头重脚轻，像走在云里雾里。好在吸过氧气，几分钟后，总算缓过神来，十多分钟后，便恢复了正常。

除了高海拔上的些许昏沉外，高原反应也不太明显。但寒冷却是刺骨的，到处都是厚厚的积雪，白茫茫一片。

起先两人都有一些不自然，但身在巍峨苍茫的大自然间，逐渐也就都放开了。

马丁在一番犹豫后，放弃挑战更高的 4608 米的山顶，决定留在冰川公园。

景榆于是单独带着奕琳出发，沿着长长的台阶栈道前进。

一直以来，风景与美都能让奕琳着迷。她甚至曾经认为，最美的风景既存在于艺术中，也存在于现实中；而最完美的人体，仅存在于艺术当中。

然而，现在，景榆的存在，让奕琳改变了这个看法。

她真真切切地感受到，真实的、充满朝气的人之形体，居然可以如此生动，如此优美。

景榆走到哪儿，哪儿便似乎是发光的。哪怕只是寻常的站立，寻常的迈步，或是寻常的转身；也无论静态，或是动态。景榆的动作与力度都是那样恰到好处，沉稳而优美。

她对他的优美，近乎着迷。

但她却没有拍下他，她所拍的风景，通常只是他旁边的，或者他经过以后的。

"我看你总在拍照，你是搞摄影的吗？"两人并肩时，景榆好奇地问。

"不是，只是个爱好。"奕琳回答。

"但我看你好像很专业的样子。"景榆仍满脸好奇，"拍得也很认真。"

"可能大学的时候，我辅修过摄影，也算不上专业。"奕琳说。

"辅修摄影？"景榆进一步问，"那你的专业是什么？"

"动画。"

"动画？那你是学美术的吗？"

"嗯。"奕琳看着景榆，点了点头。

"我有个表妹也是学美术的，园林设计专业。你是哪个学校？"

"我是央美的。"

"中央美院？"

"嗯。你表妹呢？"

"她是杭州师范大学的。"景榆回答，又接着问，"你现在冷不冷？要不我把羽绒服脱了给你穿？"说着，停下来，准备去拉拉链。

奕琳赶紧阻止，说她不冷，还说："再说，穿两件羽绒服，我还不被这风给吹着跑啊？"

她想象着自己穿着两件厚羽绒服，被大风吹着跑的样子，不由得笑起来。

景榆也被逗乐，接着说："那要不把我里面的外套给你？"

"真不用。"奕琳缩了缩肩说，"谢谢。"

"那好吧。"景榆扬了扬眉。

再一次对视中，景榆开口说："你也是一个人出来旅游吗？准备玩多久？"

"大概一个星期吧。"奕琳稍微想了想，并不确定。

"那跟我也差不多，我是十天左右。"景榆说。

在景榆继续往前走时，奕琳停了下来。两人重新拉开了一些距离。

栈道弯曲绵延，两旁立满护栏，虽然有不少"危险，请勿翻越栏杆"的警示，但奕琳还是想要站到外面的雪地上，去拍些照片。

就在奕琳准备翻越栏杆时，景榆回头发现了。

他诧异地走了回来，问她想干什么。她说，就过去拍几张照片，几分钟就回来。他不放心，也跟着跨了出去。

雪有二三十厘米深，没到小腿。由于是斜坡，且积雪受太阳照射，表层结冰，出乎意料地滑。

两人小心翼翼地往前走，在奕琳打了个趔趄后，景榆及时抓住了她的手腕，随后仍抓着她的手腕，直至走到理想的位置，才松了手。

奕琳半蹲下来，调试镜头，连拍了几张又站起身，朝不同方向各拍了几张。

"要不，我来帮你拍一张吧？"奕琳对景榆说。

这是她第一次对他发出拍照邀请。

"好啊。"景榆应着，往旁边走出几步，叉开双腿，又将双臂也伸展开来，面露笑容。

奕琳从镜头里看到，景榆的笑容是在她调好焦距后，向着她而展开的。

这种亲切的笑，不像是对着镜头，倒更像是对着摄像的人。还有他的眼睛，所看的似乎也不是镜头，而是她。

景榆的如此表现，令奕琳心跳加速，一阵恍惚。在镜头聚焦的那一刻，她快速按下了快门键，却浑然忘了自己的处境，身体向后倾，一只脚后退了一步，紧跟着另一只脚也后退了一步，脚底一滑，便连人带相机往后倒去，沿着斜坡滚了下去。

奕琳惊慌地想要抓住什么，但除了厚厚的积雪，没有任何可供抓握的。

景榆连奔带跑地追了下去，靠近奕琳的时候，猛然扑倒在地，并以极快的速度，抓住了她的衣服。

两人一起向下又滚了段距离，最终景榆伸手抓住了一块岩石，两人才得以停下来。

有经过的人瞧见，发出一阵尖叫。

惊魂未定。

直到被景榆搀扶着回到栈道，奕琳还处在突来的惊恐与劫后余生般的侥幸当中。

所幸的是除了惊吓，身体没有受伤。

奕琳以为景榆也只是左手在抓岩石时，被石头划破了一点皮，直到发现他走路一拐一拐，才知道，原来他的一只脚也受了伤。

"估计只是扭到了，没什么大碍。"景榆安慰。

奕琳充满自责。悲催的是，他们已经到达了大约三分之二的高度，尽管及时掉头，也还有成百上千的台阶在等着他们。

好不容易返回冰川公园，景榆向马丁隐瞒了真相，只说是自己爬台阶时不小心崴到了脚。

于是奕琳也没说出来，只觉得心里暖暖的，很感动。

回程的缆车上，景榆仍是与奕琳坐在了一起。

或许因为是下行，奕琳的症状减轻了不少，只是依然头晕目眩，而景榆也仍然揽住她的肩，让她靠在自己的身上。

这一次，奕琳用双手抱住了景榆的一条手臂，依偎在了他的肩膀上。

景榆感觉到，这一次奕琳抱他的力度，似乎与来时不太一样。

这一次，她的用力更加均匀，像是她不由自主，又在尽量克制。而同时，这均匀的力度，反倒更像是真实的信任与依赖。

下了缆车，一起前往蓝月谷的计划因此改变，由奕琳陪着景榆打的士直接回丽江的人民医院看脚伤，而马丁去蓝月谷，找等候已久的唐糖。

第三章

　　经拍片检查,景榆的左脚踝只是轻微软组织损伤,医生开了涂抹的药以及冰袋,说是三五天便可恢复,近两日须多休息,少活动。

　　也因此,这一天大家都没做出游的安排,都窝在了"在·自由"客栈里面。

　　唐糖或许是因为昨日被"孤立"过,变得冷冷淡淡的,直到临近中午才出现在楼下。不知是睡到此刻,还是有意避开其他三人。

　　即使出现在楼下,她也没有要与其他人结伴的意思,而是一个人走到一边,找了个偏僻的角落,坐在一架吊篮椅上,顾自看手机。

　　马丁对此不以为意,只当她是矫情,反倒落得清净。

　　这天下午,四人一起共进了外卖午餐,随后,唐糖一反常态地对奕琳亲密起来,拉着她,要她陪自己一起去逛古城。

　　奕琳无意逛街,又不好拒绝,被唐糖拉扯着走出了客栈。

　　起初,奕琳猜想唐糖是不是想找个人倾诉感情的事,毕竟自己也是女孩子。但唐糖只字未提，自己也不好多问，心想自己与她确实也没那么熟。可唐糖却很喜欢挽着她的手臂，斜靠在她的身上，好像两个人已经很熟的样子。

到了商业街，唐糖依旧挽着奕琳，挨个儿地进出一间又一间的商铺，却都是走走看看，心不在焉。唯一能让她产生一点兴趣的，只有那些蠢萌蠢萌的小手办，但也只是拿在手里，赞叹两句，便又放了回去。对于其他的零碎，在她眼里都俗不可耐，连正眼都懒得瞧。

几条街逛下来，唐糖什么也没有买。倒是奕琳在一家碟片店买了张碟，之后又买了两条围巾。一条送给唐糖，唐糖勉强收下。

"时间不早了，我们回去吧。"奕琳忍不住提议。

"我不想回去。"唐糖嘟着嘴，皱起了眉头。

"为什么？"奕琳问。

"现在还早着呢，才四点钟。"

"也不早了，我们已经逛很久了，我都有点累了。"奕琳显出几分疲惫。

"可我就是不想回去。"唐糖倔强地说。

"那你还想干什么？"奕琳有些不悦。

"你这么急着回去，是想干吗？"唐糖放开奕琳的手臂，生起气来，斜眼瞟着奕琳，讥诮地道，"你该不会是急着想见他们吧？"

"你胡说什么？"像是心思被识破，奕琳有点脸红。

"我才没有胡说。"唐糖胜利地笑笑，重又挽起奕琳的手臂，"你就是想见那谁。"

"你不要胡说了。"奕琳尴尬。

"别以为我不知道啊——自从你加入了，他们连正眼都不看我一眼了。"唐糖一边挽着奕琳继续往前走，一边不无沮丧地说。

"哪有啊？"奕琳为难地说，"他们只是把我当个新朋友而已。"

"什么新朋友旧朋友，分明就是见色忘友。"唐糖嘟囔着道，"要是你跟我一样矮，一样这么丑，他们才不会稀罕认识你这新朋友。"

"你不丑啊，"奕琳说，"我觉得你挺好看的。"前半句是真话，后半句稍有些违心。在奕琳看来，唐糖长相普通，但不丑。

"我好看？"唐糖并不领情，讽刺道，"说得好像我多好看似的。喊，要是我有你好看的话，那我就不会被劈腿还被分手了。你知道这是一种什么感觉吗？就像……你被捅了一刀之后，还要再被踹上几脚……就是这种感觉，你懂吗？算了，你肯定是不懂的，我说了也白说，你只会当笑话看，或者轻描淡写地说'算了，过去就过去了'……要安慰人谁不会啊……可如果是你，被人捅了一刀，然后又被踹了好几脚，你能说算了就算了吗？你也不能，是不是？"

奕琳听着，理解了几分，也同情了起来，却难以安慰。她将手臂抽出来，用手搂着唐糖的肩，触摸到唐糖是真的很瘦，即使穿了毛衣，又穿了外套，还是格外消瘦，心想唐糖若不是这样总带刺的性格，其实还是很容易让人心生怜爱的。

"你知道我现在的感受吗？我就是恨不得他去死，只有他死了，才能解我心里的恨。可人家活得好好的呀，不知道有多开心呢。我一想到我这么痛苦，可他还在那里……跟……跟别人开心着呢，我就觉得生不如死……真的，生不如死……"说到这儿，唐糖忍不住地哭了起来。

"要不，我们去那边椅子上坐坐吧。"奕琳有点惊慌，指着前方广场上的一张长木椅说。

唐糖一边抽噎，一边被奕琳搀扶着，来到木椅前坐下，侧身蜷缩靠着椅背，姿势与神情一下都显得格外疲倦。

两人所到的广场正是四方街广场，太阳已偏西，广场有部分被阴影笼罩了起来。

有阳光的地方，看上去既明亮又温暖。

一群纳西族老人正在跳着他们的民族舞，不断有游客欢快地加入。

舞曲轻快、祥和。

奕琳与唐糖一同静静地看着。奕琳往美食广场的方向望了几眼，想起自己前天正是在那儿拍到景榆的，现在不仅真的认识了他，还跟他越来越亲近，不由得心里泛起一阵涟漪，却不能溢于言表。

"一个个苦大仇深的，还跳什么舞？听到这音乐都烦！"唐糖厌烦地说。

"要不我们再休息一会儿，就回去吧。"奕琳试探地说。

"我不想回去，要回去你自己回去。"唐糖说着，将双脚搁到木椅上，双手抱膝，头靠椅背，闭上了眼睛。

奕琳无奈又无聊地看着跳舞的人群，观察着他们的表情，发现有些老人虽身体在跟着节奏律动，但脸上饱经沧桑，不苟言笑。想着能将他们拍下来就好了，可惜自己被唐糖匆匆忙忙拉出来，连相机也没来得及带。

唐糖埋头小憩了十来分钟，又猛然抬起了头，激动地对奕琳说：

"对了，要不我们去画像吧？"

"画像？画什么像？"奕琳被唐糖拉着站了起来，不明所以地问。

"就是画我们的像啊。走，就在那边，我前两天看到过，有人在那里画像。"唐糖边说边拉着奕琳走。

从广场的这头走到那头，并没有看到有画像的人。但唐糖不死心，拉着奕琳继续寻找，终于在一座桥下，发现了有一个正摆摊画像的摊贩，正清闲地等待着客人。

唐糖有几分雀跃地顺台阶而下，奕琳也无奈地跟了下去。

画手三十来岁，留着胡须与小辫，很有艺术范儿。

唐糖在摆好的小凳子上坐下，撩着刘海，理了理垂肩的卷发，想要挤出一些笑容，但笑容只持续了不到两秒，便又松垮了下去，接着便以这种松垮下来的表情，定定地面向着画手。她目光有些呆滞，有时眨动眼皮，想要努力提起精神却又提不起的模样。

奕琳对此毫无兴致，坐到另一张矮凳上，低头看起了手机，发现有人申请添加为微信好友，心里咯噔了一下。一看，果然是景榆发的，便赶紧通过了验证。想发个信息，打声招呼，还是忍住了，只等着景榆能主动发信息过来。

同时，不由自主地翻看起了他的朋友圈。设置为一个月内可见，第一条信息居然就是与他们有关的，为前天发布，写着：与初相识的朋友们一起打火锅吃，久违的心情。

下面配着一张热气腾腾的电热锅的照片。

如果没记错的话，这张照片应该是马丁拍的，分享在了群里面，被景榆直接借用了。

但除此之外，就只剩一条转发的关于财经洞见方面的文章了。

由此看来，景榆似乎并不爱发朋友圈。可他却为打火锅这件事发了朋友圈，还写了"初相识的朋友"，难道是在特意指她吗？"久违的心情"究竟又是指怎样的心情呢？奕琳窃喜地想着。

几分钟后，景榆发来了信息："还在逛街吗？"

"嗯，在四方街。"奕琳回复。

"不早了，你们什么时候回来？"景榆问。

"唐糖在画像呢，还要晚点回。"

"哦，注意安全。"

"嗯，知道了，谢谢。"

"马丁出去买了不少菜回来，正在自己做饭呢，你们回来可就有口福了。"景榆的信息后面附了一个欢笑的表情。

"是吗？他那么能干？"奕琳回复，后附一个疑问的动图。

"嗯，早点回来吧。"

奕琳最后回复了一个OK的手势图。

约二十分钟后，画手才终于把像画好了。

唐糖起身，接过了画，只草草地瞄了一眼，便失声地嚷道："你这画的是谁呀？"

"你说是谁？当然是你啊。"画手没好气地回道。

"你说是我就是我吗？你会不会画画啊？"唐糖立马恼怒了起来，"你这画的什么鬼东西！"

还没等奕琳走近看上一眼，唐糖就猛地将画纸一撕为二了。

"你神经病啊你！"画手目瞪口呆。

"你才神经病！不会画就不要画，还浪费我这么长时间。"唐糖喘着气叫道，继续撕着画纸。

"你就长这样，你还想我画多好看？我这又不是美颜相机。"画手不无挖苦与讽刺。

"好了，怎么啦？"奕琳赶忙上前劝阻。

"碰到了一个骗子——我们走。"唐糖将撕碎的纸扔到地上，抓着奕琳的手臂，急于离开。

"你说走就走，你还没付钱哪！"画手喝道。

"你画成这样，还想我付钱？真是搞笑。"唐糖说，"我就是扔进粪坑里，也不会给你。乞丐！"

"你说什么呢？"画手明显被激怒了，一把拽住唐糖的肩，作势要打。

唐糖不甘示弱地叫道："你打啊！你打，看你敢不敢打！"

奕琳慌忙地将两人分开，挡在唐糖面前，向画手连连道歉："对不起！我朋友……她有点心情不好……她不是故意的。"

"心情不好就来我这里发神经，真是有病！"

"你才有病！"唐糖说。

"请问多少钱？我付给你。"奕琳说。

"五十块。"

奕琳赶紧用手机付了款，拉着唐糖离开。

"你为什么要付他钱？"唐糖边走边质问，"他画成那鬼样，凭什么还要给他钱？最讨厌这些搞艺术的人，没本事，还要出来混饭吃，跟要饭有什么区别？"

回到客栈，天已经擦黑。

奕琳整个下午被唐糖搅得有些郁闷的心情，在见到景榆的那一刻，就一扫而光了。

马丁果然已做好一桌拿手好菜，只等着她们归来。

饭桌上，奕琳有些担心景榆会问出有关唐糖画像的事，好在景榆没有说，似乎也在有意掩饰两个人曾私底下聊过微信的事，这让奕琳再次觉得与景榆充满了默契。

唐糖故技重施，一边亲热地给奕琳夹着菜，一边恳求地说："我明天想去泸沽湖，你就陪我一起去吧，好吗？"

"泸沽湖好玩吗？"奕琳回避地问。就算不是舍不得离开景榆，光是景榆为她而受伤这一点，她也不可能抛下他，自个儿跑出去玩。

"泸沽湖肯定好玩。"唐糖说，"晚上还有篝火晚会呢。明天我们就一起去吧。"

奕琳心里想着"我才不想再跟你一起玩"，嘴上却难以拒绝，正思索着该找个怎样的理由来搪塞，这时，马丁插话道：

"好啊，那我也一起去吧，省得在这客栈里一直待着。泸沽湖小得很，一天去，一天回，两天就够了——"

"这两天你就在客栈里休息，再过两天，应该就没事了吧？"马丁看向景榆。

"那个，我还是不去了……我不是太想去。"奕琳强作镇定地说。

"为什么不去啊？"唐糖诧异地责问。

"她不去就不去吧，要不就留下来照顾我一下？我正需要个人照顾呢。"景榆微笑着说，似玩笑又非玩笑，视线扫过奕琳，看向其他二人。

奕琳听了，心一阵猛跳，脸颊飞红。

"也行吧。"马丁说，"那我跟唐糖去，明天去，后天就回。"

"我可没想跟你一起去。"唐糖白了马丁一眼。

"爱去不去，不去拉倒。"马丁说，"我自己去。"

*

晚上，当奕琳与其他几人散坐在大厅里看电视时，母亲张琴打来了电话。奕琳一边急忙往外走，一边接起了电话。

"这么晚了，你还在外面呢？"张琴问。

"没有啊，我已经回到宾馆了。"奕琳说。

"刚刚怎么还有那么多声音？"

"我刚到楼下。"奕琳走到了庭院，继续走向僻静的角落，"现在到房间了。"

"这么晚了，你自己要当心点，知道吗？"

"知道了，妈。"

"你是一个人住吗？"

"嗯。"

"还要几天回来？"

"还有几天吧，具体要看情况。"

"琳琳，你现在究竟都在做什么啊？怎么三天两头地出差，还一出差就这么久？"

"妈，我不是说了嘛，这边有个动画项目，我是过来协助的。"

"不是可以网上沟通吗？"

"网上沟通不方便。"

"那怎么以前都不用出差，现在每次出差都轮到你？你是不是有什么事瞒着我？是你自己要出差，还是公司派的？"

"当然是公司派的了。"

"我怎么就觉得不正常，搞得跟做市场一样……"

"没什么不正常的，工作需要。妈，我就不跟你聊了，我还有活儿要干。"

"那好吧，你也别忙太晚了，早点休息。"

"知道了，妈，晚安。"

挂断电话，奕琳方想起，忘了问候爸爸一声，爸爸说不定就在旁边呢。心中不禁自责，却没有勇气再把电话打回去。

假如一切可以重来，奕琳宁愿永不知晓那个秘密，那她也就用不着如此艰辛地逃避又保守着那个秘密。

第四章

第二天一早，唐糖还是和马丁一起去了泸沽湖。两个人都只带了部分行李，其余行李仍留在客栈。

客栈只剩了她与景榆，虽然又有新客人入住，但年纪都偏大，与他们尚未认识，好像也无心去认识。

奕琳内心既向往与景榆的独处，又颇不自在，一时间不知该如何面对。

景榆半小时前点的外卖早餐已经送到，招呼她一起过来吃。

不是说让她照顾他的吗，怎么反倒成了他照顾她？

"谢谢。"她说，好像受之有愧。

"那么客气。"景榆轻盈地回了一句。

因为尚不知道她的口味，所以景榆多点了几样，让她自己挑选。

奕琳选了饺子和牛奶，与景榆坐下一起吃。

*

吃过早餐，两人一起到了庭院。

景榆踮着脚，在白色遮阳伞下的一把金属椅上坐下。

奕琳为他搬来了一个小凳子。

景榆将受伤的脚搁在了上面，靠着椅背，挺了挺腰。

奕琳弯腰坐在了旁边的半球状吊篮藤椅上，一只脚触着地面，不时轻微地摇晃着。

"我看过你朋友圈了，里面的画和照片都好美，都是你自己画的或是拍的吗？"景榆笑着问。

"基本上都是吧。"奕琳既有些高兴，又有些腼腆，"除了那些转载的。"

"这我知道。你的那些画和照片，不知道的人，会以为是从网络上挑选出来的，真的很出乎人的意料。"景榆笑着看奕琳，"你年纪也不大啊，想不到作品这么老到成熟。"

"也算不上成熟吧。"奕琳谦虚地说，"可能我是比较追求美感。"

"看得出来。"景榆接话，"用色比较鲜艳、明亮。拍的照片光线也都调得比较亮，对比色明显，追求意境。"

"你也喜欢摄影吗？"奕琳问。

"也就大学的时候玩过一阵。不过我可拍不出你这水平，后来就没怎么玩了。"景榆一边说，一边仍专注地看着奕琳，"你对美的东西都很喜欢，对吗？"

"你怎么知道？"

"你自己写的。"景榆笑。

奕琳"哦"了一声，心里有点别扭。

"你微信有一条朋友圈，我印象特别深刻，你说你曾经很向往原始社会，觉得很淳朴、天然和美好。可你刚刚在电视上看到了一部纪录片，拍摄的正是原始部落的真实生活，让你的观点发生了改变。因为你发现了一个很重要的事实，那就是，那个时代太缺乏美，人们都是赤身裸体，肤色蜡黄，牙齿脱落，形象很丑陋，于是你就明白了一个道理，那就是人类一直走在追求美的道路上，美是人类的核心追求之一，所以让你更加坚定了，这一生不问政治，不拒文明，不求富贵，只愿一生都走在追求美的道路上。"

"那个……都是很久以前写的了……你居然都看了？"奕琳不无惊讶。

她几乎都快忘了自己还曾写过这么一段话，而景榆居然差不多是一字不差地背了下来。他该不会是昨晚一直没睡觉，把自己的朋友圈翻了个遍吧？

她的朋友圈因为面向不少粉丝，所以并没有设置可见期限。

"是比较前面的。我就是想多欣赏一下你的作品，所以翻了翻——你不会介意吧？"景榆看出了奕琳的心思，有点不好意思地解释。

"不介意啊。"奕琳装出无所谓的样子，心里想着，不介意可以，但是不公平啊，你的朋友圈就两条，什么都看不出来。但也只能是想想，不好说出来。她甚至不好意思让他知道，自己其实也是看过他的朋友圈的。

"不过，你的朋友圈里，好像没什么你自己生活和情感方面的分享。"景榆边说边挪了挪身，表现出几分漫不经心。

"我不太喜欢分享那些。就算是分享的话，我也会选择在熟人的组别里发布。"奕琳含笑地抿了抿唇，有些得意。

"这样看来，我还不算是你的熟人。"景榆遗憾似的笑笑，露出洁白而整齐的牙齿，目光却很是欣赏与亲切。

奕琳既喜悦于景榆看自己的眼神，又怯于与他长时间对视，心中不安，双眸便不时地闪躲，扭着头，装作在扫视庭院里的风景。

沉静了半晌，奕琳寻找话题，主动开口问："那你呢？你是做什么的？"

"我在私企里工作。"景榆简单地回答。

奕琳点了点头，又问："那你有些什么爱好？"

"爱好？"景榆微笑着转眸，想了想说，"也没什么特别爱好，以前可能会喜欢关注一些智能与科技方面的新发明……读书的时候，最喜欢看科幻类的小说，看了挺多。"

"是不是刘慈欣的《三体》？"奕琳接话，"我就知道这个。"

"嗯，也包括。还有很多国外的经典，像《太空序曲》《濒死的地球》《神经漫游者》《雪崩》这些也都非常好看。"景榆说，"其实现在网络上也有些科幻小说还不错，就是剧情拉得太长，没那么多时间去看。"

"是不是你们男生都喜欢这些烧脑的科技类的东西？"奕琳半是钦佩，半是好奇，"我就最怕这些，每次光是要学习用新软件，我都要先头疼半天，然后逼着自己去学才行。反正对所有涉及电脑这块的东西，我都不是太明白。"

"有什么不明白的，可以问我啊，我来帮你解答解答。"景榆饶有兴致地说。

奕琳也提起了兴致。可以说，以前的她从未对智能或科技这些领域感兴趣过，而现在，不知为何，她却突然真的好奇起来，对于以前所有不明白的，或者根本没思考过的，突然就都想要去弄弄明白，想让景榆来当她的临时老师。

难道这就是所谓的爱屋及乌？

因为喜欢他，所以对他所喜欢的也好奇了起来？

该不会景榆昨晚熬夜翻看她的朋友圈，欣赏她的所有作品，也是爱屋及乌的缘故吧？

但奕琳自己并没有意识到这一点，她是真的觉得自己对智能这块突然像开了脑洞般地好奇了起来，而她却连"电脑究竟是怎么运作的""电脑为什么能运作"这类最最基础的原理都不清楚。她颦着眉，若有所思地对景榆说着自己的疑惑，就好像在说，我知道一加一等于二，可我就是不知道为什么一加一会等于二啊。

她担心景榆并不能真正理解她的迷惑。

好在景榆是懂的，且很认真地回答了起来。他从她最熟悉的摄像机入手，从摄像机的捕捉镜头，讲到人的大脑镜像，讲到人脑的运作，接着讲到电脑与人脑的异同，最后才讲到电脑运作的机制。

奕琳像个学生，很认真地听着，频频地点头，对这些陌生的知识，也似乎一下了解了许多。

或许，光是听景榆说话，便已经让她感到很满足和喜悦了。景榆的声线有些特别，尤其是个别音节的发音方式，在奕琳听来尤其温柔又性感。

她也是第一次意识到,自己居然会如此喜欢听一个异性的声音。

为了不冷场,加上看奕琳满是好奇,景榆便继续讲了下去,从电脑讲到人工智能的广泛应用,再讲到高科技、生物智能,乃至未来的人类社会,以及科幻小说中对人类与宇宙的终极想象等。

奕琳听得津津有味,满脸惊叹,对景榆也几乎要崇拜起来。她认定景榆学的应该是计算机专业。当她无意说出来时,不料景榆却否认了,说他大学学的不是计算机,而是工商管理专业。这些都是因为爱好,所以自己学的。

"太奇怪了,那你为什么不直接学计算机呢?"奕琳疑惑地问。

"我也想啊,可我家里人要我报工商管理,后来没办法就报了。"景榆有点无奈地说。

"你都是个大人了,为什么要听你家里人的?"奕琳不满地随口说道。见景榆低了头,绞着双手,于是意识到自己说错了话,补充说:"其实那时候,我也差点不能报美术了。我妈也特别反对,她觉得我爸是清华教授,我就应该考个清华或北大的,否则说出去都不太有面子。幸好我爸还支持我。"

"你爸是清华教授?"

"嗯。"奕琳点了点头。从景榆的气质和穿着判断,他的家庭应该也还不错,可为什么家长却那么专制呢?奕琳不解地想,却不方便问。

"那挺厉害的。"景榆看着奕琳。

奕琳勉强笑了笑,说:"他是还蛮开明的。"

"那你家里就你一个孩子吗?还是你有兄弟姐妹?"景榆接着问。

"就我一个。"

"哦。"

"你呢？"

"我有个哥哥，比我大五岁，还有一个妹妹，今年才十二岁。"景榆笑着回答。

奕琳不由得羡慕，开心地说："我也一直好想有个哥哥，然后再有个小妹妹就更完美了。"

景榆笑着说："那要不就让我来当你哥哥吧？"

"好啊。"奕琳也笑着说，心想，如果他真是自己哥哥，那该多好，那他们两个就可以每天都这么愉快地相处了。

*

伴随两人的笑声，方姑娘拿着手机和三脚架走了过来。

"在聊什么呢？聊得这么开心。"方姑娘边走近边说。

"需要我帮忙吗？"奕琳问。

"不用，不用，你就坐着吧。"方姑娘赶紧阻止，说，"是这样的，我早上的时候呢，就看到你们坐在这里聊，聊得还蛮开心的。我当时就觉得这画面太好了，就想要拍下来，又不好意思打搅你们，就算了。刚看到你们还坐在这里，我就又想来拍了。"

方姑娘接着说："就是不知道你们愿意不。也就十几秒，你们坐着聊天就可以，不用管我，我一下就拍好了。"

方姑娘拍视频自然是为了发布到网络上，对此，奕琳与景榆倒不是那么在意。

"拍就拍吧，没问题。"景榆说，又用眼神示意奕琳。

"好啊。"奕琳也笑着答应。

景榆倒是很快进入了角色，他问方姑娘视频的背景是不是有音乐，在得到肯定的答复后，便自作主张地讲起了一个笑话。

令奕琳感到好笑的并不是笑话本身，而是景榆居然能够这么快速又一本正经地对她讲起笑话来。

"这样可以了没？"景榆还在乐不可支。

方姑娘将拍下的几个简短视频回看了几遍，始终觉得缺少点什么，或者说，她觉得光是两个人坐着聊天太单调了，要想博取点击量这还不够。

"要不咱们再加一段吧，比如，就加一段两个人初次见面时的情景，两个人刚来到客栈，正好碰上，这样会显得更浪漫些。你们看怎么样？"方姑娘试探地问。

奕琳与景榆很快都明白了方姑娘的意思，这不摆明了是想要借他们来拍一个一见钟情的桥段嘛。

当然，他们也能理解，方姑娘并没有要揭穿什么的目的。虽然这主题确实有些昭然若揭的意味，但方姑娘的目的，最多也只是看他俩形象都还不错，想要借机增加点自己客栈的魅力，然后博取一些关注度。

在她以往发布的视频里也曾多次出现情景剧以及顾客的身影。

景榆对此仍旧无所谓，但要看奕琳是否愿意。

奕琳犹豫了片刻，最终还是同意了。

让她最终同意的，似乎并不是方姑娘，而更多是为了找点事做——她和景榆能共同参与的事。

景榆的脚好了之后，就会离开丽江，按照原定的计划，途经香格里拉，前往德钦，然后再继续往西藏的方向行进。

奕琳虽然也想过要去香格里拉，但她与他，毕竟只是萍水相逢的驴友，也许很快就要分开了。

所以，她想与他一起经历更多一些事，趁着两人还在一起的时候，尽量给彼此留下更多一些、更有趣一些的美好回忆。

一旦决定参与，奕琳便是用心的，与其把自己和景榆交给他人，倒不如自己来编排。

对于画面的选取和审美的把握，奕琳对自己还是有信心的，而且对于美，她一直抱有完美主义的倾向，甚至是已经到了强迫症的程度。

但为了保证方姑娘视频的一致性，他们仍决定用方姑娘的手机拍摄。

经过一番商量，又考虑到景榆的脚不方便行走，在景榆的提议下，最终决定就按照差不多真实的过程来拍摄。

开篇不是方姑娘所设想的两人同时到达客栈，而是女孩拖着行李箱走进客栈时，男孩正在办理退房手续，准备离开；接着是女孩一个人在阳光下百无聊赖的画面；再接着是女孩正看书时，男孩突然出现在眼前的画面；最后才是两个人相谈甚欢的情景。

每个镜头都重复拍摄了数次，过程既欢快也有不少尴尬。

经过最后的剪辑，奕琳将视频总时长控制在了一分钟之内，设置的背景音乐是 Melody 的 *Our Journey*。

方姑娘在发布时，配上了一段文字："在丽江，因为遇见心目中的那个你,所以不舍得离开。"

忙碌了一个中午,总算搞定了。

随后,三人都不由得关注起这段视频在网上的反应。

方姑娘的粉丝只有三十多万,但播放量的增长速度还是让她十分满意。

她细细地看了看奕琳,又看了看景榆,笑道:"还真别说,你们两个长得还真挺有情侣相的,演情侣正合适。"见奕琳与景榆都不说话,有几分尴尬,又转而愉快地说道,自己已经好久没打造过爆款了,看这冷启动阶段的增长速度,肯定是爆款无疑。

到晚饭前,短短三小时,播放量已经超过五万。方姑娘有点得意地说,依照她对数据的经验,这个视频播放量能有好几十万,说不定最终能有上百万,那样的话就真正是她有史以来创造的播放量最高的爆款了。

随着播放量的攀升,评论自然接踵而至,各种说法都有。

幸好,因为颜值在线、画面唯美,绝大多数的评价都属正面。对于少许负面评价,景榆嘱咐奕琳别放在心上。

奕琳原本也没放心上,笑问:"现在播放量越来越高了,你会不会担心被熟人看到?"

"有什么好担心的?看到就看到了呗。"景榆一脸坦然。

"那你怎么跟他们解释?"奕琳问。

"也没什么好解释的。"景榆笑答,"不解释。你呢?"

"我?应该不会有人认出是我吧。这视频里的,比我真人要漂亮多了。就算看到了,也只会以为跟我有点像而已。"奕琳赧然一笑道。

"我不觉得这视频里的比你真人漂亮。"景榆眼瞅着奕琳,"真的,我觉得你真人更漂亮、更有韵味。"

奕琳内心暗喜,脸微微发烫,低头将手机里的视频又看了一遍。

景榆在一旁说:"这首配乐很好听,*Our Journey*。"

"要不要我把歌词发给你?"奕琳问。

"好啊。"景榆点头。

没多久奕琳便将网上搜索到的中英文歌词发到了景榆的微信上,景榆打开来看。

Our Journey

我们的旅程

I've seen you before

我以前见过你

In the back of my memory

在我的记忆深处

I looked in your eyes

我看着你的眼睛

And felt the truth in me

感受到我内心的真实

You're finally here

你终于来了

Been waiting so long

等了这么久

You took my hand

你牵着我的手

And told me to believe

告诉我要相信

Now I know that you are the answers to my prayers

现在我知道你就是我祈祷出现的那个人

And you are my warmth and my strength

你是我的温暖和力量

景榆看罢，抬起头，遇见奕琳炙热而深情的目光。

他迎接着她的目光，而她仍然没有将视线移开。

电光石火间，两人怔怔地对视着。

当晚，两人到最近的一家餐馆就餐。

点好菜，服务员将菜单拿走。

景榆挪了挪身下的座椅，十指交握，抬眸看向奕琳。他希望能再次看到她眼底因他而起的光。

然而奕琳低垂着眼帘，视线流转，似有意避开他的注视。

他内心略有失望，抿了抿唇，微笑着问："明天你想去哪里玩？我陪你去。"

"不用这么急吧？你的脚伤都还没好。"奕琳说，"等你好了再看吧，我无所谓的，你不用管我。"

"没关系，已经好得差不多了，只要不走太多的路，就没有问题。"景榆顿了顿，"要不就去拉市海吧，可以骑马，还可以坐游船，听说风景不错。"

"你没事的话，也可以啊。"奕琳有几分愉快，"那明天就去拉市海。"

"好，那就这么定了。"

奕琳犹疑了片刻，问："那你准备什么时候去西藏？"

"这个……过两天再说吧。"景榆并不确定。

"哦。"奕琳点了点头。

服务员端菜上桌。

两人一边吃，一边断断续续地聊。

奕琳突然想起曾经的一名女网红。一年前，这名女网红被丈夫泼油烧死，在网上轰动一时。她问景榆有没有看过相关新闻。

景榆摇了摇头，说没看到过。

奕琳说，她的家好像就在拉市海附近的一个小山村，是彝族人。自己是有一次在查找有关少数民族民俗资料时，搜索到她的视频的。

女网红喜欢在抖音上分享自己的日常生活，包括洗衣、做饭、干农活、带小孩等。纯朴、乐观，长得也漂亮，说的普通话虽然不太标准，但十分真诚，给人感觉特别亲切。粉丝有好几十万。

可让人万万没想到的是，没过多久，网上就出现了她被自己的丈夫泼汽油烧死的新闻。

当时奕琳很震惊。视频里那个爱说爱笑，还时不时欢快地唱歌、跳舞的女孩，现实中竟然活得那么悲惨。

原来，为了两个年幼的孩子，女网红一直在忍受丈夫长期的家暴和威胁，可即使百般忍辱，最终却还是惨遭了他的毒手。

"如果能找到的话，我们顺便去看看她的那两个小孩，你觉得怎么样？"奕琳提议。

"可以啊。你想去就去吧，反正我们也没什么事做。"景榆一口答应。

"就是不知道能不能找到。看新闻里她姐姐的采访，后来两个小孩都是跟她姐姐一起住，她姐姐在照顾。她姐姐家就在隔壁村，离得应该不远。"奕琳放下筷子，拿起手机，"我把那些新闻找出来，也给你看看。"

"可以啊。"景榆点头，拿起手机，打开奕琳发来的新闻链接，快速地浏览了一遍，也不由得唏嘘，感慨这世上居然还存在像她丈夫那样既愚昧又凶残的人。

"是啊，太可怕了。最近的新闻里说他已经被判死刑了。"奕琳说。

"这种情况，死刑无疑。"景榆说。

"就是觉得那两个小孩特别可怜，还那么小，都只有几岁。"奕琳伤感地说。

话一说完，眼中便有泪花在闪，几欲落泪。

"你怎么了，这么多愁善感？"景榆微微笑了笑，安慰道，"那明天我们就一起去看看他们吧。"

"不知道好不好找，你又不能走太多路。"奕琳控制着情绪，犹豫地说。

"没事，放心吧，大不了骑着马找，那边不是有很多马吗？"景榆笑道。

"对哦，这倒是个好主意。"奕琳开心地附和，想了想，接着问，"那我们要不要买点什么东西去？就买点小孩的玩具和书，再买一点零食，你觉得怎么样？"

"可以啊，挺好的。"景榆附和。

饭毕，奕琳决定独自去商业街购买。景榆想要陪着一起去，奕琳拒绝，不想景榆带伤走路。

景榆表示不放心。

奕琳避开景榆关切的目光，说别忘了她本来就是一个人出来旅游的，别把她想得那么胆小。

景榆听了，方无奈地作罢。

*

又是新的一天，空气有几许冷冽，但清新而又甘甜。

景榆仍与昨天一样，算准时间，叫好了外卖早餐。

早餐的种类依旧丰富，也仍是让奕琳先挑选，自己包揽剩下的大部分。

吃过早餐，叫了一辆网约车，目的地为拉市海。

路上，两人与司机聊到了女网红事件，不料司机不仅很清楚这一事件，连女网红姐姐阿美所在村庄的位置也很清楚。他说刚出事后的那一两个月，网上闹得沸沸扬扬，那时有不少游客都想去看看，还给小孩们准备了礼物，他就送过几单。现在过去快一年了，去的游客比较少了。

奕琳说，他们也正好想去，要不就直接把他们送去女网红姐姐家吧。

司机说没问题，他上一周还送过两个游客过去，是一对中年夫妻。

景榆准备在手机相应软件上修改行程目的地。

司机说不用修改了，反正也要经过拉市海，那地方导航不好定位，他们只要加五十元，他把他们直接送到就好了。

景榆一口答应。

奕琳不太放心地问："是不是真的能直接到？"

司机说："放心吧，还能骗你们不成？就是到了路口还得走点路，没多远，就十几分钟的路程。"

奕琳想十几分钟也还好，看向景榆，景榆也表示没有问题，于是这事便定了下来。

司机热情地同他们闲聊起来，说那些去看望的游客，也是鱼龙混杂，虽然大部分是出于好心，但也有别有用心的，为了蹭流量，或是为了带货，甚至还有想要把小孩带回去收养的。

景榆说："如果遇到好人家，被收养也还不错。"

司机说："这哪说得准，万一碰到坏人，一带走就转手卖了呢？"

景榆说："如果把好关的话，被买卖的可能性并不大。"

司机说："这年头，什么事都能作假，不好说。再说他们既没文化也没见识，哪里懂得分辨，不让带走就对了。"

景榆无话。

奕琳扭头看着窗外，有些出神。

司机接着高谈阔论起自己的看法，说虽然这事确实男的过分，再怎么也不该把人给烧了，可站在一个男人的角度，有几个人能受得了自己的老婆整天在一大群男人面前搔首弄姿？那男的估计也是一忍再忍，最后实在忍不了了，得了，就对着摄像头，举起那满满的一桶汽油，直接就往那女人身上倒了下去。

奕琳忍不住插话，说她看过女网红的全部视频，她从来没有搔首弄姿过，表现很正常，最多也就唱唱歌，或跳一跳舞，而且连这些也不算多。

司机说："都唱歌跳舞了，这还不是搔首弄姿啊？不就是跳给男人们看的，女人们觉得有什么好看的？"

奕琳有些激动，说她就是女孩，可她就爱看。

司机笑了，说："那你问问你男朋友，看他愿不愿意让你整天拍些唱啊跳啊的视频发到网上，给男人们看。"

奕琳一窘，不知该说什么。

景榆挺了挺身，颇为自然地回道："其实这些也没什么，现在这个时代，分享分享自己的生活日常，是很正常的事。"

司机说："那是你们城里人觉得正常，我们乡下人，还是有很多接受不了的。要不然的话，这男的也不会做出这么极端的事来，毕竟是自己两个孩子的妈啊。"

奕琳想说这男的本来就一直有家暴行为，但想一想，估计在眼前的中年男人看来，偶尔打打老婆，也不是什么大不了的事，便懒得说了，看了眼景榆。景榆的眼神中，也大有让她别再去争辩之意，她便懒得再搭话，心里想着，只要能把他们直接送到目的地就行。

然而，没想到的是，司机并没有将他们送到村口，而是在一处山脚便停了下来。

三人都下了车。

司机指着前面的一条上山的泥巴路说："没办法，车只能开到这里了，你们就沿着这条山路一直往里走，翻过这座山，下面的村庄就是了。"

奕琳看着连绵的高山群,说:"十几分钟不可能走到吧?"

司机讪笑道:"差不多吧,我以前走过,十几分钟就够了,不会超过半小时。"

"可是他脚受伤了,走不了这么多路。"奕琳有些气恼。

司机虚情假意地回道:"要是这样的话,那我就再带你们回去吧——去拉市海。来的时候五十元,回去你们给三十元就行了。"

尽管明显被司机摆了一道,但奕琳还是宁愿回去,哪怕内心不无遗憾。

景榆没同意,说既然来都来了,那就去吧。那天他下玉龙雪山都没问题,还怕走这点山路?又转身问司机,到时他们该怎么回去。

司机说,这里就能叫到快车,有时信号不太好,但多叫几次,总能叫到。或者到时打他电话,他如果在拉市海,过来也很快;如果不在的话,他可以帮忙叫其他车过来接他们。

景榆答应,记下了司机的电话号码,似乎对司机的狡猾并不在意。

*

两人沿着山路前行,虽没有台阶,但由于是上坡,并不比下台阶轻松。好在景榆一再强调并不是很疼,走路稍有些瘸,也不那么明显。

爬了二十多分钟,才到达山顶,从山顶能看到底下散落着二十来户人家的村庄,看起来不远,但走起来也要相当长一段时间。

"这哪是只有十几分钟的路程,开车十几分钟还差不多。"奕琳嘟囔着说。

"不过这样也好,如果司机直接说要爬山一个小时,估计你就直接不来了,岂不是更失望?"景榆笑着安慰。

奕琳愧疚地说:"对不起,你脚疼,还害你走这么多的路。"

景榆无奈地说:"要不是你总在提醒,我自己都快忘了。"

奕琳说:"原来是这样啊,那我就懒得管你了。"

又经过四十多分钟,才终于进了村子。

经过问询,两人不久便找到了女网红姐姐的家。

与新闻里姐姐被采访时身后的房屋一样,是一栋彝族特色的土掌房,由泥巴砖头砌成,一体的土黄色,几乎就像是历史遗迹中的一处断壁颓垣。土墙上固定着几条绳索,密密麻麻地挂满了玉米,金黄得抢眼。

屋门敞开,入目便是屋正中间摆放的一张女网红的黑白遗像。遗像中,女网红像平常那样阳光开朗地笑着,笑脸在黑色底色映衬下,呈现出与之相反的无限悲凉与凄楚,让奕琳在猛地一惊后,心境暗沉。

屋内只有一位看起来体弱多病的男性老人,还有一个很幼小的小男孩。

奕琳猜测,老人应该就是女网红的爸爸。他曾经与女网红一起住,她的房屋被焚烧后,老人无处可去,住到了她姐姐家。

而小男孩,应该就是她的小儿子。事件发生时,他还不到一岁,现在一岁多的样子,坐在地上的一张布垫上,手里抓着一个塑料小玩具,不停地放进嘴里啃咬着。

老人精神萎靡,即使见有人来访,表情也很淡漠。

当奕琳与景榆正迟疑该如何解释来意时，老人让他们进了屋，自己拿起手机，不熟练地打起了电话。

没猜错的话，他应该是打给女网红的姐姐，让她回来招呼客人。

果不其然，几分钟后，姐姐回来了。

姐姐读过小学，虽能说普通话，但其实也没什么可聊的，话题都围着孩子转。姐姐说，她自己还有三个孩子，还有爸爸要照顾，她实在顾不了这么多，所以阿莎的小儿子她暂时还带着，大儿子送去给他爷爷带了，以后究竟怎么个抚养法，还没最终定下来。

奕琳记得，在记者采访时，姐姐曾信誓旦旦地说自己会替妹妹把两个年幼的孩子抚养成人。

在姐姐家没有过多逗留，待了约半小时，奕琳便与景榆离开了。

其间，为了避免误会，奕琳一张照片也没有拍，相机一直躺在背包里，只是加了姐姐的微信，说以后有什么需要的，就告诉她，她可以给他们寄过来。

姐姐不停地表示感谢。

景榆注意到，在奕琳送出的一袋玩具、书籍及零食的礼物里，还夹杂着一个厚实的信封，猜测应该是一笔现金，于是问奕琳是不是还送了钱，具体是多少。

奕琳说："你问这个干吗？"

景榆说："你告诉我，我来转给你，这钱还是我来出吧。"

"为什么要你来出？"奕琳奇怪。

"你没发现，她一直把我和你当成一对吗？所以，她肯定以为这些钱和礼物都是我们两个一起送的，她口口声声说的都是'谢谢你们、谢谢你们'，而不是'谢谢你'。我一分钱没出，怎么好意思接受她那么诚恳的谢意？"景榆说。

"我可没觉得她在谢你啊，她明明就是在谢我，看你在，才不得已加了个'们'字，你就别自作多情了。"奕琳纠正。

景榆让步地说："既然她已经加了，那我至少得出一半吧？"

奕琳仍旧不同意，坚持她给钱，是她的心意，和景榆给她钱是两码事，她是不会要的。

景榆无奈，静了静，转移了话题说："我看到你抱那小孩的时候好像哭了，为什么？"

"我有哭吗？"奕琳反问。

"好像有吧。"景榆再次问，"到底是为什么？"

"还能为什么，不就是有点难过？"奕琳压抑地说。

景榆感叹着安慰："每个人的命运都不一样吧，虽然现在是挺惨的，但也未必他的一生都这么不幸运，也许以后他会遇到属于自己的幸运，你说是吧？"

"你听不出来，她其实并不太想养他吗？她自己已经有了三个孩子。"奕琳不无沮丧。

"总会有人养的，这用不着你来担心。"景榆微笑，见奕琳低头不语，忍不住伸手去摸了摸她的头。

奕琳下意识地躲闪开了，有几分羞怯。

"我的脚好像又疼了，要不你背背我？"景榆开玩笑地说。

"那你上来吧。"奕琳站定，作势要背。

"我真上来还不把你给压瘪了，你知道我有多重吗？"景榆笑着，抬起手，又想去摸一摸奕琳的头，迟疑了片刻，还是放弃了。

乘快车回到拉市海时，已是中午。

两人吃过了烧烤，接着租赁了两匹马，骑行茶马古道。

奕琳以前没骑过马，加上天生恐高，骑在高高的马背上，有些胆战心惊。

景榆从小学过马术，骑马对他而言，既简单又寻常。

为了让奕琳真正体验一下骑马的感觉，而不是一直被马夫牵着绳子晃悠悠地慢走，景榆让奕琳到他的马上，想载她试一试。

奕琳先是拒绝，拗不过景榆的一再坚持，甚至连马夫也乐呵呵地一直在劝说——他同样理所当然地把他们误会成了一对。她最终下了马，在马夫的帮助下，爬上了景榆所骑的马，坐在了他的前面。

一上马，景榆便一手牵着绳，一手揽住了她的腰。

她对他身体的温度与气息依旧十分敏感，有点如坐针毡，脸颊发烫。

景榆驾着马，时疾时缓。

快的时候，也会相应地将她揽得更紧；而慢的时候，他的手臂会松开些，但前胸依旧靠得很近，在她耳边说几句话，声音既有磁性又温柔，同时能听到彼此呼吸与心跳的声音。

在一处长长的陡坡，景榆得意又恶作剧地快马加鞭，让马跑得飞快，几乎是直冲而下。

奕琳被吓得头晕目眩、脸色苍白，直感到天旋地转中，整个魂儿都好像要飞奔出去，幸好景榆将她的身体抱得很紧。她恐惧地将眼睛紧紧闭上，好像要任由自己和景榆一同坠入万丈深渊。

"怎么了？真吓着了？"直到骑到了平地，景榆才发现奕琳浑身在抖，便赶紧下了马，将奕琳抱下了马，心中懊悔。

"有一点……没事。"奕琳呆若木鸡。

"对不起，我不是故意的。"景榆紧张地说，很是心疼。

奕琳双臂抱胸，仍闭上眼睛，努力让自己平复。

景榆有些失措，迟疑了会儿，便上前贴近奕琳，将她往自己怀里揽，想让她靠在自己的身上，缓一缓神。

奕琳缓了缓神，推开景榆，自顾自地朝前走去。红着脸，腿有些发软，脑袋仍有点昏沉。意识到自己的心跳快到难以呼吸，一时间无所适从。

景榆轻抿了抿唇，跟上。

*

拉市海的黄昏，异常地宁静又美丽。

通红的夕阳，映照着云层与湖面，令天地红成一片，犹如身在画卷。

两人租船游湖，喂食水鸟，感受水域的辽阔，天与地的苍茫。

而更长久吸引奕琳目光的，却是一块水中陆地上生长着的几排高挺的树。

远远望去，树木排列整齐，树干笔直，枝叶疏朗婆娑。

"你看那些树是不是很好看？"奕琳一边拍下照片，一边指给景榆看。

"嗯。"景榆应了一声。

"你知道那些是什么树吗？"

"不知道。"景榆摇了摇头。

"我也不知道。"奕琳说,"不过跟我经常梦到的那些树很像。"

"你还会经常梦到树?"景榆好奇。

"是啊,这很奇怪吗?"

"有点,很少听到有人说会梦到树。"景榆说。

"可能梦里的东西,总是很不一样吧。"奕琳若有所思,"我就觉得我梦里的树,特别温暖,会开很多乳白色的花,花也特别漂亮。"

"除了树和花之外,就没有什么人吗?"景榆笑着问。

"没有。"奕琳说,又补充,"除了树上的花,还有很多其他的花,各种颜色,跟树一样神奇和好看——是真的好看到让人觉得神奇,就像……你在3D动画片里看到的离奇风景一样……除了我,没有其他任何人。四周都是水……一座孤岛……就像那片树林一样,在水中间,看起来也有点像一座岛。"

"听起来,还真是很美妙的梦。"景榆与奕琳并肩站着,一同静静地远眺。

*

从拉市海回到古城,已是日暮时分。

两人进了一家音乐酒吧,在里面吃过晚餐,又接着在里面泡吧。

景榆要来一些零食及数瓶果酒,让奕琳也喝一些。

奕琳小口地抿着,不想喝多。她想让自己保持清醒,似乎唯有清醒,才能更好地珍惜与景榆在一起的不多的时光。

她头脑清醒地看着景榆，在幽幽暗暗中，她觉得他的脸，俊美到令自己丝毫不能抗拒。

在这个世界上，应该再也找不到比这更让自己欢喜的脸了吧——即使有，也只能是他的复制品。

她想要记住他的脸，记住他笑的样子，颦眉的样子，抿唇的样子，以及射灯的光在他脸上投射与变幻的样子，她通通都想要记住。

很多年以前，她也曾这样，在另一个男孩出国前，想要记住他的脸。

可惜后来一切都变了，连他的脸，也变得与记忆中的不太一样。

那么眼前的他呢？也会变得跟现在不一样吗？

可是，她甚至不会再有见到他改变的机会。那么，此时此刻，就让她牢牢地将他记住吧。

有驻场歌手过来唱了几首歌，都是伍佰的歌，有《挪威的森林》《浪人情歌》，还有《痛哭的人》与《再度重相逢》。

歌手的声音与伍佰接近，发型也是一样的。唱了大约一小时，便鞠躬离开了舞台。

接下来酒吧内依旧播放纯音乐，热闹过后便显冷清。

景榆饮了口酒，看向奕琳，迟疑了片刻，浅笑着开口："你，这次出来玩……怎么一个人？怎么……不让你男朋友陪你一起？"说着，紧握了握拳头，有几分局促。

"你怎么知道我有男朋友？"奕琳嫣然一笑。

景榆尴尬地笑了笑，有些慌神，又拿起了酒杯，深吞了一口。

奕琳注意到，景榆的整个脸色似乎都变了，变得异常失落。为了驱逐他的不开心，她接着告诉他，自己没有男朋友。

他一听，果然立马好转，也好像顿然轻松了起来，欢笑道："你长得这么漂亮，居然还没有男朋友？"见奕琳未说话，抿了抿唇，又自顾自补充道："我也没有女朋友。"

奕琳仍未吭声，并将表情收敛了起来，变得有点冷淡，拒绝着这个话题。

他看了出来：她并不想在旅途中随随便便地发生一段感情。

他又何尝不是。

在他的初衷里，他甚至抗拒这种旅途中的"遇见"。

他收起愉悦，极力让自己往理性回归，装着漫不经心地问："怎么，还在想女网红的事？"

"没有啊。"奕琳否认。

"那你在想什么？"景榆接着问。

"没想什么。"奕琳舔了舔唇，微叹了口气，"就觉得……有时候……人生挺无奈的。"

"是啊，我也这么觉得。"景榆附和着感叹。

"……"

"你这次出来旅游，是不是有什么心事，出来散心？"景榆注视着奕琳。

"没有啊。为什么要这样问？"

"就感觉你有心事。"

奕琳手触着酒杯，低了低头，依然说道："没有。"

"你不想说的话，就算了吧。"景榆顿了顿，"那你知道我这次为什么会一个人出来旅游吗？"

"为什么？"奕琳抬起了头。

"因为我堂哥。我出发的那天，是我堂哥的周年忌日。我什么都做不了，就干脆出来了。什么都没带，除了几件衣服，连工作手机都没带。"

奕琳愣怔着，不知该说什么才好。

景榆拿起酒杯，将杯中的酒一口饮尽，接着边倒酒边说："我堂哥之前在英国留学，三四年前才回国，在国内旅游过不少地方。我这次就想把他在国内到过的地方，都走上一遍。"

奕琳仍手摸着酒杯，看着景榆，无声地倾听。

就在一年前，景榆的堂哥景铖猝死，发生在篮球场上。

当时他们正一起参加一场内部的篮球联谊赛。

比赛前，他就察觉到堂哥状态不是太好。堂哥说只是有些感冒，没关系。他听了，没有在意。

比赛还不到一小时，悲剧就发生了。太快、太突然。他至今都无法接受，也无法原谅自己的大意。

一个鲜活的生命，短短几分钟，说没就没了。

奕琳看到，一滴眼泪从景榆的眼角滚了下来，接着又一滴。他用手指擦拭着。

气氛变得很沉重。

奕琳从纸盒抽出几张纸巾，递过去。

景榆接了，擦了擦眼与鼻，深吸了口气，接着说，他堂哥只比他大一岁，两个人从小一起长大，感情一向很深。

奕琳不知如何安慰。

此时此刻，任何语言都显得苍白无力。她用手抚摸着他的肩背。

他说他很抱歉将她带入这种忧伤的情境中。

奕琳说，没关系，她很愿意听。

景榆将自己从自责与痛苦中抽离，情绪好转了些，又说起有关堂哥的一些事。

堂哥死时才二十七岁，跟他现在一样的年纪。

他没想过堂哥的一生会那么仓促，那么短暂。让他备感遗憾的是，堂哥有自己的理想、自己的渴望，却从来没有为自己去追求过。

他的死因，主要是过于劳累。他家的公司遇到了很多事，加上他父亲正好生病，所有责任全落到他一人头上，连续数十天他都极少休息。

事实上，他堂哥对从商毫无兴趣，他的梦想就是做一个普普通通、活得开开心心的人。大概就像女网红一样，只是想活得简单开心一点。可就算这么单纯的梦想，有些人却生来就注定没办法拥有。

奕琳边听，边看着桌上的烛火出神。

她看到蜡泪在聚集，越来越多，终于满了，之后便决堤一般，流淌下去，像一连串的眼泪。

她想着，确实不是每个人都能拥有平平常常、普普通通的宿命，有些看似最平凡的东西，却可能是一些人永远都拥有不了的奢望。

"你的心事，不妨也对我说出来。"景榆温柔地说。

"你真能看出我有心事吗？"奕琳勉强地笑道。

"嗯。"景榆点了点头，用眼神鼓励，"你可以试试对我说。"

奕琳移开视线，抿唇浅笑了笑，说："其实我也没什么心事，我就是有一个秘密。"

"什么秘密？能告诉我吗？"

"都说了是秘密，就是对谁都不能说啊，要不然就不是秘密了。"奕琳佯装神秘。

"连我都不能说吗？"景榆哂笑，流露几分失望。

"那好吧，我可以告诉你另外一个秘密。"奕琳想了想说，"其实呢，我这次出来玩，我家里人不知道，我跟他们说，我是在出差。"

"为什么要骗他们？"景榆好奇地问。

"不知道。就是不太想待在家里……有时候，我并没有出差，或者只需要出差一两天，可我会故意说我还在出差，其实我是躲在了朋友家里。"

"是……你不想回家？"

"说不清楚。"奕琳静了静，眼里溢上一层水雾，"其实我以前也不这样，也就这几个月吧。"

"与那个秘密有关？"景榆小心地问。

奕琳眨了眨眼睛，让水雾散去，叹了口气，说："我不想说了——我们走吧。"

"嗯，你不想说就算了吧，等你想说的时候，我再当你的听众。"景榆说着，站起了身，带着奕琳离开酒吧。

*

古城之上，一轮明月高悬。

繁星满天，苍穹深邃。

两人走回客栈。夜已经深了，庭院里空无一人。

景榆对奕琳依依不舍，挡住了她回房间的路。

奕琳便往旁边走。

他跟在了后面。

二人一前一后地在庭院里转悠。当转到鸟巢形状的秋千前时，奕琳坐了上去。

"明天我要去德钦，可以先到香格里拉，要不你跟我一起去？"景榆说，声音轻柔而低沉，"我们两个一起去。"

"马丁不是回来了吗？"奕琳说。

马丁回来后，有给他们发过信息。

"我们不用管他，他应该也不会去。"景榆说。他高大的身影立在秋千前，一只手抓住了秋千的绳子。

"唐糖为什么不一起回来？"奕琳顾左右而言他。

"马丁不是说她想在泸沽湖多待几天吗？"景榆仍在等着奕琳的回答。

"她一个女孩子，一个人在那地方，会不会有点危险？"奕琳继续回避。

"你就不用瞎为她担心了，她已经是个成年人了。"

"可是——"奕琳欲言又止，想从秋千上跳下。

景榆或许是下意识地想把她接住，两人一下撞了个满怀。

奕琳正想要抽身，不料却被景榆一把抱住了。她试着动了下身体，却被他抱得更紧。于是她停止了挣扎，身体僵硬地任由他抱着。

他忍不住去亲吻她，吻她的额头、脸颊、鼻子，然后是她的唇。

她把嘴巴闭得紧紧的，浑身战栗。

他松开了她，说："对不起。"

全身的血液似乎都在往上涌,奕琳满脸通红,低头,捂住脸,惊慌失措。

他将她送到了房门口。

他一定不知道那竟是她人生的初吻。

第五章

这吻，突如其来，似出乎奕琳的意料，却又在她的期待之中。

但当它真正发生，无疑却只促生了她的迷茫、彷徨、纠结，乃至逃避。

这就好像一个孩子一直在等待着一个糖果，但当糖果真的到手了，并被吃进了肚子里，那么，对于这个孩子来说，要么只能接受糖果已经没有了的事实，要么就是去期待下一个糖果，或许是更大更甜的糖果。

而她真的能去期待那个更大更甜的糖果吗？

一整晚，奕琳几乎都在失眠中度过，甚至还因为过于纠结而眼泪汹涌地哭过。

一方面，她极其想要与景榆一起前行，一起去香格里拉，去更多的地方，甚至是让自己去放纵一回。

可另一方面，她的学识以及她所受过的教育，似乎都在阻止她这么做。

无论如何，她是绝不会离开北京的，又怎能与来自杭州的他真正去谈恋爱呢？

作为杭州本地人，他应该也从来没有想过要离开杭州吧？

在这样的情形下，尤其在他已经吻过她之后，她如何还能答应与他一起前行？

难道，真的要与他发生一段传说中的"艳遇"吗？这真的是她秉性里所能接受和做到的吗？

而他，应该也不是真的想玩"艳遇"的人吧？他只是一时难以克制而已。

始乱，终必弃。与其如此，还不如给彼此留下一段最美好又单纯的回忆。

第二天清晨，奕琳在房间内久久拖延着，六神无主地迟疑着，不知下楼后该如何面对景榆。直到拖得不能再拖了，才终于下了狠心似的，强打起精神。

又站在镜前，化了点淡妆，以掩盖自己眼睛的微肿及面容的憔悴。

*

景榆一眼看到奕琳的时候，就看出了她的不一样。

他与她之间的那种愉悦、暧昧、默契和快乐，像是统统消失了。

是因为昨晚自我控制失败的冒犯吗？

他假装未觉，仍微笑着招呼她一起来吃早餐。

依然是他点的外卖。

马丁尚未起床。

奕琳一边吃早餐——一碗皮蛋瘦肉粥，一边面容冷淡地看着手机，似在等待那最为残酷的时刻的到来。

等景榆离开后，自己接下去应该干点什么呢？

是回房间补觉吗？

还是坐在庭院里晒太阳？

或是一个人去束河逛一逛？

还是去泸沽湖找唐糖？不过这还是算了吧，跟她一起玩肯定也不开心。

要不要再认识些其他人？比如客栈里昨天刚来的两个女孩。刚看到她们出去，看上去比自己要大一些，但也大不了多少，而且看起来都很面善，应该容易相处，总比跟马丁单独玩要好。

奕琳一边浏览着微信群里的消息，一边纷乱无绪地想着。

景榆犹豫着，感到奕琳明显是在回避与疏远自己。一时气氛沉重，不知该说什么。

奕琳继续一边用勺子往嘴里送粥，一边看起了微信朋友圈。

突然，映入眼帘的一条信息，令她全身猛然震了一下，连呼吸声也重了起来。

"怎么啦？你在看什么？"景榆借机问道。

"你看，唐糖发的朋友圈！"奕琳惊慌地说。

"给我看看。"景榆说着，探过头去。只见唐糖的头像下是一行清晰的文字：再见了，全世界！

下面是一张泸沽湖的配图。

"她怎么会发这样的文字？"景榆同样惊愕。

"你说她会不会是想不开啊？"奕琳惊恐。

"不至于吧？"景榆说，"你打她电话试试。"

奕琳赶紧拨打起唐糖的电话。

"关机。"

再查看唐糖的朋友圈，设置的是仅三天可见，信息仅此一条。

之后每隔几分钟，奕琳都着急地拨打一次唐糖的电话，每次都只听到对方手机关机的提示音。

直到九点钟，唐糖手机仍处在关机状态。

奕琳更慌了，景榆也有些不淡定了。两人决定问问马丁，尽管他还在睡觉。

上楼，敲门。

马丁将门开了一条缝隙，睡眼蒙眬地探出头，问有什么事。

景榆问："昨天你与唐糖分开时，唐糖的情绪怎么样？她为什么没有跟你一起回来？"

"我怎么知道？她说喜欢泸沽湖，所以想在那儿多待两天啊。她情绪怎么样，我怎么知道！"马丁满脸的莫名其妙。

"你跟她在一起，怎么会不知道？"景榆不解地问。

"老兄，我昨天没有跟她在一起啊，她一早就跑出去跟别人环湖了，我根本就没见着她。昨天中午我给她打电话，她手机关机了，我连联系都联系不到她。"

"你是说，昨天中午她的手机就关机了？"奕琳插话。

"是啊，怎么啦？到底什么事啊？"马丁将门敞开，身上只穿着睡衣。

"也没什么事,要不你先起床吧,我们下楼等你。"景榆说罢,推着奕琳离开。

*

这进一步的消息,让奕琳惊恐万分。

马丁倒无事般磨蹭到九点半才下楼,一边吃着为他准备好的早餐,一边打开自己的手机,看了看唐糖朋友圈的那条信息,说:"这有什么,有的人一天到晚就爱这么作,要死的话早死几百回了。"

马丁的话,在奕琳听来十分刺耳。

时间一分一秒地过去,直到十点半了,唐糖的手机还处在关机状态。

景榆为此也没有提前往香格里拉的事。

气氛越来越凝重。

马丁能察觉出两人对他的责怨与不满,尽管没人明说,但毕竟唐糖是与他一起去了泸沽湖,而结果他自己一个大男人大摇大摆地回来了,把一个柔弱的小女子扔在了那么一个小村落。

"其实,替她担心根本就是多余的。"马丁申辩着说,"唐糖那个人,你不能用正常人的思维去理解,你也理解不了,反正我是理解不了。这次去泸沽湖,你们是不知道,在去的路上我们认识了一对情侣,也就打了个招呼,晚上篝火晚会上又遇见了,她就跑去找他们。本来大家在一起欢声笑语的,她偏跑去梨花带雨地向人家诉苦。失恋是多光荣的事吗?逢人就诉苦,我也是服了。这还没完,末了还跟着人家去了他们住的酒店,玩到深更半夜才回来。大冷天的，我都睡着了，还要乌漆麻黑地下去给她开门，还是那个男的送回来的。这就算了，第二天一大早她还要跟着人家去逛湖，人家明显就是热恋期的情侣，就想有自己的二人世界，也就看她可怜，安慰了她一下，她就一点自知之明都没有了，跟在人家屁股后面没完没了。这样的人，美女，要是你的话，你会这么做吗？"

马丁顿了顿，接着说："昨天中午，我给她打电话，本来就是想确认一下她到底回不回，可她关机了，我能怎么办？难道让我满世界去找她？她前天晚上就说了她不想回，想多玩几天，难道我还非得去找到她，拉着她跟我一起回吗？你们是不知道，她那态度，对陌生人黏黏糊糊，对我爱搭不理。我好心陪她去泸沽湖，从一开始她就那副脸色，如果换作你们，你们会舒服吗？——从没遇见过这样的奇葩。老实说，她无论发布什么消息，我都不会奇怪，但我就是不相信，她那样的人会想不开；那么只顾自己的人，会舍得死吗？"

"可她手机到现在都还关机。"奕琳生气地提醒。

"关机又怎么啦？可能她就是故意的呢？你以为她会考虑我们？她那个人，想怎样就怎样，谁知道她想要玩什么花样！"马丁坚持辩驳。

奕琳想不到外表看起来还蛮阳光的马丁，内心居然如此冷漠。

"那你的意思，就是什么事都没有？我们什么都不用管了吗？"

"那请问你想怎么管？"马丁反问。

"算了，你们也不用吵了。"景榆劝阻，"现在唯一的办法就是去泸沽湖，看看她是不是还在。"

"要去你们去，我是不会去的。"马丁坚定地说道。

"那我去吧，不要你们去！"奕琳赌气。

"我跟你一起去。"景榆说着，拍了拍奕琳的肩膀，安慰着，又看了眼马丁，说，"你也不用去了，你只要把你们住过的客栈名字发给我就可以，我跟奕琳一起去。"

说罢，便推着奕琳与自己一道走开，与马丁不欢而散。

*

奕琳回到房间，收拾起行李，内心恐惧得要命。

无法想象事情居然会突然变成这样，昨天一晚上都还在纠结自己感情的那点事，完全没想到，在另一个地方，很可能都已经出了人命了。

收拾好行李，下到二楼，与景榆会合。

经过前台时，景榆停了下来，询问方姑娘，唐糖在入住的时候，有没有留下过什么身份信息。

方姑娘查找了一番，结果是除了姓名和电话号码外，其他的都不曾填写。接着回想了起来说，她原本也是有让唐糖填写身份证号码的，但那姑娘一时间找不出身份证，也不记得号码，说等她找到了再来补填，但一直没有来补，因为淡季查得不严，她也就没再管。

景榆看了看那张登记表格，姓名写的就是"唐糖"二字，电话号码也是她之前用的号码。

＊

"你说，她是真名就叫唐糖，还是她姓唐，唐糖只是她的小名？"在前往泸沽湖的班车上，奕琳疑惑地问。

"不知道，很难说不是。"景榆说着，若有所思。

一个女孩，一个弱弱小小的女孩，与他们朝夕相处过数日，然后突然就这么消失了，而此时才发现，对她的真实身份他们居然一无所知。

奕琳出神地望着窗外，良久，方回过神来，问景榆："你说，是不是我们都对她太冷淡了？她内心其实很痛苦的，可我们好像谁也没有真正去关心过她。"语调自责而忧伤。

"你不要想那么多了，不关我们的事。"景榆安慰，伸出手臂，将奕琳往自己身边揽，"你靠我身上睡一觉吧。昨晚是不是没睡好？看你很累的样子。"

奕琳应了一声，顺从地靠在了景榆的肩臂上，闭上了眼睛。

景榆揽了揽奕琳的肩，将身体往下沉了沉，低声说了一句："我也睡一觉。"

奕琳想，自己昨晚一夜失眠，是否景榆也跟自己一样，失眠了一整夜呢？

＊

班车十三点三十分出发，因为中途出了次故障，请人一番维修后，直到晚上近十点才到达泸沽湖的大落水。

两人下车，又搭乘了一辆在路边等候载客的面包车，伴着昏黑的夜色，直奔里格村。

找到马丁告知的那家客栈时，已是晚上十点半。

这个时间，对于灯火通明的大都市来说，或许算不上晚，但对于这个四周漆黑一片的小村落来说，已然是很晚了。

这是一家民宿，院落昏暗，空荡荡的，大门虚掩。

推门而入，一位五六十岁的大叔还裹着厚厚的棉大衣，闭着眼睛，双臂抱胸地背靠在前台里面的沙发椅上，像是已经睡着了。

"您好，大叔，大叔，您醒一醒！"奕琳迫不及待地喊道，同时急急地从口袋掏出手机，开屏解锁，翻出唐糖的照片。

"您好。"见大叔醒来，景榆冷静地说，"不好意思，是这样的，我们有个朋友——就是这个女孩，之前就住在你们的客栈，请问她现在还住在这儿吗？"景榆一边说，一边将奕琳手机里唐糖的照片给他看。

"她叫什么名字？"大叔不紧不慢地问，开始操作他面前的电脑。

看得出来，他对键盘还很生疏，低着头，很认真地一个键一个键地辨识。

"叫唐糖。我们跟她只是旅途中认识的，她应该就姓唐，二十一岁，前天下午入住的，跟她一起入住的还有一个男的，叫马晟涛。"奕琳一口气说着。

"你慢点讲，叫什么？唐糖？哪个唐？"大叔依旧不紧不慢。

"唐朝的唐，第二个糖是棉花糖的糖。"景榆回答。

"唐朝的唐……"大叔一边思索着自语，一边像是在很费力地单指摁键,"我找找看——前天是有个姓唐的女孩,但她不叫唐糖啊。"

"那她叫什么?"景榆问。

"这我不能告诉你们,这是客人的隐私。"大叔抬起头,看两人并不像是坏人,但仍旧一板一眼。

"那请问她还住在这儿吗?"景榆问。

"她已经走了,住了一个晚上就走了。"

奕琳听了,心猛地悬空,大失所望。

景榆再次向大叔确认了是否就是照片上的女孩,又问她大概是什么时候退房的。

"这我不知道,不是我办理的。"大叔似有意保留,又问,"你们这么晚找她干啥?"

景榆只得大致说明了情况,接着问可否告知一下唐糖的真实姓名、住址和身份证号码,方便他们接下去查找。

但这个请求被大叔一口回绝,理由是他们连女孩的名字都说不出来,他凭什么要相信他们。"真要是失踪了,那你们可以去报警啊,让警察来查。你们放心,真有警察来了,这些我都会提供的。身份证的信息,我们只能给警察,不能给你们。我们要对客人负责任,对吧年轻人?"

面对大叔的一板一眼,景榆也哑了口。何况即使拿到了唐糖的真实信息,也还是束手无策,倒是大叔说得似乎更有道理。

现在剩下的唯一线索就是那对情侣了。据马丁所说,他们住在山顶上的酒店,男方是香港人,不太会说普通话,女方是深圳的,两人用粤语交流。

是否有一种可能，唐糖退了这边的房间，也搬去那一家酒店了呢？

景榆决定先住上一晚，剩下的事明天再说。

环视了下民宿的环境，他问奕琳要不要换一家酒店。

奕琳说："就这里吧，外面太黑了。"

大叔见此，神情一下也舒展了，问他们是要双人间还是大床房，显然也是把他们当作了情侣。

景榆稍微窘了窘，说要两间大床房。

大叔听了，倒有些困惑的样子，但也没说什么，查了查，说可是大床房只剩一间了。

景榆空吞了一口唾沫，不自在了片刻，接着说："那就来两间标间吧。"

大叔点着头说标间有，又让两人把身份证都拿出来，说现在有规定，所有入住的，都必须要登记了身份证才行。

于是两人都将身份证放在了前台。

奕琳注意到，当那个大叔慢腾腾地在键盘上摸摸索索，而她的身份证被较久地搁置在前台桌面上时，景榆假装漫不经心而实则用心地瞅过好几次。

她似乎能明白，景榆大概也是突然意识到了旅途中人与人关系的不确定，所以想要通过身份证来确认些什么。

可即使身份证，又能证明什么呢？不过是一串数字、一行住址，跟真人的身份又有什么关系呢？

奕琳忧伤地想到，内心一阵空虚。

第六章

　　第二天，天一亮，两人便起了床，径直前往山顶，找寻那家酒店。

　　马丁所说的山顶酒店，是里格村最好的一家星级酒店，装饰豪华，视野广阔。

　　两人直奔前台，仍是一样请求查询。

　　服务员以热情周到的服务配合了他们，查询的结果是，近三天都没有姓唐的女孩入住过。

　　景榆于是又让她查询一下那名香港男士，看他是否还住在酒店。

　　服务员在查询后说，是有过一名香港男士，住了两个晚上，昨天早上已经办理了离店手续。

　　景榆请求告知一下该男士的电话号码，他想向他打听下朋友的下落。

　　服务员没有丝毫为难，贴心地将电话号码写在了卡片上，递交给了景榆。

两人顺道在酒店内的自助早餐厅吃了早餐。

八点多,景榆拨打了卡片上的电话号码,提示关机,猜测对方可能还没起床,于是便留了言。

剩下的似乎只有等待。

奕琳急于报案,因为唐糖失联已经有两天了。

景榆没有反对。

于是两人又到了村口,雇到一辆私家车,前往里格村所属的永庆乡派出所报案。

*

几乎与所有的报案过程一样,询问的过程颇为烦琐、冗长。

当地一位年轻的民警给他们做了笔录,先是按照表格将报案人本身的情况详尽地询问了一遍,然后又对各种细节问题反复询问。

询问也是分开的。先是单独询问了景榆,然后单独询问奕琳。

同样的问话过程进行了两次,细细碎碎地消耗了将近两个小时。

待流程结束,年轻民警让他们回去等消息,说有了消息就会通知。

就在民警询问奕琳的时间段,那位香港男士打来了电话。景榆走到了室外接听。

当香港男士大致明白景榆是要询问唐糖的下落时,因为普通话不太好,他把电话给了女朋友,让她与景榆聊。

女孩告诉景榆,他们前天很早一起坐船看日出,然后一起吃过早餐后就分开了,之后他们也没有再联系,没通过电话。

但她又告诉景榆,唐糖在早餐的时候说过,她知道有几个自驾游的人打算去雨崩,她想去找他们,坐他们的车一起去雨崩。

女孩猜测,唐糖吃完早餐后应该是去找他们了,那些人也曾住在里格村,但具体在哪家客栈,她也不清楚。

"你觉得唐糖真的是去找那些人了吗?如果真是这样,那她应该就不会是想不开了吧?"奕琳说,心像是放下了些。

"既然她会那样说,证明她状态也没那么差。"景榆附和。

"希望她没事就好。"奕琳说。

私家车司机仍在路边等候,见到两人终于走来,打趣地说:"你们还是来了,我还当你们是被警察抓起来了呢。"

"不好意思,让您久等了。"景榆表示歉意。

"哎,没被抓起来就好,等久点没关系。"司机嘿嘿笑着说,将车掉头,开回里格村。

*

重回到里格村,在景榆的提议下,两人从原先的民宿搬到了山顶酒店,打算在里格村再住上一晚,看看有没有可能获得更多一些消息。

因为对是否会获准立案存疑,午饭前,景榆给他的一个律师朋友打了个电话,只说是帮路上的驴友询问一下。

律师朋友答复称,对于失踪案件,报案人一般必须是亲人或利害关系人,对于朋友报案的一般都不会予以立案。

另外，对于成年人失踪，除非能证明当事人处境危险，否则也不会被马上立案。

最后，报案后，警察会根据情况，判断是否列为刑事案件，唯有列为刑事案件了，才会接着开展调查。也就是说，未被立案的，警察根本不会去做任何调查。

所以，像景榆所述的情况，通常的结果就是：只会被记录在案，但不会被立案，更不会进行调查。

景榆将朋友的话转述给奕琳。

奕琳一时难以接受，却也无可奈何。

午餐时，奕琳仍旧心事重重，面对食物毫无胃口。"你说，会不会唐糖其实没有去找那些人，或者根本没有找到他们，其实她还是出事了呢？"

"不会的，你不用太担心了。"景榆说，但眼神中却似乎也流露着同样的担忧。

"如果是我陪她一起来的话，就不会这样了。"奕琳满脸沮丧。

"你什么意思？"景榆不悦地颦起了眉头，"为什么要这么说？"

"如果是我陪她来的话，起码我不会让她一个人留在这里，她也就不会出事了。"奕琳强忍着眼泪，"她跟马丁本来关系就不好，马丁还总是对她冷嘲热讽的。"

"你的意思是，假如唐糖真出了事，你就要责怪你自己了，是吗？"景榆说着，眉头颦得更紧，似乎心烦意乱。

奕琳有些吃惊，抬起了头。

"奕琳，我真的不希望你这样。"景榆痛心地说，"我知道为这样的事自责是一种怎样的滋味，我不希望你也这样。"

"我没有。"奕琳嘀咕着否认。

"每个人有每个人的性格，也有每个人的命运。我们不能为别人的命运负责。只要我们没有主观上的错，没有主观的恶意，我们就没必要把所有责任都往自己身上揽。"景榆说得严肃且认真。

奕琳像做错事了般，抿了抿唇，又反驳道："那你还不是一样自责？"

"所以我才要让自己走出来。"景榆紧跟着说，提高了声音，"我这次出来旅行，就是要让自己走出来，我不想让自己一辈子都活在自责里面，所以我想要去真正了解我堂哥，去看清楚他生前最后的状态，然后让自己走出来。"

奕琳低了头，未说话。

"再说，事情究竟什么样，我们现在都还不清楚，没必要这么担心，也许就像马丁说的那样——我们对唐糖根本都不了解。"

"可她是真的很痛苦，逛街的那天，她对我说，她感觉就像被人捅了一刀，然后又被踹上好几脚，活着生不如死。"奕琳伸手，抹了抹眼角的泪。

"有的人就是这样，习惯表达痛苦。真正痛苦的人，可能什么都不说，脸上还总挂着笑。"景榆审视地看着奕琳，加重语气地说，"人跟人是不一样的，知道吗？"

奕琳若有所思。

景榆抻了抻脖子，柔声地说："赶紧吃饭吧，别想那么多了。"

*

离开餐厅时，奕琳说想回房间睡一觉，于是两人各自回房。是相邻的两间客房。然而奕琳并无睡意，越是躺着，思绪越乱，索性起了床，带上相机，出了房间，接着又走出了酒店。

她还是觉得，如果是自己陪唐糖一起来泸沽湖，一切都会不一样。

她甚至觉得眼下的唐糖，就像自己一样，犹如一叶无根的浮萍，且还是一叶失去踪迹的浮萍。

尽管明知能遇见的可能性几乎为零，但奕琳还是抱着一线希望，沿着出岛的那条路，走到了村庄的环湖路，又沿着环湖路漫步下去。

经过一家较大的商铺，奕琳犹豫了下，走了进去，仍是用手机里唐糖的照片，咨询售货员有没有印象。

对方只是瞟了一眼，摇着头，说没有印象。

接着，同样地询问了之后的几家，包括两三家饭店，答复都是没见过或是不记得。

奕琳侥幸地想，唐糖或许真的只是在泸沽湖住了一晚，第二天上午就与那些人去了雨崩，所以村里见过她的人很少。

踏过一排排竹筏，来到临水的湖边，奕琳蹲下去，欣赏起湖里的水草。

水很清澈，完全透明，加上流动的微波，软而细的多色水草随波摇曳，轻轻柔柔地舞蹈着一般，看上去极美。

奕琳用相机拍摄了一阵，又站起身，拍了拍远近的山水。

有一种花，生长在泸沽湖上，叫海菜花，也被人们称为"水性杨花"。

奕琳曾在网上看到过此花的照片，一下就记住了这种花。

因为她觉得这种花，与她梦中的树木所生的花有些相像，都是淡淡的乳白色，花瓣与花朵形状也有几分神似，都清幽淡雅。只是梦中的花要更大一些，更轻盈飘逸、扣人心弦。

但这应该算是她在现实世界发现的与梦中树上盛开的最接近的花了。

因此，她一直都想要到泸沽湖亲眼看看。可惜这次来得不是时候，为此，她感到有些遗憾，想着一定要在它们开花的季节再来一次。

穿过木桥，漫无目的地继续转悠。

两个半小时后，奕琳回到了酒店，但没有马上上楼，而是在一楼户外，找了个僻静之隅，坐了下来。

再次拨打唐糖的手机，仍是关机。

又试着搜索了永庆派出所的电话，拨打过去。有人接了，答复是还在调查中，有了消息就会通知。

奕琳一时分不清究竟是景榆的律师好友说的是真的，还是现在接电话的民警说的是真的。

她将头靠向椅背，双脚搭在另一把椅子的支架上，闭上了眼睛，尽量地使身体放松，然而脑袋却仍在发涨。从枝头透射下的阳光，似正落在眉心，令眼前白花花一片。

＊

景榆发来信息，问她在哪儿。

奕琳回复，她出来了，在外面，又补充，她就在酒店的楼下。

"我等你。"景榆回复。

奕琳起身，进酒店，上楼。

景榆正站在她客房的门外。

奕琳说，她睡不着，出去走了走，拍了点照片。

"你开门吧。"景榆说。

奕琳从口袋里取了卡，刷卡开门，进了房间，景榆也跟了进去。

孤男寡女共处一室，奕琳有些不自在。

她一边拿了水壶准备去烧水，一边问景榆要不要喝水。

景榆说他不想喝。

她迟疑了一下，便作罢了，将桌上的一瓶矿泉水递给了他。

他接了过去，又放回到桌面上。

她一时间不知该做点什么。好在景榆没怎么停留，打开了阳台的玻璃门，走到了外面，她便也跟了出去。

阳台不大，但临湖，满眼的湖光山色。

景榆面向湖面，沉默地观望了半晌，之后稍转过身，看了看奕琳，有几分漫不经心地问："还在替唐糖担心？"

奕琳眼瞟着湖面，未说话。

景榆犹豫了一下，接着问："如果没有发生唐糖的事，你昨天会跟我去香格里拉吗？"

"我不知道。"奕琳开口,好像该面对的终究还是要面对。

"那你是怎么打算的?"景榆的声音突然有些抖,气氛有了些紧张。

"我没有想跟你去香格里拉。"奕琳低转头,冷淡地把话说了出来。

"为什么?"景榆问,深吸了口气。

"没有为什么,就是不想去。"

一阵安静,景榆开口:"那我跟你……你就……没有一点想法?"

"你什么意思?"奕琳涨红了脸。

"奕琳,我……好像……是真的……喜欢你……"景榆一边窘迫地说着,一边伸手握住了奕琳的肩,脸上泛着红光,目光热切,"你应该对我也有感觉吧?"

"可是……我们两个……根本就不现实……"奕琳别过脸,极其不安。

"没有什么不现实的……再说……我们可以想办法……"景榆喘息着说,嘴巴微张,看着奕琳。

"怎么想办法……"奕琳喃喃自语。

"总会有办法的……"景榆说着,便忍不住将奕琳往怀里拥。

奕琳僵硬地立着,感受到景榆扑通的心跳,任由他将自己越抱越紧,逐渐地,她将双臂也抬了起来,试着去抱他的腰。

他的腰很粗,比她想象中的还要粗一些,胸膛宽厚,就像一棵粗壮的树。

她不由自主地也抱紧了他,感到两人的心,都像敲鼓般地在跳。

*

是夜，两人来到酒店一楼的酒吧，点了些小吃，还有一瓶红酒和几瓶饮料。

人不多，酒吧内很昏暗，霓虹灯闪烁，射灯摇曳。

内设有卡拉OK。

景榆唱了一首歌：张学友的《深海》。

正是这首歌，让奕琳完全无法自持。

他一边环抱着她，一边将歌唱完。

放下麦克风后，他便疯狂地吻起了她，而她也迎接了他的吻。

他算不上经验丰富，但也不乏经验，而她的唇舌与口腔，还是远远超乎了他原本的想象与期待。

那恰到好处的柔、软，恰到好处的温、润，清幽又微甜，无尽纯净，又温柔丛生，让他产生了一种从未有过的欢喜之感，似乎让他对她的爱，立即就得到了某种确认。

她对此浑然不知，羞怯、失措，既不舍又退缩了起来。

他跟进并贴紧，害怕她逃脱。

当她的唇与他的唇最终分开，他便明白了，什么才是真正的一吻定情。

深夜，离开酒吧。到三楼，两人再次一起进入奕琳的房间。

当景榆在床边坐下，奕琳便也坐到了他的旁边。

他抱住她一起躺下。

她趴在他魁梧的身上，渴望而大胆地吻起他的脸，接着，化作一条鱼般，游到了他的唇边。

他让她游进自己的水域。

他们都成了彼此的水，又成了彼此的鱼。

他引领着她游弋，她跟随着，与他悠游了起来。

他逐渐感到，似乎是她的缠绵，以及自己对她口腔的迷恋，令他们的吻难以停止。

许久之后，他才用尽最后的理智，主动结束了这场吻。

"要不你睡吧，我走了。"他温柔地说，缓慢地站了起来，胸口起伏。

她像是不明白他为什么突然要走。

但他确实倒退着走了，又立定在门边，用有点沙哑而有磁性的声音，对她道了声晚安，最后替她把门关上。

房间内突然很冷清，异常冷清。

冷清到仿佛方才发生的一切，都不是真实发生过的。

更深的夜里，奕琳给景榆发了一条信息，说："我们还是继续做朋友吧，好吗？"

景榆没有回复。

第七章

新的一天，景榆早早就来到了奕琳的房间，与她继续着前一晚的热吻。

她同样热烈地回应着他。

这样的热烈，似乎超出了他的想象，但与她美丽而矛盾的眼睛里的炙热，又如出一辙。

这个外表看上去文静、智慧的女孩，一旦点燃，内心似乎就有种难以熄灭的火花。

仍旧是醉人的柔软与温润，仍旧是清幽又甘甜。他相信这一切原本就是属于她的。

这就是她：一个对美无限追逐的人，身体里也储藏着无限美好的宝藏。

他尽情地沉浸在她柔蜜的口腔里，不断获取又探寻着那一缕缕甘甜。

甘甜始终存在，带着淡而神秘的清香。这样的清香与甘甜，让他感到了某种来自天然的隐秘与纯洁。

他一次次不由自主地让舌头深入她的喉咙，好像要去抵触那股清甜的源头，直到她无法呼吸了，他才缓缓地将舌头抽回来，与她浅吻。

他没有想到在吻的世界里，自己也能如此狂热。

他带着她深浅交替地吻着，有一次还因为吻得过深过久，彼此都快要窒息了，才不得不分开来，大口地喘息。

她笑着说，他们像是疯了一样。

他也笑着说，是要疯了。

她有些抱怨，他弄得她好疼。

他不好意思地向她道歉，说他会注意的。

然而，她依然还是想要与他相吻，于是，他们又接着吻了下去，好一阵之后，才最终分开。

她嘴唇微肿，娇艳欲滴，脸颊潮红，眸子分外明亮。

但，景榆还是发现，在这分外明亮的眸子里，藏着一些东西，一些别的东西，似带着淡淡的难以言说的忧悒，或许那正是她所提到过的秘密。

究竟是怎样的秘密，让她如此清澈、明亮的眼睛里，却带着对一切都不确定的惶惑之感？

"你昨晚说，让我们继续做朋友，是吗？"景榆勉强地笑笑。

"嗯。"奕琳咬着唇，眼睛闪烁地看向别处。

"那你还会不会跟其他人，也都这么做朋友？"景榆哂笑。

"你什么意思啊？"奕琳惊讶地看向他，有点恼羞成怒。

"我也没什么意思，就随口说说，开玩笑的，你别生气啊。"景榆随即安抚。

奕琳隐忍地看着景榆，说："那我们本来就不现实，难道不是吗？"

"好了，我知道你的意思了。"景榆打断，移开了视线，"今天我们就去雨崩吧，看看唐糖是不是在那儿，要不然的话，万一唐糖不再用这个手机号码，你会一直放不下这件事的。"

"嗯。"奕琳低头答应。

"我们先去吃早餐吧。"景榆淡淡地说，站了起来。

*

走出房间，在电梯间，景榆牵起了奕琳的手，随后便一直牵着，直到自助早餐厅。

他还是一样，又有点不太一样。

吃早餐时，景榆说他不想再坐客运车了，之后便自作主张地联系起汽车租赁公司，要求租一辆越野车。

接着，他开始向她强调，这次的费用由他一个人来承担，他不需要她总是试图分担，至少从现在起，她不要再试图去买任何单。

他其实并不喜欢她那样做，大部分男人都不喜欢自己身边的女人那么做，那样只会让男人觉得没有面子。

他要她明确答应。

她答应了。她觉得他是故意的。

吃过早餐，走出酒店。

景榆的脚伤已经恢复,至少走路时已经看不出来了。

她又能看到他非常完美的走姿了。

在这走姿里,流淌着一种无声的温暖。

这正是她喜欢从背后看他走路的原因。

两人顺阶而下,来到半山腰。

他仍又牵起她的手,拉着她横向而行,接着面向湖泊,择了一处风景,坐了下来。

她问他们什么时候去取车,是去哪里取。

他说不用去取,有人会送到里格村,到之前会给他来电话。

"这么偏僻的地方,也能送过来吗?"奕琳问。

"加了钱就可以。"景榆说。

奕琳"哦"了一声,不再说话。

他让她靠过来,坐到他的腿上。

她照做,并侧身抱住了他的脖子。

两人又一次吻了起来。

这一次,他们吻得细腻而绵长,她的舌头算不上灵活,几乎有点笨拙,却又非常贪婪。

他再一次觉得,是她让自己停不下来。

*

重回酒店,各自回房收拾了行李,租的车很快送到了,是一辆黑色越野车。

简单地办好手续,两人便上了车,启程前往香格里拉。

好一阵安静。

景榆在开车，奕琳坐在副驾驶位，眼瞟着窗外。

景榆开口问："在想什么？"

"没什么。"奕琳说，转头看向景榆，注意到他握在方向盘上的双手。

她觉得那两只手都很好看，只是力度不太一样。

接着，她又注意到，在景榆的左手腕上，戴了一块手表。

劳力士手表。她恰好认识那款手表，价格在四十万至五十万元。

她既有些意外，又不那么意外，因为手表原本就与他的穿着和气质很搭。

她进一步确定他来自富裕家庭，联想到他被家人强迫学工商管理专业，几乎可以推定，他所谓的在私企里工作，很可能就是在自己家的企业里上班。

如此，他更不可能离开杭州了。

她也是从一开始就没有奢望过。

只是，为什么自己之前没有看到，是自己忽视了吗？还是他之前根本没戴？

应该是没有戴的。那为什么现在又要戴上呢？这难道也是他故意的吗？

"你的手表很好看。"奕琳说，似乎就是要提醒他，她已经注意到他的手表了。

景榆只是淡淡地应了一声。

她等着他说点什么，但他没说，她便算了。

片刻，景榆开了口，用淡淡的语气说："你们这些学艺术的女生，是不是跟平常那些女生不太一样？"

"为什么这么说？"她不解地问。

"我跟你说过，我有个表妹，也是学美术的，还在读大学。"景榆不缓不急。

"她怎么啦？"

"她也是跟平常的女生不太一样。"

"怎么个不一样法？"

"怎么说呢，就是……既感性，又有点偏执。"

"你的意思……我既感性，又有点偏执？"

"我没那意思。"

"你就是那意思。"

"随你吧。"

"你究竟想说什么？"

景榆扭头看了眼已然生气的奕琳，却顾不得她的情绪，索性把藏在肚里的话说了出来："那你觉得我们现在是什么关系？真的是朋友吗？还是艳遇来的情人？天亮就分手那种，是吧？你是女生，居然——"

"停车！"奕琳歇斯底里地大叫了起来。

一个紧急转弯，随后车靠边，缓缓停了下来。

他探身靠近，伸手抓她的肩，向她道歉。

她用力地推搡着他，说她不要去了，她要下车，且当真推开那边的车门，跳了下去。

景榆赶紧也下了车，转到她的身边，想要哄她。

奕琳委屈得掉泪，情绪异常激动起来，说："难道是我想要这样的吗？不是因为你才搞成这样的吗？"

"我没有这个意思，只是你……"景榆欲言又止。

"只是我什么？只是我不愿意确定关系对不对？"奕琳依然激动。

"难道……你不觉得，这样的关系很奇怪吗？"景榆皱眉。

"那你想要怎么样？"

"……"

"你有考虑过去北京吗？还是只是想谈个异地恋，然后就分手？"

景榆愣了愣，开口："为什么只能是这两个选择？"

"因为我是不会离开北京的。"奕琳冲口而出。

"为什么？"

"不为什么。"

"就因为你是家中的独生女？"

"这还不够吗？"奕琳冷冷地说，盯着景榆。

"……"

"你如果想要要求我，除非你能考虑去北京。"奕琳进一步地说。她相信景榆无法答应。

而景榆果然退却了，连身体也不由自主地后退了两步，并侧过身去，凝重地愣怔着，久久说不出话。

好半晌，景榆才像接受了现实一般，走近奕琳，诚恳地道歉。

他紧紧地抱住她，将柔弱无力的她几乎提了起来，接着不容置疑地开始了他的吻。

在他的热吻之下，她接受了他的歉意。

他向她保证，自己绝不会再说那样的话，也不会再为难她。

"不管我们会不会在一起，我都是真的喜欢你。"他说。

"我知道。"奕琳说，"我也是啊。"

"嗯。上车吧。"准备上车时，景榆像是回想起了什么，说了句"你跟我来"，就往回走去。

走出约两米，一道几乎冲出路边的急拐弯车痕赫然出现在眼前。

"刚才好危险，差点开了下去。"景榆指着车痕说。

奕琳蹲下看了看，问："如果车真的开下去了，我们会怎么样？"

"我们都会死。"景榆笑着回答。

奕琳也笑着，站起身来，站得直挺挺的，望着眼前的重峦叠嶂。片刻，回头看了景榆一眼，说："你听说过云杉坪的传说吗？玉龙雪山的云杉坪。"

"什么传说？"

"就是殉情的传说。在过去，两个相恋的人，如果遭到反对，或有其他什么原因，无法在一起的话，他们两个就会带上食物与帐篷，去云杉坪，在那里度过他们最后的快乐时光，然后就双双殉情。所以云杉坪也被人叫作殉情谷。"

"那你怎么看？"景榆问。

"我觉得挺好的呀，至少还可以一起共度最后的快乐时光。"奕琳笑道。

"你是在说我们吗？"景榆问。

"我们又不会殉情。"奕琳回道。

"万一想殉情了呢？"景榆开玩笑，"你会陪我吗？"

"那等你想殉情了再说吧。"奕琳微笑。

景榆抿了抿唇，未说话。

重新上车，景榆打开了车内的音响。

奕琳想起她在古城买的碟，还放在后备厢的行李箱里，表示突然很想听，可惜车里不能放。

"你买的谁的碟？"景榆问，"可以在手机上找找，然后用蓝牙播放。"

"Enigma 的。好，我来找。"奕琳边说，边用手机搜索起来。

"英格玛乐队？"景榆惊讶，"你居然也喜欢听他们的音乐？"

"嗯，喜欢了好多年。"

"我也是。"

"真难得，竟然还遇到了知音。"奕琳笑着说，"找到了，就听这第一张专辑怎么样？"

"你真想现在听？"景榆想了想说，"我看还是先算了吧，这音乐太容易让人分心了，这里开车不安全，还是等开出去了再听吧。"

"那好吧。"奕琳赞同，又嬉笑道，"原来你也不是真的想殉情啊？"

"要是你不怕的话，我也乐意奉陪。由你来决定。"景榆转头看了看奕琳，微笑着启动了车子。

奕琳最终选了宗次郎的音乐。

舒缓、悠远又激扬的音乐响起，与窗外起伏连绵的山，相得益彰。

直至车驶出群山，驶入平地，他们才开始播 Enigma 的专辑 *McMxc.a.D.1990*。

别具一格，恍如天籁，却让人犹如沉醉于谷底。

在谷底，景榆几次将车停下，一遍又一遍地吻起奕琳。

＊

车经过丽江境内，奕琳让景榆打个电话给马丁，看看方姑娘有没有接到唐糖家里人的电话，或是客栈那边有没有什么新情况。

景榆于是打过去，没几句就挂断了，说，马丁说他已经搬出去了，没住在方姑娘的客栈。

"他离开丽江了吗？"

"还没，只是换了家客栈。"

"他为什么要换客栈？"

"不知道。"

"会不会是因为害怕？"

"害怕什么？"

"当然是害怕唐糖的家人来找啊，到现在都已经第四天了，唐糖的家里人要是这么多天都联系不上她，又看她发那样的信息，肯定会来丽江找的。"

"你想象力也太丰富了吧？"景榆说。

"本来就是。我来问问方姑娘。"奕琳说着，深吸了一口气，电话联系起方姑娘。

方姑娘在电话那头说，没有接到过唐糖家人的电话，也没见有人来找过唐糖。

"既然这样，那不正好说明唐糖没事？她很可能已经跟她家里人联系过了。"景榆说。

"可是，你还记得吗？"奕琳说，"最开始打火锅的那一晚，唐糖曾经说过一句话，她说就算她死在外面，也没有人会关心。是不是唐糖跟家里人关系也不好，比较少联系？"

"也可能吧。"景榆思索着说，"但不管怎么样，没有消息就等于是好消息，真要出什么事的话，现在应该也知道一点了。"

奕琳往后靠住椅背，说："希望吧。我真的好希望她没事。"

两人都不再说下去。

景榆重新开启了音乐，仍然是 Enigma 的 *McMxc.a.D.1990*。

*

夜晚，香格里拉的独克宗古城。

晚餐后，通过网络搜索与推荐，景榆将奕琳带进了一家民俗演艺酒吧。

完全的藏式风格，一体的棕黄色木质结构。

所有细节，包括雕刻、纹路、图案等，都围绕和体现着藏族文化。酒吧面积很大，整体看上去金碧辉煌，又大气磅礴。

舞台也很大，表演者身穿藏族服装，头戴藏族头饰，载歌载舞，喜庆祥和。

游客不算多，也不算少，分散而坐。

主持人"煽风点火"，台上与台下互动频繁，气氛十分热闹与欢畅。

奕琳不明白景榆为什么突然把自己带到这么热闹的酒吧里来。

景榆贴近她耳语，说她之所以疑惑，是因为她不懂得男人。

奕琳听了，更加茫然。

景榆坐正，顾自笑道："不明白就算了。"

但之后奕琳还是觉得，景榆带她来这儿是对的。

因为至少景榆这一晚过得很快乐，她也是。

她好像已经很久没有这样快乐过了。

他应该也是吧，至少在他堂哥去世后的这一年里，他都没有再快乐过。

当观众在演员们的邀请下，蜂拥到台上去跳舞时，他也拉着她上去了。

他与她尽情地学着跳起活泼欢快的藏族舞。

直到表演临近尾声，他才带着她离开了酒吧，重新回到属于二人的世界。

*

在庭院僻静的一隅，两人坐在长靠背椅上，重新尽情地拥吻了起来，无所顾忌，无人打扰。

虫鸣声声，夜色微凉。

他的吻通常要比她深入得多。

他们都已经熟悉了彼此的吻、彼此的味道，这种刚刚好的熟悉，让他们都犹如中毒上瘾般，欲罢不能。

在这种欲罢不能里，似乎也隐藏着他们想要忘记自身一切烦恼的目的，因而更加肆意又绵长。

他不禁夸赞起她的吻技，说她这一天进步很大，简直就是"孺子可教也"。

她听了，有点不太高兴，说那他的意思，就是他是老师，很有经验。

景榆赶紧否认，说他不是那个意思，其实他也不太会，就是想要跟她一起学习。

"可你明明很有经验。"奕琳不依不饶。

"我也没什么经验，就是对你很有冲动而已。"景榆有点憋屈，"我以前都不知道接吻还可以这样，从来没有过这些想法。你以前应该也没有这样接过吻吧？"

"我以前……都还没有谈过。"奕琳羞赧地说。

"啊……难怪……你还什么都不知道。"景榆哂笑。

"不知道什么？你怎么知道我不知道？"奕琳反驳。

"你明明就不知道。"景榆笑。

奕琳不再争辩。两人一阵安静。

似乎一沉静，忧伤便来了。奕琳又吻起景榆的脸。他回吻着她，不断亲她的脸、她的眼睛。

"你知道我为什么不能离开北京吗？"奕琳开口，轻声地说。

"为什么？"景榆同样轻声地问。

"……因为我发过誓。"

"为什么要发誓？"景榆惊惑，心猛然一提，接着直往下沉。

"因为我外婆……"奕琳艰难地回答，"她以前一直跟我们住在一起……只有我寒暑假的时候，才会回老家去住一段时间……基本上每次都会带上我……可那年暑假，我读高二的时候，因为报了培训班，我没有跟她去……没想到……我就再也见不到她了……就是因为她突然发了病，摔倒在了地上，没有人知道，没有被人及时送去医院……"奕琳哽咽着,把话说完,"从那时起,我就发誓不离开北京,等我爸妈都老了的时候,我一定要跟他们生活在同一座城市。"

景榆听完,替奕琳擦掉脸上的泪,紧握起她有点冰凉的手,表示他已经知道了。

她等着他说点什么,哪怕是同样的对现实的妥协与确定。但景榆没有说,只是低着头,一直揉捏着她的手。

这一晚,景榆仍是开了两间客房,却没有进奕琳的房间,只是将她送到了房间的门口,和她吻别后,就进了自己的房间。

第八章

这天，吃过早餐，带上些水和食物，景榆与奕琳接着驱车赶路。

于中午一点，抵达德钦的西当村。

因山路地形陡且复杂，外来人员不熟悉路况，再加上返程时可多个徒步的选择，两人遂决定，停车于西当温泉，改乘当地探险公司的越野车进山。

仅四十多分钟后，两人便被送达了上雨崩村的村口，并在这里下了车。

这里风景如画，但顾不上停留，两人直接步行入村。

村子很小，仅有二十来户人家，即使一家家打探，也不是很麻烦的事。

两人来到了村里最大的一家民宿，登记入住。

一边登记，一边便问起，这里最近几天有没有来过一个叫唐糖的女孩。

"唐糖？是不是一个小小个子的？"民宿主人——一个三十多岁的藏族男人——一听便乐呵了起来，夸张地比画了个高度。

奕琳与景榆都明显激动起来。

"对！个子不高。她来过这里？"景榆问。

"岂止是来过！"民宿男主人表情生动，语调夸张，"嘿，那女孩，不得了啊，看着小小一个，也太厉害了，喝酒那叫一个猛啊。跟谁都斗酒，绝不服输的。她——应该就前天到的，一来就喝得醉了个半死，吐得一塌糊涂，整个房间都是。还说青稞酒没事，结果昨天一天都起不了床，到今天才缓过神。"

"那她现在呢？"

"回去了——他们几个人驾车来的，其他几个人一大早去了趟神瀑，回来她就跟他们一起走了。才刚走没多久呢，不到一个小时。你们也认识？"

景榆回应，说在丽江住同一个客栈，算认识。

"要是你们早到一会儿，就能见着了。那女孩实在是不一般啊，有个性，说是失恋了，这你们知道不？"男主人啧啧不已。

"知道一点。"景榆回答。

奕琳感到压在心口的巨石砰然落地，顿然轻松了起来。

她想问男主人一个问题，旋即又忘了该问什么，便一句话也没说。

男主人拿了钥匙，领他们穿出平房，顺着木头梯子，爬上旁边的一幢三层高的砖瓦楼的二楼，打开了房门，让他们自己挑选。

景榆仍是要了相邻的两间带空调的双人房。

深山的环境，孤立的小楼，加上老旧式的门锁，奕琳在心里更希望晚上能与景榆同一个房间，却不好说出来，只好打算到时再看。

两人进了同一间房，心情似乎都还处在难以平复中，一时不知该说什么才好。

随后，景榆想起给马丁打个电话，通知他一下。

通话完毕。奕琳笑着问，马丁怎么说。

景榆也忍不住笑，答道，马丁说，唐糖把他的这趟旅游给毁了，从头毁到尾。他说他嘴上虽然认定唐糖没事，但心里到底还是担心的，以致这几天根本没心情玩，郁闷得很。

奕琳哈哈大笑，说："真的吗？那马丁也怪可怜的。"又问："马丁这是要回去了吗？"

景榆说，他正在去机场的路上。不过，他也说，幸好在回去前知道唐糖没事，没事就好，也没什么好说的了。

奕琳也感叹道："是啊，幸好没事，没事就好。"顿了顿，又接着说："不过，说真的，幸好没碰上，要是碰上了，还真不知道要说什么。"

景榆说："那也是。"

奕琳忽然想起，在登记的时候，她想问的问题是，唐糖是不是丢了手机，或者还有没有别的号码。

但此时，她又觉得，没什么问的必要了，有没有也都不重要了。

*

步行至村口，太阳已偏西，穿梭在厚重的云层中。拍照的话，光线并不充足，但风景依旧如画。

奕琳说，她一直最爱两个季节，一个是深春初夏的时候，那时万花竞开，争相烂漫；一个是这样的深秋初冬之际，树叶从冷色变成暖色，却还没有掉，或者掉了一些，散落在地上。这两个季候的风景最美，是她每年都最不舍得错过的。

说罢，独自走远去拍照。

景榆隔着一段距离看着，心里想到，眼前的这个女孩，原本就应该是属于画里的，可她却偏偏让自己活在了画外，再不断地去寻觅着画。

但也正因为她让自己活在了画外，又不断去寻觅着画，所以才会显得如此纯真而又动人吧。

奕琳一边远远对着景榆拍了几张，一边朝他走来，笑着说："其实我们也应该感谢唐糖，否则的话，我们可能早就分开了。"

景榆视线跟随着奕琳，说："你真的舍得跟我分开吗？"

"我说的是前几天的时候。"奕琳解释。

"我问的是现在。"景榆强调。

奕琳有点愣住了，接着举起相机，越过他，继续拍另一边的风景。

他突然觉得她的身影很孤单。

她是一直都这么孤单着吗？景榆在心里问，她为什么要让自己一直这么孤单呢？

*

天黑前，两人回到民宿，走进登记处低矮的平房。

这里既是厨房，也是餐厅。

古老乡村式的土灶台上，女主人正在炒菜，供给屋内的两桌游客吃。

一桌有导游带团，共十来个人，围了满满一桌。

另一桌更像散客，也有四五人。

在屋子中央还有一个生火台，正烧着煤炭，专供烧水和取暖用。

他们进去的时候，两桌游客都热情地邀请他们一起就餐。两人都婉言谢绝了，单独找了个小桌坐下，点了三道小炒和一道汤。

男主人说，因为那两桌菜还没上齐，要劳烦他们等一等。

两人表示没有关系。

由于昼夜温差巨大，气温骤然降到很低。

景榆带奕琳回了一次房间取羽绒服，半小时后，才又一起走了回来。

男主人正与两桌游客喝酒、玩乐。

气氛非常热闹。

但这一次，奕琳无法投入其中，看上去心不在焉，似在强颜欢笑。

"你自己吃啊，为什么总看着我？"景榆说。

奕琳夹起一团饭，塞进嘴里，筷子还含在口中，就又抬眼去看景榆。

景榆很快明白了她的心情。

*

游客们吃完饭，却大多没有离开，而是纷纷坐到了长方形的生火台旁边，围成一圈。唱歌、饮酒、聊天，还加上听男主人激情四射地讲笑话。

笑话一个连着一个，源源不断地张口就来，加上男主人的夸张讲述，游客们乐不可支，也乐不思蜀。

有游客开始斗酒，喝彩声一阵连着一阵，此起彼伏，如惊涛骇浪一般。

奕琳与景榆吃过饭，也没有立即离去，而是加入了他们，同样在生火台旁坐定。

很快有人给他们斟上了青稞酒。

奕琳想，唐糖应该就是这样喝醉的吧？于是也端起杯，尝了一口，心里觉得所有的酒，其实都不好喝。

仍然是没有心情融入，奕琳越来越多地只想看景榆。扭着头，托着腮，不时地盯着景榆的侧脸，似乎要透过他诱人的脸部线条，看向他的灵魂。

在他没有对她说话的时候，他的肌肤与骨骼也好似在与她对话，并源源不断地向她传递着梦里树木一般的温暖。

游客们豪情万丈地齐声唱起了歌，粤语歌，黄家驹的《光辉岁月》。

景榆也跟着一道大声地唱了起来。

奕琳在一旁听着，不声不响，文文静静。

景榆见她始终无法融入，便站了起来，带着她回房。

*

两人回到了住宿小楼，站在门前走道的时候，她转身抱住了他，低声地说，她想他今晚陪她，她一个人有点害怕。

景榆应了一声，说："那好吧。"

景榆将他的行李箱拿进她的房间，锁上门。他与她情不自禁地拥吻了一阵，接着他便推开她，说："你先去洗澡吧。"

她答应了，拿了睡衣进浴室。

洗好澡，穿着一身淡紫色的桑蚕丝睡衣出来时，景榆正四肢摊开地躺在床上。

见奕琳出来，他便坐了起来，接着去洗澡。

同样是穿一身桑蚕丝睡衣出来，浅咖色的。

房间内开着空调，并不太冷，有些微凉。

景榆上床，从后面抱住了奕琳，让她背对着自己，想要就这样抱着她睡。

但奕琳转过了身，想要与他热吻。

他艰难地抗拒着，只与她浅浅地吻了片刻。

她低下头，去吻他的脖子，接着解开了他的两颗扣子。

他说："你别这样，赶紧睡觉吧。你这样我受不了。"

她却并不理会，继续吻着。

……

吻毕，景榆闭着眼睛，从背后抱着奕琳，把她整个抱在怀里睡。

她却没睡，从他手臂下翻过身来。

房间内仅留了一盏壁灯未熄。

幽幽暗暗中，她欢喜又出神地看着他的脸。

不由自主又小心翼翼地吻了吻他的脸颊和嘴唇，才将眼睛闭上。

耳畔，传来了楼道里的声音。

游客们正在回房。

嬉闹和说话声，木梯上咚咚的跑动声，以及似乎有人喝醉了酒，被其他人架着经过的密集脚步声。

接着，她还听到有游客在大喊："哇，下雪了啊！"

"真的下雪了，太神奇了！"

"好大的雪！"

他同样模糊地听到了那些声音。

*

雪下了半夜。

第二天醒来时，雪已经停了，出了曚昽的太阳。

屋外玉树琼枝，银装素裹。

游客有的徒步神瀑，有的前往冰湖。

景榆与奕琳按照计划，徒步返程。

十二公里的路程，与进山相反，前三分之一的上坡路，后三分之二的下坡路。

突来的雪，让一路的风景变得苍茫而圣洁，令人赏心悦目。

景榆背着奕琳走了一段路，步伐稳稳的。

他说，他真的很想就这样背着她，一直一直地朝前走，这感觉就好像是走进了另一个世界里，另一个与现在的世界平行的世界。在这个世界里，永远只有他们两个人。

奕琳说，不用去那么远，就带她去世外桃源吧，她想跟他一起去世外桃源。

景榆说："好啊，到时我耕田，你织布，去过最原始的生活。"

奕琳沉默了片刻，说："怎么突然觉得，好像去过最原始的生活也还挺不错的啊。风景这么美，四季更迭，也不会觉得那么单调。每天看日出日落，只要能吃饱肚子就行。想想还挺美的。"

景榆说："是啊，是真挺想去的。"

不多久，奕琳要求下来，景榆不肯。奕琳坚持，因为她怕他会累。尽管他说自己一点也不累，她还是不好意思让他一直背着。景榆只好放她下来。

两人并肩走着，他把她的背包要了过来，挎在自己的肩上，一只手搂着她的肩膀。

"哎，你知道我最早看到你，是在什么时候吗？"奕琳突然想起来问。

"不就是在客栈里，打火锅的那个晚上吗？"景榆不明所以地说。

"不是，其实比那还要早一点——是那天下午，在古城的时候，我就看到你了。"奕琳随即纠正，"不对，也不是我看到你了，是我的相机拍下了你，但我没有看到你，是不是很神奇？"

"真的吗？这么神奇？"景榆惊讶。

"还在我相机里呢，要不要看看？"奕琳拿起挂在身上的相机，找给景榆看。

"还真的是我，太不可思议了！"景榆含笑，回忆着说，"当时是跟马丁一起去找导游报名，就约在四方街，然后逛了逛——难怪那晚上你第一眼看到我的时候，就好像认识我一样，我当时还挺奇怪的。"

"这你也知道？"奕琳将相机收起，也不无惊讶。

"嗯，感觉到了。"景榆欣喜，兴奋地说，"其实我第一眼看到你的时候，就眼前一亮。当时你从楼梯上下来，我感觉就好像你一下就走进了我的世界里面——真的就是这种感觉，当时我自己也挺震撼的……然后，还有给方姑娘拍的视频里，她配的那段文字：'在丽江，因为遇见心目中的那个你，所以不舍得离开。'我也觉得挺神奇的。当时我还在心里想，哇，这女人也太厉害了吧，简直就像我肚子里的蛔虫一样，把我看得这么清楚。"

奕琳莞尔，接着大笑出声，从背后箍着景榆的腰，身体斜斜地依偎。

景榆继续说，那天如果不是因为她还留在客栈，他是绝不可能回去的。他的行程安排得很满，除了德钦，还有林芝、拉萨、纳木措、可可西里，然后是青海湖——这些都是他堂哥曾到过的地方。计划最后从西宁回杭州，而且原本他只打算一个人独行，没打算结伴。只是唐糖与马丁当时在客栈找人，想要凑齐报团的人数，他也正好想到雨崩看看，就同意了。但后来，他就真后悔了，唐糖不仅叽叽喳喳的，还总是与马丁拌嘴，挺心烦的，他巴不得早点摆脱他们，怎么还可能跟他们回客栈呢？

"不过，其实我那时也没什么具体想法，就是忍不住想要回客栈。"景榆不好意思地补充。

"如果车没坏的话，你就走了吧？"奕琳想起自己那时强烈的眷恋与不舍。

"是啊，所以缘分这事真的很难说。"景榆看向奕琳。

奕琳低了低眉，又抬头问："那你还打算去西藏吗？"

"不去了吧。"景榆沉了沉声，"也没有时间了……再过两天，我估计……就必须得回去了。"

"我也是啊……"奕琳回道。话一出口，喉咙便猛然被锁住了似的，再说不出话。

景榆也抬起了头，看着头顶上的雪枝，半晌，终于还是忍不住开口："你说我们到底该怎么办？就这么分开，你能做到吗？"

"我也不知道，尽量吧。"奕琳看着地面，不敢看景榆。

"我怕我做不到。"景榆深吸了口气，"那到时……我可不可以去找你？"

奕琳沉默，久久没有回答。

景榆也咬起了唇。

树枝上积雪厚重，正在融化，不时有雪水滑落，啪嗒作响。

*

下午三时，回到西当温泉停车场取车，又开车一小时，到达飞来寺景区。

两人决定在此住宿一晚。

经过一个便利店时，奕琳让停车，说要去买点东西。

景榆将车停了下来。

奕琳拿了背包下车。

不多久，奕琳回来，手里仍只拿着背包，神情颇不自然。

景榆问："买到了吗？"

"嗯。"奕琳点了下头，有几分窘迫。

景榆猜测很可能是某类女性用品，便没再问什么，将车重新启动。

两人来到飞来寺大酒店，决定在此住宿一晚。

在进门之前，奕琳带几分羞涩地提议，他们只需一间房就够了，不用浪费。

景榆轻点了点头，表示同意。

这是景榆头一次为两人只开一间房，因而看起来有些局促。

当服务员介绍，观景房在房间内就可以观赏梅里雪山日出时，景榆并没有听完，就匆忙地点头要了这间，分明拘谨，又尽量地让自己表现得自然一些。

进入房间，两人倒在床上一阵热吻，景榆自控地停了下来，浑身燥热难安，奕琳也有几分意犹未尽。

"你知道我刚刚买的是什么吗？"奕琳羞红着脸问。

"是什么？"见奕琳主动提起，景榆倒有点好奇了。

"我拿给你看。"奕琳趿上拖鞋，抓起背包，拉开拉链，将东西掏了出来。

"你……居然……买的是这个？！"见奕琳掏出的居然是一盒避孕套，景榆讪笑，咧嘴道，"你究竟想干吗呀？"

"你说我想干吗？"奕琳故作镇静，将盒子握在手中，重新坐回到床上。

"你连做我女朋友都还没答应，怎么还总想着这个？"景榆觉得不可理喻。

"你不想吗？"奕琳眉头轻蹙。

"我当然想啊，可是——"

"可是什么？"奕琳边说，边拉着景榆坐下，从一侧抱紧了他的脖子，亲了亲他的脸颊，说，"我是真的好喜欢你。"

"我知道，可也用不着这样……"景榆局促，"你别这么傻了。"

"我不是傻，我是真的已经想好了。"奕琳边羞怯地说，边往景榆的身上挪，坐到他的腿上，仍又圈紧了他的脖子，不让他看到她的脸。

景榆让奕琳松开了些，压抑着强烈的冲动，哂笑着说："你真用不着这样的……我都不知道该怎么说你了……"

"可我真的……就想尝试一下……"奕琳心跳局促，紧张到喘息。

景榆还是窘迫地将奕琳推到了一旁，自己站起身来，手足无措地抖了抖身体，说："要不我们出去走走吧，别一直待在房间里了。"

"我不想走，都走一天了！"奕琳微恼地抗议，红着脸，接着失望般地躺了下去，身体呈半圆形地蜷缩起来。

"那你就休息一下。"景榆走近，替奕琳盖上被子。

奕琳闭上了眼睛，胸口因羞愧与沮丧而微微起伏。

景榆也暗中做着深呼吸。

"你就不能坐下吗？"奕琳把眼睛睁开，斜觑着景榆。

景榆只得在床边坐下。

奕琳重又爬到他的身上，带几分挑衅地说："你不是想知道我那秘密吗？要不我现在就来告诉你？"

"好啊，洗耳恭听。"景榆笑笑，"什么秘密？"

"如果我告诉你秘密，你就能答应我吗？"奕琳一副认真的模样。

"你……你先说一下你的秘密……"

"嗯……其实……我……我不是我爸妈亲生的……我只是他们领养的。"奕琳艰难地说，"我……其实……本来是个孤儿……"

"你……真的不是在开玩笑？"景榆看着奕琳。

"你觉得我像是在开玩笑吗？"

"……"

"其实我也是才知道的，就在三四个月前……我到现在也还接受不了。"奕琳目光茫然地补充。

"我知道了……所以，你这几个月都不想待在家里。"景榆看着奕琳，目光柔软。

"嗯。"奕琳点了点头，一阵伤感，眼圈发红。

*

待奕琳情绪稳定后，景榆还是禁不住问起，她究竟是如何知道的，为什么这么多年，她会突然自己知晓这些。

奕琳说，那天她没有去公司，就在家里工作，因为身份证不见好些天了，她想着找到户口本去补办。没想到，就在她妈妈衣柜抽屉里的一个盒子里，她找到了一份收养登记证书。

"那么重要的东西，你妈怎么会那么随便地放在衣柜里？"景榆有些不解。

奕琳说，并不是随便放的，她以前从没见过那个盒子，而且那盒子上有锁，她是找到钥匙盒，一一去试才打开的。而且，那盒子应该只是暂时地被放在了那儿，第二天她再去找的时候，就怎么都找不到了。

"那你是怎么知道……自己是孤儿的？"景榆问，"你爸妈知道你知道了吗？"

"他们还不知道。"奕琳摇了摇头说，她也很害怕让他们知道。她是看到收养证上的收养原因写着"父母双亡"四个字，知道自己原来是……送养人的关系写的是"祖母"。

景榆轻抚着奕琳的头发，说："所以那天抱着女网红小孩的时候，你是想起了自己才哭的？"

奕琳眼睛再次通红，静了片刻，纠结地说，她自己也是真的想不通，明明从小到大，都有人说她跟她妈妈长得有点像，她从来没有多想过。她真的没办法相信就偷偷拿了她妈妈的头发，去做了DNA鉴定，结果就是真的。她以前做梦也不会想到会是这样。

景榆表示理解。

奕琳说，他没经历过，根本不可能理解她的感受，就像自己突然被连根拔起，不知道自己是谁，也不知道究竟是谁把自己带到了这个世界，好像一回头，没有人，一个人都没有，就只有自己一个人，孤零零的，好像要自生自灭一样。自从知道真相以后，她就经常做梦，梦到自己在水里漂，没有根，就像浮萍。那种感觉很像是溺水，不知道接下去是生是死。好在她又梦到一座可以上岸的岛，就是她对他说过的梦，或许就是她的潜意识里，想要得到拯救……

景榆听着，似乎全明白了过来："所以，你想跟我……是因为……你想要脱离女孩……女孩的身份？"

"也不全是这样的……还因为我喜欢你，我真的很喜欢你。"奕琳解释，"你也喜欢我的，对吧？"

景榆哽咽，喉结动了动，迟疑道："我当然喜欢你，非常喜欢。但我也不想……是因为冲动……也许有一天你会觉得自己只是冲动……"

"不会的，我真的不是因为冲动，我自己心里想得很清楚。"奕琳涨红着脸，有些羞恼。

沉默片刻，景榆开口："要不……你做我女朋友吧？怎样？"

"可我还是不会离开北京的。"奕琳满是犹疑，"就算他们不是我的亲生父母，我也不想违背自己的誓言。"

"我知道……"

"我可以答应你去找我，这样可以吗？"奕琳做了妥协。

景榆低头看着奕琳，手指撩开她的刘海，摩挲起她的脸，感到这一切似乎都是他们早已注定了的命运。

*

他知道，他终究是要得到她的，或早或晚，都是注定的。

跟奕琳的那个秘密其实无关。

然而，当奕琳赤裸的少女般的胴体真正出现在眼前时，景榆还是不禁愣怔了。

如此娇嫩白皙，全身几乎一色的乳白，光滑晶莹，苗条却又丰满，润玉般，柔光遍布。

他凭着极强的毅力忍耐着，又似害怕触碰如此极致的美好与纯洁。

他说："你真的想好了吗？"又说："你现在说不，还来得及。"

他等着她说。

她没有说，嘴唇咬得紧紧的，紧张地瞅着他。

"答应做我女朋友！"他在她耳边低语。

她含糊地应了一声。

他不再说话，只是吻着她，吻她的脸、唇，舌与舌缠绵后，他游出了她的水域，接着吻她的全身，像游进更深广的大海里。

她在他的吻之下，浑身战栗。

他双膝跪着，像一个古老的仪式。

她感受到了疼痛、饱满、充实、失去，或是得到。

她成了一个女人，而不再仅仅是个女孩——一个身如浮萍般的女孩。

从此，她应该具备了一颗大人的心，来面对这整个世界。

*

他带她出去吃晚餐。

走出房间时，奕琳觉得恍如隔世。

吃晚餐时，她读到了唐糖在微信群里发的一条信息。

大意是她回到方姑娘客栈后，才知道大家都在替她担心。她不知道大家会为她这样担心，觉得很抱歉，希望大家能原谅她的任性。

奕琳回了条信息，说："没事就好，不用想那么多了，没关系。"

又问景榆："你要不要也回个信息？"

景榆说："既然你已经回了，我回不回无所谓了吧？"

奕琳的心异常柔软，说："你还是也回一个吧。"

景榆便回了一条："没事，安全就好。"

回想起这几天的点点滴滴，奕琳只感到千言万语，无从说起。

景榆也一样。

他们都万万没有想到，就短短几天，两人居然走到了这最后一步。

他看着她，清澈的眸中似有泪花，神情却透着幸福和满足。

回到房间，景榆再一次吞噬了她。

而她，也再一次确认，自己终于不再是个孩子。

他问她，是否知道自己的裸体有多美。

她羞涩地没有回答。

她其实也是知道的，只是她不知道这对异性有着多大的诱惑力。

她说，她也很喜欢他的身材，很完美，很有艺术感，也很有生命感。她连续用了三个"很"。

景榆笑道，他宁愿她直接说他性感。

她于是说，也很性感。

她还是不习惯裸体，不久便将内衣穿上了，也让景榆穿上了内裤。她依偎着他半裸的躯体，问他是不是经常锻炼。

"算是吧，每天早上起来都要锻炼一下。"景榆回答，"我家里就有个健身房。"

她说，她也是，平常每天都要练一练瑜伽，因为坐着的时间太多，怕得职业病。又接着说，难怪他身材这么好，不过更重要的是，他身体的各个部分，都正好符合美学比例。

"这也能看出来？"景榆低头看了看自己的躯干与四肢。

"当然，即使你穿着衣服，我也能看出来。"奕琳充满把握地说，"我们学过人体的人，隔着衣服，都一样能感知到对方的骨骼和肌肉。动画专业里有一门很重要的学科，就是人体学。"

"那岂不是像有透视眼一样？"

"也没那么夸张，只是大致上的判断。"奕琳说。其实她还想说，他真实的躯体比她原本想象的还要好看，算是她所见过的最健康发达又恰如其分的躯体了。

她不禁用手去抚摸他的三角肌与胸肌，又情不自禁地俯身下去，用齿轻啃起来，就像去亲吻一件完美的艺术品，有些心醉神迷。

景榆当然无法像艺术品那样老老实实，他将她穿好的内衣又重新剥离了去。

她抱着他的头，手指抓进了他的头发里。

又一番热烈之后，景榆半坐半躺。

奕琳赤裸着蜷曲在他赤裸的怀里，看着他的脸，开口说，她想要给他画幅画，在他们分开之前，在明天或者后天去机场之前。

景榆说："好啊。"又问："是裸体吗？"

"你愿意啊？"奕琳笑。

"当然愿意。"他点头，用手指梳理着她蓬松而略有汗水的头发。

"还是算了吧，"奕琳埋头在他的胸口，说，"还是穿衣服好点。"

"那你想我穿哪件衣服？"景榆问。

奕琳想了一下，说要不就穿第一天见面时的那套衣服吧，当时他突然站在她面前，她一眼看去，真觉得他像一棵树，她梦里面的树。

景榆将奕琳再抱紧一些，说以后如果她还有身如浮萍的感觉，就让他来当她生命里的那棵树，给她温暖和治愈。

奕琳笑了，说："你就不怕我一辈子都缠着你，把你缠得死死的？"

景榆说："不怕啊，求之不得。"

奕琳紧搂住景榆的脖子，做缠绕状。

两人禁不住又一阵吻。

奕琳扭头看向窗外说："真希望明天早上，我们能看到梅里雪山的日出——听说是要很幸运的人，才能够看到。"

"无论能不能看到，我们都已经很幸运了，不是吗？"景榆说。

"嗯，我也这么觉得。"奕琳说。

*

最后的一晚。香格里拉独克宗古城，客栈。

明天，景榆将不得不乘机返回杭州，而奕琳也要返回北京。

明天，两人将一起从香格里拉机场飞至昆明，之后分别转机。

房间内在播放音乐。

Enigma 的音乐。

谜一样的音乐。

电子乐的声音，男人的高亢和深沉，女人的意乱和情迷。

还有排箫的声音，笛子的声音，铜管的声音。

混合、交融、渐变，此起彼伏。

情与欲纠缠。

难分难舍。

"这次你计划的很多地方都没能去，你会不会觉得有些遗憾？"奕琳边问，边摩挲着景榆。

景榆沉静片刻，回答："恰好相反。可能这次遇到了你，才让我真正了解了我堂哥的内心世界。"

"为什么？"奕琳问。

"说来话长，不说了。"景榆摸着奕琳的头。

奕琳不再追问。

"这两个星期我先把一些积累的工作忙完，就去北京找你，怎么样？"景榆说。

"好啊。"奕琳点头，充满期待。

"你就乖乖地在北京等我，不要胡思乱想。"景榆边说，边抚摸着奕琳的头，"我们两个一起从长计议。"

"怎么从长计议？"奕琳眼里飘过一丝迷茫。

"这个不用你来担心，我自己会想办法的。"景榆说。

"可是，你能有什么办法？"

"我可以去北京。"

奕琳一惊，猛然间，说不清是忧是喜，胆怯地问："可是——你爸妈会同意吗？"

景榆没有回答，只是将奕琳放下，自己高高地立起。

奕琳躺着，看着景榆。当他转身而下时，她抱紧了他，就像抱紧梦里那棵温暖而治愈的树。

第九章

两周后的周末，景榆如期而至。

虽然只隔了两周，但对于两人而言，都似隔了半个世纪之久。

北京雪后初晴，冬日的太阳，有种沁心的温暖。

奕琳穿得严严实实，戴一顶鸭绒帽，到机场迎接。

景榆一出闸口，便将奕琳一把抱住，久久不舍得松开。

终于松开时，他摸了摸她的头，微笑着问："想我了吧？"

奕琳害羞地低了低头，一时无法作声。

景榆一手推起行李箱，一手搂着奕琳，问："现在我们去哪里？"

"你说去哪儿？随便你。"奕琳说。

"你是主人，你来安排。"景榆说，又接着提议，"要不还是先去宾馆，把行李放下，我已经预订好了。"

奕琳赞同。

两人在出租车候车道排起了队，他始终从身后搂着她的腰，她也同样地揽着他的腰。

在出租车上，景榆便忍不住将奕琳圈紧，亲吻了起来。

奕琳半推半就，犹如初恋中的少女，好不娇羞，又似乎少了在丽江时那种矛盾与热烈的交织，而多了一份温婉与沉静。

一进入宾馆的房间，两人便迫不及待地热吻起来，根本没了外出游玩的心情。

*

事后，他从后抱紧她，吻着她的耳际，满足地说：“昨晚就一直好想你，想得一整晚都睡不着。”

"我也是。"奕琳说，翻过身，脸仍带些潮红，双眸乌黑清亮，"那我现在是你女朋友了吧？"

"你说呢？"景榆微笑。

"我要你说。"奕琳扭捏。

"当然是。"景榆仍笑着，"怎么，之前不愿意承认，现在又怕不是了？"

"以前我只是不想要异地恋。"奕琳辩驳。

"嗯，我知道。我会想办法尽快来北京工作的。不过还需要点时间。"景榆说。

"我不是这个意思。"奕琳说，"我没有催你的意思。"

"嗯，我知道。"景榆感叹，"不过两个星期，就挺难熬的。"

"我也是。"奕琳应和，又迟疑地问，"那你这次过来，你爸妈知道吗？"

"他们还不知道，我暂时还不想告诉他们。"景榆补充，"等晚一些再说吧。"

奕琳点点头，表示理解，说："我出门的时候，跟我妈说是找延庆的同学玩，这样晚上就可以不回去了。"

"那太好了。"景榆说着，抱紧奕琳，又吻了吻。

"对了，你寄的包我收到了，很好看，看起来很典雅，做工也特别好。"

"你喜欢就好。"

"可你以后别再给我买这些奢侈品牌的了，我不习惯背——背出去让人觉得好像傍了个大款似的，反而很别扭。"奕琳强调，"我是说真的。"

"好，我知道了。"景榆应着。

"不过还是谢谢你。"

"跟我还这么客气。"

奕琳笑笑，景榆看着，不禁又吻了起来。

犹如在云南一般，热烈而深入。

她回应着他，浑身酥软。

"我以前还以为，我能离得开你。"她含笑又含情地看着他。

"那现在呢？"景榆问。

"现在？"奕琳抿抿唇，故意说，"不知道，就得过且过吧。"

她已经大致知道了他的家庭情况，如最初猜想的那样，有自家规模不小的企业，他负责着一家分公司。

"什么叫得过且过？我们俩一起努力不好吗？"景榆盯着奕琳。

"好是好，可我不知道该怎么努力。"奕琳说。

"你什么也不用做,支持我就好。"景榆说,声音低沉而轻柔。

奕琳未说话,沉默着。

"在想什么呢?"景榆发问。

"我在想,万一哪天,我们还是因为异地恋的问题而分了手,到时你别怪我,我也不怪你,好不好?"

"你现在想的居然是这个?"景榆不满。

"不是……我只是觉得,让你为了我来北京,对你来说很不公平。"奕琳微微蹙眉,神情愧疚,"再说,我也不想你跟你爸妈闹僵。"

"没有什么公平不公平,只有愿不愿意,知道吗?别想那么多了。"景榆告诫般地说。

"你真的愿意为了我来北京?"

"嗯。"景榆点了点头,见奕琳依旧眼神愧疚,便转移话题说,"咱不聊这个了……对了,既然你知道了你不是你爸妈亲生的,那你……会不会很想知道你亲生爸妈的生前情况?"景榆边说边半坐了起来,似乎很想跟奕琳好好聊聊这个问题。

"为什么这样问我?"奕琳探起了头,身体也往上探了探,仍半卧着。

"因为我猜你应该很想知道。"景榆侧身,让奕琳把头靠在自己怀里,又低头蜻蜓点水般地吻了吻她。

"我是有想过。"奕琳承认,"可是你让我怎么找?除了知道我亲生奶奶的名字,知道收养证上盖的是盐城市的章,其他的我什么都不知道。而且过了这么多年,我那奶奶很可能已经不在世了……"

"你要是想知道的话,也许我可以帮你找找看。"

"你怎么找？"奕琳疑惑地问，"难道你要去盐城一家家地打听吗？"

"也不用我自己去。"景榆说，"我可以帮你找个可靠的专业人士，过去打探打探。"

"你的意思，是要帮我找个私人侦探？"奕琳很惊奇。

"这也没什么不可以的，专业的事交给专业的人去做。"景榆说，"其实，在来之前，我就想到了这个事，不过，还要看你到底想不想。"

"我也说不清楚。"奕琳低眉，有些困惑，"可能……我就是想不明白，为什么他们会一起都去世了……我那时才两个月……"

话一出口，奕琳便心酸地落下泪来。

景榆用手替奕琳拭去泪，又用亲吻安慰她。

*

窗外已天黑，两人都感到了饥饿，但奕琳懒懒的，抱着景榆，不肯撒手。

于是决定叫外卖，送到房间里来。

拨通前台电话，前台转接了餐厅。

景榆点过菜，又问有没有红酒。对方说了几句什么，景榆说好，要一瓶。

奕琳笑问："为什么还要点酒？"

景榆说："就是突然有点想喝了。只是度数很低的红酒，你不想喝的话，就不要喝了。"

奕琳说:"我也想喝一点,不过就只喝一点点。"

不久,点餐送到,还周到地为两人准备了一次性的红酒杯。

两人边吃边聊。奕琳才想起自己给景榆买了条围巾,还在背包里,要拿给景榆看。景榆说不急,先吃完饭。

奕琳便作罢,说她还给女网红和她姐姐的小孩寄去了羽绒服,希望这个冬天他们不会太冷。

景榆问:"是每个小孩都寄了吗?"

奕琳说是,总不能厚此薄彼,买了五件,花了两千多,她也觉得不便宜,不过还是觉得这笔钱花得很值。

"你还真是个好人。"景榆说,语气中透着赞赏。

奕琳接着说,她还跟女网红的姐姐聊了聊天。女网红的姐姐说她爸爸的病加重了,不得不住院,她既要照顾她爸,又要干农活,实在顾不过来,所以她妹妹的小儿子也给他爷爷接走了,现在女网红的两个儿子都是他们的爷爷一个人带,他们的奶奶,跟姥姥一样,都早已经过世了。

说着,又有些怏怏不乐。

"你觉不觉得,与其让他们爷爷一个老人带,还不如给一些条件好点的家庭领养更好。"奕琳抿了口酒,表情还算随意与自然。

景榆略有斟酌,附和地说:"是啊,如果他爷爷带的话,他们的人生基本上可以想象得到;如果被收养的话,起码还有很多种可能。"

"是啊,如果他们这么小就被收养走的话,应该什么都不知道,至少那个小的,什么都不会记得。"奕琳停下筷子,继续自语似的说,"对于他们来说,也不是什么都知道才更好……与其从小感受到自己是个孤儿，知道是自己的爸爸烧死了自己的妈妈，还不如从小什么都不知道更好，你说对不对？"

"嗯，你能这么想就好。"景榆肯定地点了点头。

"我本来也是这么想的，真的，我一点也不怪我爸妈。我知道，他们瞒着我，也是为了我好……我就是有点想不通，我为什么不是他们亲生的？他们对我……让我一点都感觉不出来自己不是亲生的，包括我外婆……反正就是一点也感觉不出来。"奕琳摇了摇头，好像太多事难于表达。

"因为，他们都是真心地爱你。"景榆插话。

"我知道。可是我这几个月，实在太反常了，我妈可能已经感觉到了什么。我觉得她一下好像老了好几岁。其实我心里蛮难过的……可我就是不知道该怎么像从前那样对待他们。"奕琳说着，不由得有些焦灼与伤感。

"其实，你的反应也很正常，毕竟在你心里面，你们的关系突然发生了很大的变化。"景榆劝慰，"但是你要相信一点，就是你跟你爸妈之间的感情，并没有任何改变，改变的只是一种关系。等你慢慢不在乎这种关系的差异了，你就能够像以前那样去面对他们了。"

奕琳边咬了口菜，边倾听着。

"无论如何，你都得学着接受这种关系的改变，因为这已经是既定事实。"景榆继续劝导，"但你要始终记着，你跟你爸妈间这二十多年的感情，一点都没有变，知道吗？"

"我知道了。"奕琳说，"谢谢你。"

"又对我这么客气？"景榆坏笑道，"真要感谢的话，那待会儿就用实际行动来谢我。"

奕琳明白了景榆的意思，脸一红，掐了景榆一把。

景榆作势道："你居然敢掐我，看我待会儿怎么收拾你！"

奕琳得意地一笑，接着又若有所思地说："你说，如果女网红的小孩真的被送养，那十几二十年后，他们应该也会长成高大帅气的男孩吧？他们妈妈就个子高，而且，他们长得很像他妈妈，五官、脸型都很漂亮。"

"嗯，那然后呢？"景榆问。

"到时候，他们应该也会遇到自己的爱情吧？"

"当然。这不是挺好的吗？"景榆边吃边回应。

"是啊，是挺好的。可是如果突然有一天，别人都知道了他们的真实身世，你说，他们的女朋友会介意吗？"奕琳瞟了景榆一眼，又赶紧将视线收了回去。

"你问我这个问题，"景榆看向奕琳，"是不是在担心我会介意？如果我是他女朋友的话，我只会在意眼前的男孩是个怎样的人，值不值得我爱，这就是我的回答。"

"那我值得你爱吗？"奕琳莞尔一笑，问道。

"你说呢？都现在了，还来问我这么幼稚的问题。"景榆说，似乎懒得搭理她的话。

"你还没有回答我呢！"奕琳不依。

"当然值得。在我心里，你值得我为你做任何事。"景榆只得做了认真的回答。

饭毕，两人依旧你侬我侬地亲热着。喝过酒的景榆，耳根发红；微醺的奕琳，浑身白皙，闪着光。

两人尽情地深吻着，吮吸着彼此口中残存的红酒的味道，仿佛都想要就此永久地醉去。

*

关于聘请侦探的事，在奕琳看来，似乎只能想象，很难付诸行动。然而，景榆不仅付诸了行动，而且出乎意料地很快就有了结果。

景榆在一周后的周日再次飞抵北京。

连续多日的升温，令临近年关的深冬并不那么寒冷，温度达到了五六摄氏度。

景榆不仅带来了调查的结果，还带来了两份陈年报纸的复印件。

一份是关于奕琳亲生父亲死亡的报道。

另一份则是关于她亲生母亲死亡的报道。

日期仅相差十几天。

前者死于见义勇为，为救两名落水儿童，丧生于潮水猛涨的大海。

后者在丈夫去世十一天后，选择在相同的地点，跳海自尽。

尽管景榆已简短地讲明，但奕琳在拿到两份复印件时，双手还是禁不住微微颤抖，表情紧张地将两份报道都读了一遍。

第一篇篇幅不长，就像普通的宣扬见义勇为、好人好事的报道：两名孩童获救，救人者却因体力不支，被海浪卷走。

第二篇则占据整个版面，全面讲述了两人情感的始末。

通过数个亲友或正面或侧面的讲述，竭力还原两人的感情脉络与感情的深度。

简单说来，两人曾是同一个大院里的邻居，女方九岁时，从外省搬家来到这一大院，到十五六岁时，又举家搬迁去了另外一个省。

大概正是这一期间，两人产生了不一般的情愫。

之后，男方一直在打探女方的消息，但没有结果。

大学毕业后，男方回到家乡工作。

在一次聚会中，男方无意间得知，某个初中同学邂逅过女方，还与她保持着联系。

男方在得到女方电话号码后，很快联系到了女方。

两人第二天便见了面，确立了恋爱关系。

之后，女方为男方辞了职，回了盐城。

两人顺理成章地结婚。

婚后不久，女方怀孕，生女。

在女方还在坐月子时，男方因救人牺牲。

女方在悲痛数日后，突然不再哭闹，表现得异常冷静。

就在大家都以为她已经能够坚强地接受现实的时候，谁也没有想到她会突然选择结束生命。

另据女方的好友透露，在女方读大学期间，也曾心心念念想要联系到男方，甚至曾回到当初的大院，只是彼时大院已拆迁，最后徒劳而返。

让奕琳触目惊心的是，文章中写到，女方留下的遗言中，竟清晰地表达了想要将孩子送养他人的愿望。

为了不给长辈们增添沉重的负担，也为了孩子能享受到完整的父爱和母爱，她希望能将孩子送养给他人。

但领养人必须满足两个条件：一是无孩；二是必须文化层次高、

夫妻感情好。

尽管早已知晓父母早亡，但读罢，还是犹如在经历一遍又一遍的死亡的冰冷。

"你怎么知道……他们真的跟我有关系？万一弄错了呢？"奕琳双眸噙泪，神情迷茫。

"我问的人能准确地知道你的生日，这点我没告诉过他。"景榆迟疑了片刻，接着说，"另外，我手机里还有些访问语音和照片，其中有几张墓碑的，上面刻的名字和关系都很清楚。你要不要看看？"

"不用了。"奕琳走动起来，有些手足无措，"你是不是还想说，我跟这照片上的……长得很像，对不对？"

景榆只是视线跟着奕琳，没有说话。

"你不说算了，就这样吧。"奕琳一副想要抽离的模样，又走近景榆，抬头问，"你一共花了多少钱？"

"什么花了多少钱？"景榆说，"你是说请私人侦探？"

"嗯。"

"也没多少钱，"景榆说，"你不用跟我计较这个。"

奕琳不再追问，只是靠近景榆，抱住了他，把头埋在他的怀里，久久地，一动不动。

景榆也久久未动，紧抱着她。

*

之后，奕琳也没再表达什么。

景榆有点捉摸不透她的心思。

或许，在没有这些清晰的事实之前，她还可以心存一些幻想。

幻想收养证上的"父母双亡"四字，未必是真实的，也可能存在作假，尽管这种可能性不大。

但现在，一切都摆在面前，死亡真真实实地发生过，逼迫着她去接受。

他突然觉得自己有点越俎代庖。之前他只是想着，她一定渴望知道真相，所以想要帮她解开这道谜。甚至连他自己也没有想到，寻找会这么顺利，这么快就有了结果。

"你是不是其实并不想知道？"景榆搂着奕琳，有几分不安。

"我也说不清楚——但知道了也没什么不好……就再也用不着去想那么多了。"奕琳轻叹。

景榆捧起奕琳的脸，吻了吻说："你的——亲生爸爸让人钦佩。"

"可是……跟我又有什么关系呢？"奕琳轻问，双眸中仍有泪花在闪。

景榆喉咙哽住，未说话，低头与她亲吻起来。

一周不见，总有如隔三秋之感。

他看着她的眼睛，恍惚有种树木倒映在深潭的错觉。

从她的眼睛里，他能看到她的幽深与渴望。

她身体的每根神经、每个细胞，都似在表达着这种渴望。

而他愿意满足她的渴望，做她的树与根。

他听到她呼唤他的名字，低低地问了句："怎么了？"

她定定地看着他的眼睛，说："如果哪天你突然死了，我也会很想死。"

"你在胡说什么！"他制止地说。

"真的，如果你死了，我也会想死。"她坚持重复了一句。

事后，他追究起她的那句话，说他在云南的时候，确实不怕与她一起死，可现在他只想要他们一起好好地活着，一起追求人生的理想，追求幸福的生活。

"在云南的时候，你真的不怕跟我一起死吗？"奕琳问，想要确认。

"嗯。"景榆点了点头。

奕琳说："我也是。我那时一直在想，如果真跟你死在一起，我会觉得很满足。"

"既然我们连死都不怕，那还有什么可怕的，你说对吧？"景榆笑着，半坐在床上，搂着奕琳，说起了自己的打算和进展。

一直以来，他都很想要投资人工智能板块，但一直不被他爸允许，所以他打算自己来北京投资这块。

几天前，经过一个投资界朋友的介绍，他已经联系到了一家目前在他看来很合适的公司。几个创办人都是从清华、北大和北航几所名校毕业的，专注做人工智能应用解决方案，以软件为主，也有一些相关产品，他想要收购下来。只要成为最大控股人，他就可以顺理成章地来这边工作了。

"那你爸爸岂不是更不会同意？"奕琳问。

"这次不管他同不同意，我都会自己想办法。"景榆摸了摸奕琳的脸。

"可是，应该需要很多钱吧？你自己——"

"这些不用你担心，我心里有数。"景榆说着，停了停，还是补充道，"那家公司现在规模还不大，应该两千万之内就可以搞定。

我约了明天上午过去跟他们谈一谈，要是一切顺利的话，说不定几个月之后，我就可以来这边上班了。"

"真的吗？那太好了！"奕琳欣喜地说，依偎着景榆，仿佛看到了希望的曙光。

直到黄昏，两人才走出了房间。

这次因为景榆所住的宾馆离奕琳母校不太远，奕琳决定带景榆去逛逛，回味回味母校食堂的美食，也让景榆尝一尝。

两人打了车前往。

"有没有发现我学校里的美女很多？"在食堂排队点餐时，奕琳低声问。

"还行吧。"景榆搂着奕琳的肩，远近扫描了一下，同样低声地说，"但好像还是没有比得上你的。"

"你看那一个，"奕琳特意提醒，"漂亮吧？"

"还行。"景榆说。

"你还真看啊！"奕琳翻了个白眼，嘟了下嘴。

"不是你让我看的嘛！"景榆笑，"怎么，这就吃醋了？"

"没有。"奕琳颦眉，"不喜欢她也那样看着你。"

景榆俯身低语："看就看呗，反正我都是已经有女人的人了。"

奕琳害起羞，瞥了景榆一眼。

待两人都点好饭菜，找了桌位坐下，景榆环顾四周，说："其实你们学校男生也不少啊。"

"是不少啊，你以为很少吗？"奕琳笑。

"这么多帅哥美女，在谈恋爱的也不少。"景榆收回视线，落在奕琳身上，困惑地说，"你居然在这里四年都没有谈过，实在是有点奇怪。"

"有什么奇怪的，哪像你？"奕琳嗔道，"有谁规定读大学就必须谈恋爱？"

她知道他谈过两次：大学一次，谈了两年；毕业后一次，也是两年多。另外高中时期也险些谈了一个，只是还没怎么开始，那女孩便出国了。

"那倒是没有。"景榆笑，"但你长得这么好看，那时追你的人应该不少吧？"

"不知道。"奕琳垂了垂眸，"反正那时候对身边的男生，好像一个都没有兴趣。"

"哇，这么冷酷？"

"这也叫冷酷？难道非得恋爱了才叫正常？"奕琳蹙了蹙眉，神色有些黯然，若有所思。

"怎么了？不高兴了？"景榆警觉。

"没有啊——你不是说过，人跟人是不一样的吗？"奕琳说着，视线穿过景榆，瞟向一对正亲热着的学生情侣，看了半晌，目光又收了回来。眼神中既有对他们的些许羡慕，也有对自己此时此刻的满足。

景榆顺着奕琳方才的视线，也回头看了一眼，揣测地问："你是不是——其实还是觉得有些遗憾，要不待会儿我帮你弥补弥补？"

"怎么弥补？"奕琳好奇，似乎兴致勃勃。

"你想怎么弥补就怎么弥补，我都配合你，怎么样？"景榆咧嘴笑。

"好啊，那一会儿你就帮我好好弥补弥补。"奕琳笑着答应。

为了实现这个弥补计划，奕琳带着景榆逛遍了校园里的每处角落，而景榆像个十足忠诚的男友，始终呵护般地搂着奕琳的肩，或牵着她的手。每到昏暗处，二人便钻进去，或站或坐，甜甜蜜蜜地一顿吻。

两人最终在空荡荡的运动场的观众席一角坐定，奕琳回忆起自己的大学生活，兴奋地与景榆聊着天。

除了没谈过恋爱，或多或少有些遗憾外，奕琳觉得自己对大学生涯便再也没什么可遗憾的了。

她很尽力地做了几乎所有她想做和能做到的事，作品获过不少奖，每年都必定拿一等奖学金。

她也曾开通微博和 QQ 空间，逼着自己每周更新两到三次，拥有了二十多万的粉丝，直到大四开始实习，实在忙不过来了才停更。

加上她所学的专业，需要用到的方方面面的绘画技能实在太多，每过一个阶段，她就会发现自己某方面的不足，而想要弥补，都要靠大量的时间去反复练习。所以大学四年，对她来说，好像过得特别快，不知不觉就没了。

不过幸运的是，凭着获得的奖项和取得的成绩，她毕业就留在了她实习的影视公司里当角色设计师。这对他们毕业生来说非常难，可她做到了，所以，她也就没什么好遗憾的了。

"没想到我女朋友还是个学霸。"景榆拉着奕琳，让她坐到自己的腿上来，边亲吻着边柔声地说，"我觉得你应该是那种，在感情上有些懵懂，不会轻易动感情，可一旦动起感情来，就会很深很深的那种。你说我说得对不对？"

"不知道，你说是就是吧。"奕琳既不肯定，也不否定，只用双臂圈起景榆的脖子，与他吻了起来。

到晚上九点多，两人再次回到酒店，都有一些迫不及待。

桌上的报纸复印件，及其赫然在目的黑白色相片，重新将奕琳带回到二十四年前的那一场接着一场的悲剧当中。

在与景榆无限温柔而又热烈的缠绵中，奕琳再次理解了报道中的那个女方，或者说，她的亲生母亲。

可以说，从一开始，她对她的死亡便是理解的，对她的亲生父亲更加是。

因而，曾经隐约又挥之不去的被遗弃感，似乎都烟消云散了。

她的存在，她的被收养，似乎都是那么自然而然，乃至理所当然。

她甚至觉得，她拥有了一个更为清晰的自己。

而这个更为清晰的自己，是伴随着她与他的激情一起产生的。

她甚至隐隐感到了有些可怕，又感到极度的愉悦与幸福。

她与他一起躺着休息。他替她擦拭着身上微微的汗珠。

她闭了会儿眼睛，又睁开来，双眸清亮，似星光闪烁。

他抱着她，嘴角含笑，但没说话。

"今晚我还是要回去的。"奕琳捧着景榆的脸，尽管心里万般不舍，"上周末我在外面过夜，如果这次又在外面过夜，我妈肯定会想东想西的。"

"嗯，那我一会儿送你回去。"景榆点了点头。

"……"

"你还没有告诉你家里人吧？"

"还没有……"奕琳依然抚摸着景榆，迟疑地说，"我妈肯定会反对的……她不希望我异地恋……"

"嗯，那就等等再说，不着急。"

"我也是这么想的，就等你确定了再说。"

"好啊。"

"那我明天一大早再过来怎么样？你跟他们约在什么时候？"

"上午九点。"

"那我明天六七点钟就过来。"奕琳抱紧景榆。

"好啊，我等你。"景榆双手也圈紧了奕琳。

"等到年底，我可以休几天假，到时我去杭州怎么样？"

"好啊，到时我带你去周边逛逛。"

"杭州离盐城是不是不太远？"奕琳犹豫地问。

"不远，也不算近。你想去的话，到时我们开车去，还可以沿途游玩一下。"

"好啊，那就这么定了。"

两人一阵安静。

"说你爱我，奕琳。"景榆看着奕琳的眼睛，突然要求。

奕琳似乎还有些不太习惯用"爱"这个词，但还是说了："我爱你。"

话一出口，她便感到了"爱"与"喜欢"的不太一样。她还想再说一次，但景榆已经开了口。

景榆说："我也爱你。"声音温柔有磁性。

第十章

可以说，近半年来，张琴都是在惴惴不安中度过的，每天都在自责与懊悔那天的心血来潮。

原本那个秘密的盒子，一直都是放在杂物房里的一个木箱子里面，却被她心血来潮地拿进了自己的房间。

奕琳的生活能力并不强，极少会进那间杂物房，若是找什么东西，都会让张琴帮忙。何况木箱子放在底下，被其他旧物密不透风地压着，奕琳根本不可能去动它。

可那天去杂物间找东西的时候，自己却偏偏昏了头，在瞧见那个木箱子时眼热心跳，突然怎么都觉得不安全，寻思来寻思去，还是决定把它寄存到银行的保险柜去。

但那时银行已经下班了，她便临时拿回了房间，直接就放在了衣柜抽屉里，想着第二天下午抽个空去寄存。

这还不是她最大的疏忽，她最大的疏忽是她完全忘记了盒子上锁的钥匙就在钥匙盒里，而钥匙盒也放在柜子里。

但是，仅仅一个上午，怎么可能呢？就算奕琳没有去公司，待在家里工作，但她平常连他们的房间都极少进，她的所有东西都在自己的房间里，怎么会平白无故地进他们的房间，还去打开衣柜和抽屉呢？

怎么可能就那么巧？

张琴一方面觉得这种可能性实在太低了，可另一方面，她自己回忆，奕琳确实又像是从那天开始有些不同于往常的，甚至对自己、对奕瑞刚有了一些不自觉的疏远。种种迹象看来，跟她那天突然发现了什么，实在是相符合的。

自己担惊受怕了大半辈子，还以为随着时间的推移，物是人非，一切都会石沉海底，只期望晚年能风平浪静一些，如今却又好像要翻江倒海起来。

三十年来，张琴也从不曾像如今这样不安过。

*

三十年前，张琴与奕瑞刚结婚。

那时，两人都在南京读完大学，都是硕士毕业，也都被分在了南京工作。

婚后多年不育，去医院查了原因，是奕瑞刚的精子问题。两人便决定收养一个孩子。

为此，两人去过一些儿童福利院及孤儿院，也暗自打探过，但要收养到一个健康合适的孩子并不容易。

两人一边关注，一边做着离开南京的准备。

奕瑞刚在职读完博士，申请清华的博士后，被录用后，就比张琴先到了北京。

之后的第二年，张琴从电视上看到一则新闻，一对年轻的情侣十分相爱，女方为爱情远嫁到男方的城市，不料结婚不到两年，男方就因见义勇为而牺牲，女方悲伤过度，无法承受，十几天之后，在丈夫救人的海域投海自杀，留下一个仅两个月大的女婴，年老体弱又精神崩溃的祖父母艰于抚养。

张琴在深受感动的同时，也立即采取了行动，如愿领养到了这个婴儿，就是她现在唯一的女儿奕琳。

不久之后，张琴便辞去了南京的工作，随奕瑞刚来到了北京。奕瑞刚博士后出站后留校，她也应聘上一家医院当医生。

如今她早已成为这家三甲医院里的一名主任医师，奕瑞刚更是因学术出色，已是博导兼学院院长。

经过这么多年的风雨波折，本以为再过几年就退休了，可以安享晚年了，不料造化却如此弄人。

在收养后的最初几年，张琴甚至想过，等奕琳长大成年后，就把一切真相告诉她。

可随着奕琳的成长，随着他们和女儿之间的感情越来越深，也随着人与事的不断变迁，知道这件事的人越来越少，张琴便再也没有了那最初的想法。她只想让奕琳和亲生女儿一样陪伴在自己身边，让奕琳一生都做自己快乐无忧的宝贝。

她甚至想过要销毁那盒子里的一切秘密。但世事难料，终究是没下狠心去做，谁知竟真成了隐患。这让张琴又悔又恨。

*

  然而最近，看着奕琳一天天似乎恢复了曾经的积极与开朗，张琴心头的巨石又开始慢慢落下。

  现在的奕琳，包括对待父母的状态，跟以前好像又差不了多少了，也好长时间没再出差了。

  这期间发生了什么？到底是怎么一回事呢？

  张琴左思右想，便想到了一种可能，那便是感情问题。

  会不会是奕琳喜欢上了某个优秀的同事，而对方出于什么原因拒绝了？或者对方根本就有女朋友甚至结婚了，奕琳没办法面对，所以用出差来逃避？

  联想到奕琳的情绪低落，这种可能性也不是没有，毕竟是二十四五岁的单身姑娘，喜欢上某个人也很正常。

  而现在的奕琳，分明就是投入了新感情的状态。该不会是和林建燊有关吧？

  林建燊不是正好赶在年前回国了嘛，且是不打算再出国了的。该不会是俩孩子这么多年青梅竹马的感情，终于捅破了那层窗户纸，而走在一起了吧？

  真要是这样的话，那可就太好了，这正是自己多年来梦寐以求的。

  张琴想到这儿，不由得激动了起来。

  在张琴眼中，同事李之芬的儿子林建燊，真正可谓是奕琳独一无二的选择，要身高有身高，要相貌有相貌，北京大学法律本科，哈佛大学法学博士。家境也好，土生土长的北京人，父亲林志国是大权在握的某大型国企总裁。

更重要的是，两家的关系一直友好亲密，都是看着对方的孩子长大的，知根知底。就像自己和奕瑞刚都很喜欢林建燊一样，林志国与李之芬对奕琳也十分喜爱，视如亲闺女。

退一万步讲，就算奕琳真的就那么巧知道了自己的身世，但只要从今往后跟林建燊在一起，嫁给林建燊，那奕琳这辈子的幸福，张琴就大可放心了，就算是死，张琴也能死而无憾了。

张琴于是忍不住旁敲侧击起来，而奕琳却故意揣着明白装糊涂，张琴便干脆挑明，问奕琳是不是跟林建燊在一起了。

奕琳惊讶地说："妈，这怎么可能？你想太多了吧！"

张琴心里一沉，仍不甘心且不解地问："怎么就不可能了？你跟林建燊不是一直都有感情的吗？你看他现在也回国了，怎么就不可能了？"

"反正就是不可能，我跟他只是朋友而已。"奕琳急于解释。

"什么叫朋友而已？你看他现在都已经为你回国了，他的心思你难道一点都看不出来？"张琴满是疑惑，"连我都已经看出来了。"

"反正是不可能了——妈，我不想跟你说这些。"奕琳心虚地逃避。

张琴原本火热的心一下凉了半截，愈加搞不清问题究竟都出在了哪里。

奕琳自然是知道妈妈的心思的，但遗憾的是，她跟林建燊真的是不可能的。

即使没有景榆的出现,她想自己也不太可能与林建燊在一起。

她确实是喜欢过林建燊,而且是很多很多年。

但那都已经是过去的事了。

对于与林建燊的感情,奕琳很难用一两句话说清。

*

两人从很小的时候,就在大人们的眼皮底下一起玩耍,说是青梅竹马、两小无猜,一点都不为过。

他是令她情窦初开的男孩。

他比她大两岁,也一直高她两届。学业优秀,兴趣广泛,各个方面都很出色,是她一直以来学习的榜样。

她几乎是带着点崇拜的心理在暗恋他;而他,似乎也是同样喜欢着她的,像个小哥哥般关心、呵护过她许多年。

在奕琳的印象中,自己的童年和少年时代,都充斥着林建燊的影子。

尤其是在她上高中之后,两人走得更近了。

那三年,放学后、周末,或是寒暑假,他们常常会约在一起玩。

与他们一起玩的,还有另外两个伙伴。一个是奕琳的闺密边月,也是学美术的;另一个是林建燊的哥们儿上官骏,同样是个品学兼优的男生,后来同样上的是北京大学。

四个人一起游故宫,爬长城,逛大街小巷,看日出日落。为了满足两个女孩的写生需求,那段时期,两个男大学生带着两个女高中生,几乎玩遍了北京所有可以玩的地方。

有时会去林建燊的家，但较少去林建燊的父母家，更多是去他的爷爷奶奶家。

一栋四合院内的小楼。在那儿，他们玩得更加肆意，也更开心。

玩到深夜，方由上官骏送边月、林建燊送奕琳回家。

只要是林建燊送回家的，无论多晚，奕琳的父母概不追究。

*

对于奕琳来说，那是一段犹如清风拂细柳般的岁月。

她对他有过许多心动与思念，他也能感觉到，甚至对她也有着相似的情愫。

他们在一起有过许多紧张、腼腆又幸福、欢乐的时光。

他像是在等待她考入大学，而她也一样日夜期盼。

然而，等她收到大学录取通知书，她却只扑了个空。

因为此时的林建燊，已经在家人的安排下，匆匆忙忙地在大二的暑假，就出国留学去了。

接下来便是她对景榆讲述过的那段简单又忙碌的大学四年生活。

大一、大二的时候，她与林建燊仍旧通过网络频繁联系，其中不乏对彼此的关切与暧昧。

大三那年，她得知林建燊交往女友的消息，曾不止一次躲在被子里偷偷哭泣。

后来，又得知他和女友分手了。

之后，林建燊似乎还有过一段短暂的恋情。

他没有明确告知她,她也只是猜测。

再然后,她的大学生涯结束,她似乎已能够放下这段感情了。

工作后,她曾对一名男同事有好感,男同事对她也同样颇有好感,展开了追求。但她知道男同事来自广东,随时可能离开北京,便拒绝了。

男同事被拒绝后,不久便果真离开了北京。

她的感情也逐渐淡化,随风而散。

再之后,林建燊明确自己单身,也依然把她视为除父母外,生命中最重要的人。

她却对他再也找不回当初的感觉。

奕琳对林建燊喜欢的消失,最重要的根由,似乎并不是他曾让她伤心,或是对两人未来的无望,而是两人越来越明显的三观差异。

他曾经最令她崇拜的聪慧与早熟,在后来,都越来越成为她难以接受的部分。

她甚至觉得正是林建燊"明白"的东西太多,"成熟"得太快,以致他们之间的想法和观念的差距越来越大。

林建燊已经不再是从前那个简简单单的学霸型男生,或许是学法律的缘故,在他的眼里,这世界越来越被清晰地分化。他对人性似乎总报以悲观的态度,思维里也总隐藏着争斗的气息。

但她不一样,她还是宁愿把这世界想象得美好一些,把人性想象得美好一些,即使有点理想主义,她也还是愿意如此。

在林建燊上一次(一年前)回国时,他曾一天天饶有兴致地请她吃饭、看电影、聊天,而他所不知道的是,她其实已开始心生嫌隙。

当他一如既往,在她面前滔滔不绝、长篇大论时,她其实已越来越沉默。

终于，在又一次严重的观点碰撞后，奕琳在内心悲哀地确认，自己是真的不再喜欢他了。

*

因而，即使林建燊最终回国，奕琳的内心其实也已波澜不惊，更何况她已经有了景榆——她全部情感的投入者。

对林建燊，她只剩下多年朋友的情分与客气。无奈的是妈妈张琴。

尽管奕琳已明确表示了不可能，但张琴似乎并没有气馁，倒像铆足了劲一般。

林建燊回国后便加入了一家由北大校友创建的国际律师事务所，并成了持有最大股份的合伙人。

律所离奕琳的家不算太远，开车二十几分钟的路程。

为此，张琴开始频繁地邀请林建燊来家里吃饭。

林建燊也不客气，每每都会带上点食品或礼品前来。

为了给两人制造更多相处的机会，每每饭后，张琴要不自己找借口避开，要不就干脆提议让林建燊带奕琳出去散散步，或看看电影。

这让奕琳深陷被动，不胜其烦，每每都得艰难地找出各种说辞来推托。

而从林建燊频繁出入自己的家，奕琳也越来越明显地察觉到，他是想要与自己再续前缘的。甚至在林建燊与张琴之间，已然达成了某种不言而喻的默契。

只是她的回避,没有给他一个表白的机会。

*

虽然还没有到向爸妈公开恋情的时机,奕琳还是觉得有必要先告知林建燊,以免误会继续。

为了避免面对面的尴尬,奕琳选择了用微信聊。

寻常的几句聊天后,奕琳随后表示要告诉林建燊一个好消息,接着发了个"我脱单了"的动画表情,又说希望他也早日脱单。

林建燊的第一反应是奕琳在开玩笑。在确定奕琳不是开玩笑之后,他很快打来了电话。

电话中,林建燊稍稍沉默,随后开口:"奕琳,你是真的谈恋爱了吗?"

"嗯,对啊。"奕琳装作随意地回应。

"怎么可能呢?"林建燊窘迫地笑笑,"他是谁呀?我认识吗?"

"你不认识的。"

"你同事?"

"不是——你不用猜了。"奕琳说,"反正你不认识。"

"那你们开始有多久了?"

"也不是太久吧。"

"不是太久是多久?你爸妈肯定都还不知道吧?"

"嗯,我还没告诉他们,暂时还不想告诉。"

"为什么?"

"没有为什么。"奕琳为难地说，只想早点挂断电话。

林建燊仍又静了静，喘了喘气说："奕琳，可是我已经回国了……你也不是不知道，我回国最重要的理由就是你——你让我现在……很难接受。"

"建燊，你别这么说。"

"那你要我怎么说，祝福你们？"林建燊语气冷淡，"老实说，我做不到。"

"我没有那个意思。"

"我想知道，你跟他到底有多久了？"林建燊问，"是怎么认识的？"

"也没多久，就一个多月吧。"

"才一个多月？意思就是，我也只是回来得晚了一点点而已，对不对？"林建燊追问。

"这跟你没有关系。"奕琳颦眉，感到局势很被动。

"……奕琳，你做我女朋友吧，好吗？"林建燊开口，有些激动，"我们这么多年的感情……我一直以为，不用我说，你也能明白。"

"我们一直都是好朋友。我知道你对我很好，可是后来……我只是把你当作朋友。"

"你从什么时候开始，只把我当作朋友？"

奕琳一时哑口，或者连她自己也说不清。

"他很优秀吗？"林建燊问。

"这不是优不优秀的问题……你其实也很优秀——你肯定可以找到比我好的女孩。"奕琳结巴地说。

林建燊沉默。

"这件事我爸妈还不知道，拜托你先替我保密。"见林建燊仍未说话，奕琳急忙地说，"我还有点事，那我先挂了，拜拜！"说着，便忙挂断了电话。

*

奕琳这边刚松了口气，没想到第二天暴风雨就来了。

当然并不是林建燊的泄密，而是她自己被迫承认。

第二天晚上，林建燊原本答应过来吃饭，却突然打来电话，找了个牵强的理由推辞了，甚至连已准备好的礼品，都是托邻居送来的。

从林建燊突变的态度，张琴意识到肯定是两人之间出了什么事。看奕琳的状态，十有八九是有心上人了，真不是林建燊的话，又能是谁？

奕琳是不是背后对林建燊说过了什么？

张琴提着心，一再逼问。

奕琳最后只得承认。

张琴仍旧不依不饶，继续追问，奕琳喜欢的到底是怎样的人，两个人是如何认识的。

当得知两人居然是在丽江旅游时认识的，那人还身在杭州时，张琴差点没气晕过去。

不仅是异地恋，还是旅途中认识的，这都什么事啊？太荒唐了！

张琴实在无法接受，放着林建燊这么可靠这么优秀的男孩不要，居然去谈那种没头没脑的恋爱？

　　张琴生平第一次对奕琳发了很大的火，表示只要她活着，就绝不会同意奕琳这样的感情，让奕琳就死了这条心！

第十一章

　　如奕琳所料，张琴极力反对异地恋。

　　更为夸张的是，当奕琳说出景榆的打算，本想要缓解张琴对异地恋的担忧时，张琴却通过这些信息，直接认定景榆根本就是一个感情骗子。

　　她逻辑清晰地替奕琳分析：一个所谓的杭州本地人，轻而易举就答应为她来北京，这本身就不合常理。

　　对于苏浙的人她是了解的，他们本土意识强烈，轻易不会离开本土。

　　而且还说什么要收购了公司才过来，收购一家公司需要多少钱，起码几百上千万吧？他是连局都已经做好了，就等着奕琳往里钻。

　　现在网络上各种诈骗的案例这么多，不都是先骗感情，再做局，让人往里钻吗？

　　奕琳也老大不小了，也不是没见识没认知的人，怎么就连这么简单的情况都没看明白？

奕琳百口莫辩，因为无论说什么，换来的都是张琴的一顿痛批或驳斥。

张琴说："那好，就退一步讲，就算他说的都是真的，可你们两个也就相处了那么几天，你能对他真正了解多少？你所看到的全都是表面现象。一个男人，最重要的是人品，有没有进取心、有没有责任心、花不花心，这些本质的东西，不是一时半会儿就能了解得了的。他能对你这么快就动心，也照样能对其他女孩这么快动心。你们两个最多就是一时的感觉而已，可感觉是最不牢靠、最能蒙蔽人眼睛的东西。一个人想要生活得安稳，就不能光凭感觉，必须时刻清醒，要带着头脑生活。我不希望你在感情上做一个稀里糊涂、只会跟着感觉走的人。"

当然，最让张琴无法接受的，还在于奕琳一旦沉迷在这段荒唐的感情里，就意味着要错失林建燊。

像林建燊条件这么好的男孩，不是想遇到就能遇到的，何况两个人还有这么深厚的感情基础。

"你说你，林建燊都已经回国了，你偏要在这个时候鬼迷心窍，你就不能早点清醒清醒？你以前跟林建燊关系那么好，林建燊有多关心你，这些你都忘了吗？！林建燊要不是念旧情，以他的条件、他的家世，什么样的女孩他找不到，还非得就看上你了？你这辈子能遇到林建燊，是你的福分！你别分不清好歹，伤了他的心，到时候你是要后悔的！"张琴恨铁不成钢地说着，连自己也悲伤了起来，似乎奕琳伤的不只是林建燊的心，更是她的心。

爸爸奕瑞刚也很快知晓了，好在也如奕琳预料，爸爸的态度要缓和得多。

他首先选择了相信奕琳，说她从小到大也算是个有主见的孩子，有自己的判断能力，不至于那么容易就被人骗了。

其次他也愿意认可奕琳的感情，虽然这段感情来得有些快，但感情本来就超出理智范畴，感情深浅跟感情来得快慢也没有必然关系。

他甚至还认同奕琳有权利选择跟自己喜欢的人在一起。只是也不是什么人都可以，最好还是要父母把把关，看看人到底怎么样。

因而他的建议是给奕琳几个月的时间，看看景榆究竟能不能做到自己应承的事。

在此之前，为了奕琳的安全，让她还是不要独自去外地跟他见面。景榆若来北京的话，他希望奕琳能带他来家里坐坐，让父母看看到底是个怎样的男孩。

"你想见他，我可不想见。我告诉你，这八字还没一撇呢，就想请人到家里来——我不赞成！"

张琴对奕瑞刚永远支持的态度很是不满，不由得把矛头指向了奕瑞刚，气恼地说："你就什么都宠着她吧，她会变成现在这个样子，就是你这当爹的给宠出来的。到时她要有个什么事，你来给我负责！"

奕琳最不想看到的就是父母因她而争吵。

印象中，这样的情形不是第一次，而是已有过两三回。

比如，他们曾经为奕琳是否走美术专业道路而争执过，张琴更希望奕琳能走传统道路，把绘画只当作一个兴趣爱好；而奕琳早早就选择了以央美为目标。

再比如奕琳大学毕业前，张琴希望奕琳能继续读研，将来能留校当老师，或者考个公务员编制，做一份安稳的工作；但奕琳却只想进入自己梦寐以求的动漫影视公司，开始她的创作生涯。

每一次，张琴都因奕瑞刚对奕琳的支持，而与奕瑞刚发生争吵。

张琴情绪激动，而奕瑞刚虽然看似平和，但其实姿态更加坚决。每次的结果，都是以她与爸爸的胜利、妈妈无奈的妥协与接受而告终。

奕琳知道，这次的结果大抵也会如此，甚至也只能如此。但看着张琴气得连饭都吃不下的样子，她心里还是满怀愧疚与不安。

*

连续几天，林建燊都没有去奕琳家，但第四天，林建燊还是在晚上来找了她。

在奕琳家的楼下，林建燊发了条信息，让奕琳下楼，想要与她聊一聊。

奕琳不愿意下去，找了个她还有工作没做完的借口。

林建燊回信息，他可以等，直到她做完。

寒冬腊月，奕琳自然知道外面有多冷。

几番犹豫后，她还是穿上厚厚的羽绒服下了楼。

以往，两人见面总还是比较开心。林建燊的话比较多，每次见到奕琳，都好似积攒了很多话题与趣事要与她分享，总是迫不及待就打开了话匣子。

而这一次，林建燊明显沉默了起来，短短几天未见，整个人的状态一下萎靡了不少。

见到奕琳,林建燊挺了挺胸,似在强打精神,与奕琳只抬手打了下招呼,未说话。

两人沉默地拐过楼角,往两楼之间的通道走去——前面有个孩童游乐场,可以避风。天冷的缘故,加上时间也不早了,游乐场空无一人。

林建燊双手插在口袋里,视线扫过各个游乐设施,最后落在了奕琳的脸上。

奕琳避开了林建燊的目光,往前继续走了几步,方才停下。

林建燊目光跟上奕琳,表情沉重地开口:"听阿姨说,你跟他是异地恋?"

"嗯。可我不想跟你谈这个问题。"奕琳回过头说,"这是我自己的事。"

"那你觉得靠谱吗?"林建燊咬了咬唇说,"反正我是觉得不靠谱。"

"靠不靠谱都是我自己的事。"奕琳摆明态度。

"可是,你的事,就关系我的事……奕琳,你知道,这么多年,我的心其实一直都在你的身上。"林建燊窘迫地顿了顿,继续道,"这些话我本来应该早点跟你说的,没想到,会拖到现在这样的情况来说。我一直觉得我们两个,本来就是天生一对。我妈说我小时候,无论哪一次问我将来想娶谁做老婆,我每一次答的都是你;而你妈问你将来想嫁给谁,你回答的也都是我,不是吗?我知道你会说这些都是小时候不懂事,可是这么多年,我们不是一直都相处得很好很开心吗?"

"但——我们真的只是朋友,我也可以……把你当我的哥哥一样看。"奕琳嗫嚅地说。

"当哥哥?你不觉得你这些话说得很违心吗?"林建燊冷笑,眼睛盯着奕琳,"你能说,你没有说过你喜欢我、你想我了这一类的话吗?"

"我是说过,可你不是有女朋友了吗?就算我以前说过那些话,又有什么意义?"奕琳不禁有些激动,"都早已经过去了。"

"奕琳,我知道,是我对不起你。"林建燊也激动了起来,眼里闪着泪光,"可我心里一直都有你,所以我对其他人一直都爱不起来……其实大二那年暑假,我本来是想要跟你表白的,可我家里突然要求我出国——我一直没有告诉你,我那时候匆匆忙忙出国是有原因的,包括我这么多年在国外,都不是我一个人的意愿,我也是身不由己——你就不能原谅我一次吗?"

奕琳听了,不由得怔了怔。

"你对我来说真的很重要,奕琳,就给我一次机会吧!"林建燊边说,边含泪想要去抓奕琳的手。

奕琳慌忙地避开,继续往前走了几步,直走到一排栅栏前,不知所措。半晌,方冷静下来,看了眼林建燊,说:"可是我已经有男朋友了,而且我……是真的很爱他……我跟你已经是不可能的了。"

"你说你爱他?"林建燊局促地一笑,手指摸了摸眼角,"真是搞笑,你们才认识多久?那能算得上是爱吗?你跟他之间最多也就是一时激情而已——我对你的这种才叫爱,你明白吗?"

"是不是爱我自己很清楚,跟你没有关系。"奕琳不满地声明。

"奕琳,你听我说,人的感性其实是不由自主的,甚至它可能只是一场幻觉,你自己的幻觉而已……"林建燊有些焦急,又如以往一般振振有词,"众所周知,所谓的激情,最多只能维系十八个月。为什么会这么短暂?因为那其实就是人对新鲜事物的好奇,引起的一种激素分泌。分泌的荷尔蒙会带给人愉悦感,从而促使两个人产生联系。可一旦这个任务完成,荷尔蒙的分泌也就会终止,愉悦消失,所谓的激情就不复存在,这跟动物……的原理没什么区别。但爱情不一样,爱情是需要经过时间检验的,是一种智力行为——"

"我不需要你来教我!"奕琳抗拒地打断。每次面对林建燊的振振有词,奕琳都感到词穷。

"你能让我抱一抱吗?"林建燊看着奕琳,微蹙着眉,眼神里满是渴望。

"你想干吗?"奕琳防备地想往后退,但身后便是栅栏,已经是退无可退。

"我就想抱抱你。"林建燊说着,便突然激动地上前将奕琳按在了护栏上,且不顾奕琳的挣扎,一心只想要将她抱得更紧,嘴里喘息着道,"你就让我抱一下吧,就抱一下……我要让你知道……别人能给你的我也能给你……我也可以给你激情、给你拥抱……这些我都可以给你……"

接着,更好像失控般,意欲强吻。

奕琳好不容易才挣脱了出来,气急败坏地说:"林建燊,你如果再这样的话,我们连朋友都没得做!"

"我们本来就已经没办法做朋友了!"林建燊近乎破罐子破摔地说。

"既然你这么说,我也没什么好说的了,我回去了。"奕琳说着，快步往回走。

林建燊跟了几步，站定，冲着奕琳的背影喊道："奕琳，我是不会放弃的！"

林建燊出人意料的冲动举动，让奕琳不由得心有余悸。

深夜，林建燊便发来了道歉的信息。奕琳正与景榆视频聊天，之后虽看到了林建燊的信息，但懒得回复。

第二天，林建燊仍不断发来道歉与表示懊悔的信息。奕琳虽心里仍旧不爽快，但还是于心不忍地表示了原谅，只是对于林建燊想要再次见面的恳求，断然地拒绝了，说希望他能冷静一段时间，或许以后他们还能做朋友。

然而，当奕琳下班后回到家，一推开门，便看到林建燊又赫然出现在自己家中。她慌忙又下意识地赶紧退了出去，像是进错了家门一般。

张琴追了出来，铁青着脸，生气地说："你赶紧给我进来！"

奕琳不理会，按亮了电梯的下楼键，见电梯一时半会儿还到不了，便拐了弯，推门，走楼梯。

"你给我站住！"身后传来张琴的一声咆哮，好在她并没有追过来。

奕琳咚咚地下了楼。她实在没想到林建燊会如此失态，乃至步步紧逼。

如果之前她对他仅仅是不再喜欢，那现在她对他几乎是有些讨厌了。

她想将这不愉快的事告诉景榆，让他来开导开导自己，教教她面对的方法。

可一想到她与林建燊也曾有过那许许多多暧昧的时刻，便失了底气，感到自己根本没法在景榆面前，把自己完全说得清白与无辜，更害怕她与景榆间会因此产生嫌隙。

她甚至不是不能理解林建燊，他像是要把他们之前那么多年压抑的情感都向她释放出来。

改变的是她自己。她如今把全部感情都投入到了景榆的身上，分不出丝毫来应对林建燊，所以才会对他产生厌恶感。

回忆起过往的一些碎片，奕琳觉得自己不应该对林建燊产生这种厌恶感，便又努力打消这一点。

出了小区，进到一家书吧，奕琳躲在里面看起了书。

看到一小半，手机铃声响起。

一听铃声，便知道是张琴打来的。

"怎么还不回来？"张琴气呼呼地说，"永远都不想回来了是吧？"

"那……林建燊走了没有？"奕琳怯怯地问。

"走啦！"张琴大叫着说，挂了电话。

奕琳将书放回原处，提心吊胆地回了家。

"以前我还以为你是个长情的孩子，看来真是我错了。"张琴既失望又气恼，"你说建燊他究竟有什么错？难道长情也是他的错？弄到你现在这么对待他？！"

奕琳不吭声，去厨房盛了两碗饭，自己坐下去，吃了起来。

奕瑞刚因参与一项科研项目去了广州，预期需要两三个月完成。

奕琳心中失落，好像失去了支援，心里暗地做着要与张琴单打独斗的准备。

张琴也坐了下来，味同嚼蜡地吃了两口，放下筷子，想说点什么。接着只是重重地叹了口气，又拿起了筷子，边吃边说："你呀，对建燊也别太过分了，就算你现在心里没有他，起码的礼节和规矩还是要有的；就算不是看在他的分儿上，看在你林叔叔和芬阿姨的分儿上，你也不能这样对他——一会儿你给他打个电话，就说是你不对，向他道个歉，听到没有？"

"我不打。"奕琳说。

"你……是不是翅膀硬了，我的话你全都可以不听了是吧？"张琴再次恼了起来。

奕琳不吭声，心想着，她才不可能给林建燊打道歉的电话。

*

除夕临近，日子里越来越充满了佳节的味道。张琴似乎也不愿意在这样的日子里，再反复纠缠这些糟心的事，加上她连续数天，替那些回了老家的同事们值夜班，让奕琳终于能松口气，甚至希望自己与林建燊之间的事能就此过去。

只是她原本想要休假去杭州的计划也泡汤了。

这个时候，她无论如何不敢再向张琴撒出差的谎。

张琴也绝不会再相信。

到时一个电话打到她的公司，只会把她以前所撒过的谎全都给抖搂出来。

她只能老老实实地正常上下班，并告诉景榆，说她妈妈反对她异地恋，目前还在气头上，所以她什么也不敢做。

景榆安慰着，让她再忍耐忍耐，说他跟那家公司谈得很顺利，他会想尽办法尽早到北京，而且春节他可以抽出三天时间，去北京看她，到时她只需找些借口从家里溜出来即可。

奕琳于是急切地盼着春节到来。

不料，就在大年初一这天，张琴突然做了个决定：回一趟江西老家。

自从奕琳外婆去世后，张琴在老家其实已经没有了任何直系亲人，且为了避免勾起那伤心的回忆，奕琳全家已经连续好些年没有再回过那个县城了。

今年却突然要回去，且是临时决定，让奕琳不由得怀疑张琴是故意为之。

难道她已经猜到景榆会来北京找她，所以故意要阻挠两人见面？

还是为了提醒她，不要忘了外婆是如何去世的，以及她曾经口口声声对他们的承诺？

张琴给出的理由是，已经好几年没回了，想回去看看，给她父母和弟弟上上坟，她不回去上坟，就没人给他们上坟了。

对于张琴在生活琐事上的决定，只要条件允许，奕瑞刚基本会去满足和支持，包括这些年，张琴极少愿意带奕琳回他的南通老家——他自然心知肚明其中的缘由——也从不勉强，因而这些年过年过节，几乎都是在北京度过。

这次张琴既然想回她的老家，也没什么不可以的，就满足满足她的愿望，哪怕在这节骨眼上。机票和高铁票都不好买，只能开近二十个小时的车回去。

由于路程过于遥远,计划两天赶路,途中歇息一晚。

奕琳也带上了驾照,途中可与奕瑞刚轮换着开。

奕琳在坐上车后座后,无奈地告知景榆计划有变。

景榆也大失所望,将已购买好的往返机票都退了,同时还不忘安慰奕琳,希望她旅途开心。

奕琳回复,她怎么开心得起来,她想他都快想疯了,度秒如年。

景榆说他也是,真想此刻就把她抱在怀里。

奕琳说:"别光说不做啊,快来抱我吧!"又发了个惨兮兮跪求的表情图。

同景榆开心地聊天后,奕琳的心情方好转了些。

抵达县城时,已是第二天夜。

第三天,一家三口早早去上了坟。

面对熟悉的外婆、不熟悉的外公,以及完全陌生的舅舅三人的墓地,奕琳想到从景榆手机里看到的墓地照片,感到某种相似,同样都有种让人说不出的绝对的荒凉与凄凉之感。

奕琳随即想到,自己之所以有这种感觉,是因为妈妈张琴与自己一样,在他们死后,她们都成了在这个世界上没有任何至亲的人。

原来妈妈与自己一样,在外婆去世之后,就成了这世界上的孤儿,甚至连唯一的女儿也不是亲生的,妈妈的内心应该一直都是很孤寂的吧?

或许也正是这样的原因,所以爸爸妈妈才会一直守口如瓶,想要把她当作亲生女儿。

想到这儿,奕琳不禁哭了起来,眼泪直流。

又想到,舅舅不正是十几岁时因落水而亡的吗?难不成因为这个，因为她亲生爸爸正好是为救落水的小孩而死的，所以她们对她从一开始就有着非同一般的寄托与情愫，所以外婆也曾是那么真真切切地把她当作了亲生外孙女？

想到这点，奕琳抑制不住，哭得更凶了。

张琴与奕瑞刚只当奕琳是怀念外婆的缘故，纷纷安慰着，让她不要这么难过，说人老了，都有走的时候。外婆的心愿就是希望她能过得好、过得开开心心的。

对于奕琳与外婆间的感情，张琴和奕瑞刚都是清楚的，毕竟奕琳是由外婆一手带大的。

两人的工作一向都很忙碌，奕琳过去由外婆陪伴的时间，比他们两个加起来都还要多。

奕琳好不容易控制住了情绪。

张琴提议去一个新建的旅游景点——湖畔湿地公园玩一玩，据说打造得还不错，实际上也是为了让奕琳能开心一点。

这次不顾路途这么遥远，也非要回老家一趟，不得不说，张琴确实藏了些私心。

一路走走停停地到了景点，奕琳没多少游玩的心情，只觉得县城这几年变化很大，多了很多的路，建了许多的高楼，跟记忆里的几乎完全不一样了，也不太搞得清方向。

这个季候，并非观鸟季节，但因为是春节，还是有不少游客。

奕瑞刚和张琴去排队买票，奕琳在一旁等着。

此时，收到景榆的信息，让她发个定位给他。

奕琳迷惑地问："干吗要发定位？"但还是发了。

"一会儿你就知道了。"景榆回复，外加一个欢笑的表情。

"你什么意思？"

"你不会是来找我了吧？"

"到底是不是？"

奕琳连发了几条信息，心里七上八下。

景榆暂未回复。奕琳焦急起来，又想不太可能，就算景榆驱车前来，杭州离这县城至少要六小时的路程，也不可能这么早到。想到这儿，不由得失望，但还是期待着，眼睛忍不住四下张望。

奕瑞刚与张琴买了票来，带着奕琳往检票口走。

从入口至登船处，既可步行，也可坐观光车。

奕瑞刚和张琴选择了步行，奕琳跟在后面，不紧不慢地走着。

走了几分钟，终于等来了景榆的信息："我已经到了，你在哪儿？"

"你是真的还是假的？别骗我，否则我饶不了你！"奕琳紧张地回复。

景榆发来一张景区的照片，说他已经到了售票处。

奕琳激动得险些大叫。捂了捂自己的嘴巴，赶紧发信息告诉景榆，她已经到里面了，并再次发送了定位。

景榆说："好，我买了票就进去。"

奕琳提醒："你小心点，别让我爸妈发现。"

景榆回了个"好"字。

到了渡口，奕琳忐忑不安地等待着，又频频地回头张望。

轮到他们登船时，仍没有看到景榆。

他们登的是第二艘船，而身后的队伍排得不长，奕琳借口想靠窗，有意坐在了爸妈的后一排，更加焦急地等着景榆登船。

终于，在船快要坐满乘客时，景榆在台阶上的入口处出现了。

像一道光，照亮了她的眼睛。

*

景榆戴了副黑色立体口罩，穿了件范思哲蓝印花黑外套，高大的身型很是帅气，斯文又时尚，气宇轩昂。

奕琳心狂跳了起来，紧抿着唇，生怕自己发出声音。

景榆在经过时，笑眼瞟向奕琳，未做停留地往后走去，坐在了最后一排。

"你怎么到得这么早？"奕琳发信息问。

"你不是让我快点来抱你嘛，所以我就早点来了。"景榆回复，又说，"把窗户关了，风冷，小心着凉。"

奕琳才注意到窗户开着，风确实蛮冷，便站了起来关窗，同时回头看了看景榆。

景榆仍是笑着，眼睛里流露着狡黠与得意。

"坐你旁边的是你爸妈吗？"景榆问。

"不是，是坐在我前面的。"

"要不我一会儿还是跟他们打个招呼？"景榆试探地问。

"你别胡来，我妈现在还不想见你，你千万不要！"奕琳赶紧发信息，"还是等过了这阵子再说吧，拜托！"

"好了，知道了。"景榆说，"都听你的。"

"这才乖。"奕琳问，"为什么不早告诉我？"

"想给你个惊喜。"奕琳再次回头，看向景榆。

四目交汇的瞬间，奕琳心跳急促，从景榆的眼神中，也能感受到他的激动。

每次见面，都仿佛要历经千辛万苦，这是异地恋的坏处，却似乎也是一个好处。

那就是每次见面都会激动万分、欣喜异常。

船行了半小时，靠岸，登陆，到达湿地公园。

奕琳仍是跟在张琴与奕瑞刚的后面，而景榆不远不近地随行。

前面偌大的半岛划分了几大区域。

为了摆脱爸妈，奕琳看向一旁的游乐场区，说她想要进去玩一玩。

张琴笑着说："你都多大的人了，还想去这小孩玩的游乐场里玩？"

奕琳抬头羡慕地看着游乐场上空的空中铁轨，说："就想去看一下嘛。"

张琴心里猜测，大概是奕琳刚去过外婆墓地，想要回忆回忆童年，于是说："那你去吧，我跟你爸到处逛逛，等你出来了就打我电话。"

奕琳回了声知道了，快步向游乐场走去。

景榆也很快到了。

两人一前一后，分别买好了场馆套票。

虽是暂时摆脱了爸妈，但毕竟两人扮演的是互不相识的游人角色，众目睽睽之下，也不好随意切换，于是两人继续假装成陌生人。

奕琳走到哪儿，景榆便跟到哪儿。

奕琳玩什么项目，景榆便也跟着玩什么项目。

两人玩过了空中列车，玩过了旋转木马，玩过了升降飞椅。景榆都是老老实实地与奕琳隔开而坐。

"你怎么这么乖呀？"奕琳发信息。

"还不是为了配合你？"景榆回复。

"好，那咱俩继续。"

"没问题。"景榆似乎也乐在其中。

接下来，奕琳选择了玩碰碰车。

这次景榆却纠缠不放，一直用自己的车尾随或碰撞奕琳的车。奕琳几乎求饶，而景榆只顾着窃笑。

"你快要犯规了！"奕琳在结束后，发信息提醒。

景榆没有回复，只冲奕琳笑笑，眼睛里满满的爱。

玩小型过山车时，景榆更是站在了奕琳的旁边，并与她坐上了同一车厢。

开始有了追逐的意味。

只是两人仍旧不说话，既像认识，又不完全像认识。

到玩火车穿越隧道项目时，景榆不仅坐在了奕琳旁边，还用手握住了她的手，暗中揉捏了一阵，按捺不住地将她往怀里搂，像宣告游戏结束似的柔声说："你不是想我抱你吗？我是专程来抱你的。"

奕琳窝在景榆怀中，听着彼此的心跳声，仍旧不说一句话。

小火车穿出山洞，奕琳还想要继续演下去，却被景榆一把给拽紧了。

直拽到小山背后的僻静之处，不由分说便吻了起来。

两人都心跳得厉害，脸上都泛着红光。

激烈地吻了数分钟，奕琳的手机铃声响了，是张琴的电话。

奕琳调匀呼吸，接起电话。

"你下午回去后还能出来吗？"景榆问，仍在微微喘息。

"应该可以吧，我试试。"奕琳说。

景榆点点头，捧起奕琳的脸，继续吻了吻。

*

之后，两人差不多又恢复成之前的模式，奕琳跟着父母，景榆戴着口罩或远或近地追随。

"你还是别再跟了，我妈好像注意到你了。"奕琳发信息提醒。

景榆回了个"好"字。

奕琳不久后再回头，便找不见景榆的身影了，心中一下失落起来。

"你在哪里？"她忍不住发信息问。

"在观鸟台。"景榆回复。

"能看到鸟吗？"奕琳问。

"没看到。"景榆说，"看到一条很长的堤坝，风景还不错。"

"那是鄱阳湖和珠湖分界的堤坝。"奕琳说，"我们快要回去了，在码头，你要不要过来？"

"好，马上过去。"

回程的船上，仍是奕琳和爸妈先上船，景榆在船舱差不多快坐满时才上船。

这次奕琳与爸妈并排坐，奕琳屏着呼吸，不敢看景榆一眼。而景榆，似乎也不太敢看他们。倒是张琴好奇地看了景榆片刻，也并未多想。

*

许是太久没有回来过了，加上县城变化确实大，张琴一边感叹，一边饶有兴致地想要到处看看。

午餐过后，又领着奕琳和奕瑞刚去自己读中学的母校，奕琳继续心不在焉地作陪。

景榆发信息说："我已经找了宾馆住下。早上四点就起了床，现在有些困。"

奕琳说："那你好好睡一觉吧，我估计要晚上才能过去。"

回到外婆家的老房子，是下午四点半。

奕琳进房间休憩了一阵，快到晚餐时间，出来对张琴说："那个娜娜老师也回来了，我晚上想去跟她吃个饭。"

张琴迷惑地问："娜娜老师是哪个老师？"

奕琳说："就是小时候暑假回来的时候，教过我画画的那个老师啊。"

张琴说："你跟她还一直有联系？"

奕琳说："有啊，一直都有QQ和微信联系。"

之所以找这个借口，一来是张琴跟娜娜老师不认识，也完全没有联系；二来说是老师想见学生，张琴不好拒绝。

果然，张琴很快就同意了，只叮嘱奕琳，吃完了饭早点回来，人生地不熟的，别玩得太晚。

按照景榆所给的地址和房号，奕琳敲响了房门。

景榆开了门，站在门边，微笑着问："你是谁啊？姑娘，你是不是敲错门了？"

奕琳挺了挺身，清了清嗓门，说："我是来送外卖的。"

"那外卖呢？"景榆假装伸手。

"我就是你点的外卖啊，先生。"奕琳忍俊不禁，回答道。

景榆反应过来，侧过身，待奕琳一进门，便迅速地将门推上，猛地将奕琳按在了墙上，低头坏笑着说："这可是你自己说的。"

奕琳含羞低头。

景榆敛了笑，深情地与奕琳拥吻了起来。

"你知不知道，你一天都在挑逗我？"景榆说，声音低沉且有磁性。

"我哪有？明明是你在挑逗我。"奕琳反驳。

"好吧，我们是在相互挑逗。"景榆看着奕琳，"但你别忘了，你现在可是我点的外卖。"说着，埋头吻起奕琳。

奕琳无法再说话。

几番缠绵后，奕琳依偎着景榆，双手抱着他的一条手臂，颇有几分愧疚，说她也不想这样，希望他不会介意。

景榆表示理解，又有些为奕琳担心。

奕琳说她倒是没事，她知道怎么应付。又为张琴辩解，说她妈妈其实就是刀子嘴豆腐心，只要她坚持，她妈最后都会心软；而且她爸支持她，到最后她妈都会被她爸劝服，所以她一点也不担心。

景榆说，这样还好，他宁愿他爸妈也是这样的。可惜不是，他们认准的事很难改变。

"他们也知道了吗？"奕琳小心地问。

景榆若有所思，半晌后说："他们应该是已经察觉到了，尤其是……今天我这么早出门，被我妈撞见了。"

"你妈说什么了吗？"

"没说什么，就问我赶着去哪里，我说约了人，她也没再问。不管怎样，这次我自己的事必须我自己做主。"景榆低头看着奕琳，语气坚决。

奕琳免不了心情还是有些沉重，沉默着。

"你也别胡思乱想，相信我就好，知道吗？"

奕琳轻点了点头，说："其实，我到现在都还是觉得挺不可思议的，居然会在丽江遇到你，然后又跟你在一起——就像在做梦一样。"

"我也是，真没有想到会在丽江遇到你。"

"对了，你还记得 *Our Journey* 那首歌里面的歌词吗？'我以前见过你，在我的记忆深处；我看着你的眼睛，感受到我自己的真实。'这就是我第一次见到你时的感觉，好像你就是我期待出现的那个人，会给我温暖和力量……"

景榆认真且动情地听着。

"我妈让我不要相信感觉……可是这种感觉这么强烈，叫我怎么能不相信……"奕琳也异常动情起来，看着景榆，清澈的眸子有泪花在闪，"真的，我就觉得……你就好像是我的一个传奇，在我最迷茫的时候，我生命里遇到的一个传奇。我就是很想跟你在一起，可又害怕你为了我会很为难……我这样是不是很自私？"

"你真觉得我是你生命里的一个传奇？"景榆开口。

"嗯。"奕琳点了点头。

"你其实也是我生命里的一个传奇。我对你的感觉，也是从一开始就很特别。"景榆忍不住吮吸奕琳的唇，接着说，"所以，不要想太多了好吗？爱情本来就是自私的，为了你，我也会自私。"

奕琳听话地点了点头，问："那你现在饿不饿？要不要去吃饭？"

"我不是刚吃过你这外卖了吗？"景榆笑。

"那你觉得我这外卖好不好吃？"奕琳微笑着问，"先生，要不给个评价吧？"

"超级好吃！"景榆搂住奕琳，狡黠一笑，说道，"我好像已经吃上瘾了，估计这辈子都戒不掉了。"

第十二章

第二天，奕琳跟着张琴和奕瑞刚走访亲戚，都是比较远房的亲戚。

景榆开车返回了杭州。

数天后，景榆竟意外地接到了张琴的来电。

当对方自称是"奕琳的妈妈"时，景榆顿然有些紧张，一时拿不准奕琳是否也在场，脱口说了声："阿姨好。"

"你贵姓啊？"口吻疏离，满满的距离感。

景榆立刻有了不太好的预感，勉强平静地回道："阿姨，我姓景，叫景榆，就是风景的景，榆树的榆——请问奕琳在吗？"

"她不在。阿姨有些话要对你说。"语气似稍有缓和。

"您说。"见张琴一时没开口，景榆赶紧表白，"阿姨，我对奕琳是真心的，这个请您放心。"

"我知道，你们不是玩儿的。"张琴说，"可有件事，我觉得你还是必须知道。这件事，奕琳自己可能没法跟你说。"

"好的，您说。"景榆不觉微蹙了眉。

"是这样的，奕琳这孩子吧，感情上还很单纯，这你也知道吧？"张琴不紧不慢地说。

"嗯，我知道。"景榆回应。

"但其实呢，这孩子这么单纯，不是因为她没喜欢过人，而是因为她从小到大就只喜欢着一个人。他们两个是一块儿长大的，也就是大家嘴里常说的'青梅竹马''两小无猜'。

"后来这男孩出国了，一出国就是六七年，奕琳这孩子也是一心一意地在等他……现在的问题就是，这个男孩已经为她回国了，他没办法接受现在这样的结果……所以，他无论如何都想要跟你见一面，说想要跟你聊一下。"张琴有条有理地说着。

景榆感觉就像一大盆冰水，不急不缓、持续地将他从头淋到脚，淋了个透心凉，刺骨得令他颤抖，大脑也失温般恍惚起来，哆嗦着说："对不起，阿姨……我不知道您在说什么……"

"我就知道，奕琳没有告诉你。"张琴说。

"是奕琳——她让你说的吗？"景榆僵硬地问，已经忘了要使用敬语。

"倒不是奕琳让我说的。"张琴说，言语间透着镇定，"是这个男孩，他对奕琳一直也是一门心思，也是我看着长大的——你说，这十几二十年的感情，他一时接受不了不是也很正常吗？所以，阿姨的意思是，你看你这两天要是有时间，就答应跟他见一见，你们两个坐下来好好聊一聊，你看可以吗？"

景榆记不清自己究竟是如何挂断电话的，只知道这通电话令他整个心都变得痛苦不堪。

可大脑却好像钝住了般，好半天理不清头绪：自己女朋友的妈妈第一次打电话给自己，居然是让自己去跟一个男人——他女朋友的追求者——去聊一聊。

这究竟是什么意思？

随后，景榆才逐渐清晰痛苦的缘由：这么多年，奕琳不是没有爱过，而是从始至终只爱着一个人。

更让他无法承受的是，她居然完完整整、彻彻底底地隐瞒着他。

她这么长久地喜欢过一个人，她瞒着他。

大学四年，为了等他，所以没谈恋爱，她瞒着他。

他已经回国，正想方设法挽回她，她还是瞒着他。

她可以告诉他那么一个巨大的秘密，却对这个秘密讳莫如深。

究竟是为什么？

他以为自己已经一次次穿透她的身体，触及她的灵魂，与她在灵魂的世界里颠鸾倒凤、水乳交融，却原来对她最基本的感情世界都一无所知。

就在一星期前，她还对他说，他是她生命里的一个传奇。

所谓"传奇"，是不是本身就涵盖了"意外"的意思？

所以，连她自己都清楚地知道，遇到他，其实是她生命里的一个意外？

他只是在她最需要温暖和治愈的时候出现了，她把他当作她梦里的树。

是否这场在他看来弥足珍贵的一见钟情，在她的世界里原本就是一场并不太真实的梦？

所以她才会总在担心有愧于他？

景榆越往深想，越觉得冷，心越绞痛，浑身的力气好像都被抽空了，双腿沉重如铅。

他阻止自己继续深想，宁愿这一切都只是自己一时间的胡思乱想。

两小时后，景榆便接到了一个显示为北京号码的陌生来电。

他们究竟是怎么知道他的号码的？

是奕琳告诉的吗？

他一边想，一边心烦意乱地直接挂断。

不多久，同样的号码再次来电，他再次挂断。

他猜他会发信息来，果然发来了。

做了自我介绍，自称是奕琳的发小，叫林建燊，说他已经到了杭州，会待两天，希望能见个面。

他没去理会，猜他还会再打电话来。

果不其然，对方第三次打来了电话。

这一次，他终究还是接了起来，语气很冷。

林建燊想要当晚见面。

景榆把时间延后到了第二天中午。

他需要点时间来让自己冷静。

他的大脑一直在嗡嗡作响。

*

第二天，在约定的时间、约定的地点，景榆见到了林建燊。

他的第一感觉是他的气质，温文尔雅又饱富学识；一米八以上的身高，相貌端正，年龄与自己相仿。

这样一个人，若与奕琳站在一起，无疑也是相称的。

地点就在他公司对面的一家肯德基店，非常随便的一个地方。

他既没打算真的要跟他好好聊聊，也没打算要与他共进午餐。

然而，林建燊却准备充分，不仅像求职面试般递上了自己的名片和简历，还带来了一本又厚又大的相册。

里面贴满了他与奕琳从小到大的各种照片。

"难道每个做律师的都必须这么严谨，在说明事实的同时还要附上证据？"

景榆在心里说道，却还是轻抿嘴唇，尽量装作漫不经心，打开了相册，努力镇定地逐页翻阅。

他从中看到了奕琳从小到大、各个时期的模样。

照片里的女孩从小到大都很爱笑，活泼、淘气，很可爱，也很漂亮，无忧无虑，充满生机。

跟他最初对她的第一印象很不一样。

他所见到的她，多多少少带点忧郁，有点压抑，还有着没完没了的担忧。

他脸色阴沉，从始至终不带半点笑容。

林建燊也是严肃与认真的，就像在对待一件极其重要的工作。

即使在吵闹的快餐店，气氛也压抑得让人喘不过气。

"景先生，我知道你一定很奇怪，我跟奕琳这么多年的感情，为什么我一直都没有表白？我也不是那么木讷的一个人，而是因为，在我的观念里，我很清楚，两个人的激情期不会太长，而我也知道自己一时半会儿回不了国，我不想把我跟她之间最珍贵的时期，磨灭在分隔两地的状态里面。"

"我之前一年最多只能回国一次，待不了几天。"林建燊也不管景榆是否在听——后者确实表现得心不在焉，乃至颦眉抗拒——自顾自地继续说道，"但我知道奕琳她在等我，这就让我很安心。我最遗憾的就是我回来得晚了一点点，就那么一点点——"

林建燊咬起了牙，深吸了口气，眼睛里有泪光在闪。

"那也只能说明你跟她之间，就是没有缘分！"景榆冷冷地开口。

"有没有缘分现在还不好说。"林建燊稳了稳情绪，直视景榆，"而且我也不觉得你跟她之间就真的是缘分。老实说，你是占了天时地利的优势，在丽江又是在旅游的时候认识的她。若不是这样，无论换作哪一座城市，北京还是杭州，奕琳都不可能跟你在一起，至少她从来没想过要异地恋。"

景榆避开了林建燊的目光，闪了闪双眸，流露一丝心虚：确实，如果不是在丽江，不是奕琳内心正处于十分彷徨又脆弱的状态，他们也许真的只会彼此错过。

"你们之间所谓的缘分，你不觉得根本就不真实吗？"林建燊乘胜追击，"你们两个根本就不具备在一起的条件。奕琳她是不可能离开北京的，你作为一个杭州本地人，难道真的想要离开这里？"

"这是我跟她之间的事，还用不着你来操心。"景榆警示。

林建燊再次咬了咬牙，皱紧了眉头，说："景先生，你不要以为，你跟奕琳在谈恋爱，她就是属于你的了。你别忘了，我跟她可是打小就认识，到现在已经足足二十年了——"

"你找我到底想说什么？"景榆没耐心地问，丝毫不想再耗下去。

"我希望你为了奕琳的幸福，也为了你自己，能再慎重地考虑一下你们的感情。"林建燊镇定地说，"奕琳跟我在一起，我可以保证她这一辈子的幸福。"

"我不需要考虑，我现在就可以答复你，我们是不会分手的。"景榆说罢，站了起来。

"景先生——"

"没什么事我就先走了。"景榆边说，边离开了座位。

"景先生，无论如何，我很感谢你这次能出来见我。"林建燊追了上来，边走边说，"我也能看出来，你很优秀。我并不是想要你牺牲你的感情，我只是希望你能全面地考虑考虑。"

景榆铁青着脸，没再说任何一句话。

*

景榆无比地期待着奕琳能主动提到林建燊，哪怕只有一句，他心里也会好受一些。

可奕琳依旧只字未提。

她究竟为什么要这样百般忌讳？

她的妈妈、林建燊本人都已经找上他的门了，难道她一点都不知晓？还是故意装作不知？

"你这两天是不是很忙？回信息这么少。"奕琳打来电话，有些不太高兴。

"是啊，是有点忙。"景榆顿了顿，不知该说什么。

"那你这周末还能过来吗?"奕琳心急地问。

"我现在……还不太能确定……你不是不想让你妈生气吗?"

"我又不会告诉她。"

"你不告诉,她也能猜到。"

"猜到就猜到,她总不可能把我给绑起来吧?"奕琳说。

"你说……你妈会不会其实已经知道我了?"景榆试探地问。

"不会吧,怎么可能?"奕琳说,"上次她肯定没看出来。"

"你妈这么反对你谈异地恋,是不是因为她还是想让你找个本地的?"景榆继续试探。

"你为什么这么问?"奕琳反问。

"我就是觉得,你妈这么反对,可能也不仅仅是异地恋这么简单。"景榆无奈地解释。

"我都说了,我妈的事,不用你担心。"奕琳说。

景榆无语。

"你这两天怎么了?好像心情不太好。"奕琳带点撒娇地嘟囔。

"没有啊。"景榆无力地否认,"就是有点忙吧,也有点累。"

"那你多注意休息,晚上早点睡。"奕琳表示着关心。

"嗯,对了……跟你说个事,我有个高中同学……刚从国外回来了。"景榆故意说得有些迟疑。

"哪个高中同学?"

"我跟你说过的,就那个女同学。"

"你说你们差点谈恋爱的那个?那然后呢?"奕琳提高了声音。

"也没什么然后,就说大家一起聚一聚。"

"那你要去吗?"语调显然不高兴。

"去不去都无所谓吧。"景榆索然。

"我不想你去。"奕琳说。

"为什么?"景榆问。

"反正我就是不想你去!"奕琳语气坚决,还有些着急。

"你想多了吧?都已经过去这么多年了。"景榆深吸了口气。

"那她为什么还要见你?"奕琳委屈地问。

"那如果换作你,你会不会去见?"景榆紧张地问。

奕琳似乎怔了怔,随后挑衅地说:"现在说的是你,你干吗又问我?"

景榆的心直往下沉,又仿佛战栗了几下,说:"好了,不说这个了。"

"那你还会不会去?"奕琳倒纠结起来。

"你说去就去,你说不去就不去,我都听你的,可以了吧?"景榆无奈地哄道。

"那你就别去了,好吗?"奕琳恳求。

"好,不去了。"景榆说,"我回头拒绝她。"

*

直到现在,难道他还不能确定,奕琳是真的没有打算要向他透露分毫吗?

不仅是没有打算,事实上,在讲述自己大学生涯时,在他追问她为什么感情空白时,她就已经在有意识地拿忙于学业做掩盖了。

林建燊,是她的一个秘密,一个巨大的秘密。

她曾经告诉了他一个巨大的秘密，然后再隐瞒这样一个巨大的秘密。

她打算隐瞒多久？

或是，她根本没有向他说出的勇气？

*

连续两晚，景榆加班后都没有直接回家，而是走进了一家轻音乐酒吧。

自从堂哥景铖去世后，他已经有一年多没有走进这家酒吧了。

曾经，当他和堂哥有心事，都会来这里边喝点酒边聊聊天。

有段日子，他重复聆听着堂哥讲述自己感情的迷茫。

那时的他，还几乎未遇到过情感上的迷茫。

直到如今他才明白，以前他之所以没有迷茫，是因为爱得都还不够深，乃至两次失恋，他都没有真正觉得很痛苦。

直到遇到奕琳，他才真正体验到了什么叫激情，什么叫魂牵梦绕，什么叫"一日不见，如隔三秋"，什么叫"愿得一人心，白首不相离"。

这种爱情既能让人体验到极致的幸福和满足，同时也能让人如下地狱。

堂哥当年到底爱得有多深，他不敢确定，但堂哥确实曾经那样深深地迷茫过，一次次地酩酊大醉过。

而他除了倾听，除了将醉酒的他送回家，其他都无能为力。

现在，轮到他迷茫了，却找不到也不想找任何人倾诉。

酒吧内忽明忽暗，光线随着荧屏画面的变化而变化。

景榆虽是坐在角落，却还是能感受到这种闪烁。

他双眼定住，似乎什么也没有看，脑海里却呈现出相册里的那些画面。

他以为自己有意不去看清，便会不记得，然而实际上他已经看清了，并且刻进了脑海。

连他自己都不得不承认，奕琳与林建燊之间的那种亲密，是经过了漫长岁月沉淀后的非常自然而然的亲密，几乎随时散发着她妈妈口中的那种"青梅竹马、两小无猜"的气息。

即使是再多人的合影，两个人也必定离得很近。

他与她总是出现在相邻或相隔的位置。

一个不经意被抓拍的眼神，便出卖了他或是她的心思。

虽然近几年的合影不多，但还是能看出来，即使是单人照片，也多是对方给拍摄的。

他并非不能接受一个女孩的过往，而是无法接受她竟试图将自己排斥在他俩的世界之外。

他无从知道，她如今到底对林建燊还有着怎样的情感，将来又会有着怎样的情感。

半打的啤酒，一瓶瓶被灌进了肚子。

景榆离开时，步伐已不稳，有些踉跄，大脑倒还保留着一线清醒。

开车是不可能了，景榆决定步行回家。

五六公里的路程，一路吹着冷风，胸口翻江倒海得直想呕吐。

一辆摩托车从拐角呼啸而来，景榆没意识到避让，几乎被撞飞了出去。

伴着钻心的疼痛，景榆想到，幸好只是一辆摩托车，否则的话，他是否就会像堂哥那样，在猝不及防中，带着未解的爱恋，猝然离世？

过后想想还是后怕，天知道他对她还有着多深的痴情与眷恋。

而她也曾说，如果他突然死了，她也会很想死。

*

然而，在一无所知的奕琳那儿，她所感受到的却是景榆近期突然变得有些冷淡。

尽管景榆以公司遇到问题亟待解决为理由，但奕琳还是觉察到了异常。

景榆不仅把上周末的约会给取消了，还对下一次的约会时间悬而不决，这不由得让奕琳有些崩溃，也头一次体会到恋爱里的伤心与失意。

张琴看在眼里，喜在心头。

奕琳这些天明显不再有之前那副天天都在过节日般的欢快劲儿，一天比一天看起来心事重重。

有几次，张琴没事找事地推开奕琳的房门，送牛奶、送水果，或借口找个东西，都发现奕琳或坐在电脑前加班作画，或趴在地垫上练瑜伽，而不是窝在床上捧着个手机没完没了，便更确定是林建燊的上次会面奏效了。

虽然她不清楚林建燊究竟是怎么做的，说了些什么，但对于林建燊的办事能力，张琴向来十分看好，心悦诚服。

她推波助澜地问奕琳："是不是那个人很久没有来北京了？是不是他开始没有之前那么热情了？"

奕琳不想承认，但反驳起来也少了底气。

张琴说她就知道会这样，有的人就是这样，感情来得快去得快。有些男人就是有狩猎的本性，他的兴趣点就在追求的这个过程。一旦觉得自己已经猎取到了，尤其是发现这个女孩的心已经在自己身上了，他的热情便没了。他曾经口头上什么都答应，但其实不过是他狩猎的一种手段。难道现在还看不清楚吗？还非得不到黄河心不死？

又宽慰奕琳用不着为这种人难过，就当是个教训，以后千万别再相信这些靠不住的东西。

奕琳沮丧着，似听非听。

张琴想了想又说："要不这周末带你去泡温泉吧？最近坐诊比较多，脖子和腰都疼，顺便去按摩一下。还有你芬阿姨，最近也是不太舒服，邀她一起去。"

奕琳一听到芬阿姨，便赶紧说她不去，她周末有事。

"去见见你芬阿姨怎么了？你有多久没去看他们了，还亏得他们一直挂念着你，你这样让我以后还怎么做人？你就不能去做一做样子？算我求你行不行？"张琴近乎哀求。

奕琳依然坚持有事。她害怕到时林建燊也会出现，何况这个周末她真的太想见景榆了，每天加班加点，不就是为了把周末的时间腾给他？

至于张琴分析景榆的那套说辞，奕琳并不相信，她心里真正担忧的是，会不会景榆已经瞒着她，去见过那个高中同学了？会不会见面后，发现两人都还有感情，所以景榆犹豫了，内心产生了波动？毕竟跟自己在一起，要面对的东西太多了；但如果选择高中同学，他就什么都无须面对。

想到这些，奕琳心如刀绞，忍着不想说出来，又害怕自己的猜测是真的。

如果是真的，那她该怎么办？

光是想想便受不了。

她发送了视频的请求。

以往，与景榆视频聊天是最开心的时刻，而现在，听着请求的声音持续叮叮叮地响着，内心竟胆怯了起来。

景榆没有接受。

她想或许是没听见，不甘心地又拨通了景榆的电话。

十几秒后，景榆接了。

"你明天还来不来了？"奕琳问。明天便又是周六了。

"还去不了。"景榆说。

"那我过去杭州找你吧，怎么样？"奕琳说，带点兴奋。

"不用了，还是等我去北京吧——再说你过来，我也没时间陪你。"

"你怎么突然这么忙？还是你根本就不想见我了？"奕琳一下子委屈了起来。

"怎么会呢？别想那么多好吗？"

"你现在在哪里？我想跟你视频。"奕琳说。想起他们已经好几天没有视频过了。

"我还在办公室，不方便。"

她不管，即使是在办公室，也早已是下了班的时间，有什么不方便的？

景榆没有接。

奕琳的心提了起来，脑袋有点蒙。

再一次请求连接。

几秒后，视频接通了，景榆的脸庞出现在奕琳的手机屏幕里，看着她，勉强地笑笑。

奕琳却是敏感的，问他刚刚为什么不接。

景榆说他刚走开了一下，又问她在做什么。

奕琳说她没事做，就想跟他聊聊天。

景榆说："好啊，想聊什么？"

但奕琳还是看出了他的急切，看到他的眼睛往旁边瞟了一眼，并听到有女性说话的声音。

她问："你办公室还有其他人吗？"

景榆明显不太自在，说："是有人在。要不先不聊了，晚点我再给你打电话。"

奕琳不同意，说："不要，我想要看一下你的办公室。"

"真的不方便。"景榆为难地说。

奕琳看到他再次把头转向了一旁，像是有人正向他走去。她的脸像经历了秋霜一般，凝结了起来。

"我现在有点事，晚点再打给你。"说罢，挂断了视频。

就在视频被挂断的瞬间，奕琳看到景榆身后的布局，更像是在一个空间狭窄的房间内，而不是办公室。

她全身像被抽空般，仰面躺在床上，耳朵嗡嗡作响，凉飕飕的冷意，正在她周身弥漫开来……

*

几分钟之后，景榆打来电话。

奕琳的第一句话便是："你现在到底在哪儿？"

景榆不得不坦承，说自己其实是在医院里，已经住了几天院，是不小心被一辆摩托车撞了，小腿骨折。

他让她不必太担心，已经做过手术了，没什么大问题，只是还需要住院一段时间。

奕琳敏感的心才得以放下，又替他难过起来，问他为什么不早告诉她，要瞒着她。

景榆说："就是怕你担心，所以才没说。"

奕琳着急地说："你不说我不是更担心？我明天就去看你。你是在哪家医院？"

景榆也急忙说："你还是别过来了，不方便。"

"为什么？"奕琳问。

"周末我家里人肯定在，还会有些亲戚朋友，你来了也不方便到医院。"景榆只得说了出来。

奕琳这才知道，景榆如今处在了与自己一样的状况下，甚至比自己还要糟糕。她心里很不是滋味，又更加着急，几乎快要哭了，说："那怎么办？我真的想要去看看你。"

景榆思考了片刻说："那要不就等周一吧，周一他们应该不会过来。"

奕琳答应。

好不容易熬到了周一，奕琳没有告知张琴，磨磨蹭蹭地等着张琴出了门，便简单收拾了点行李，背了个双肩包，赶往机场。

到达医院时，已是中午。

景榆住的是 VIP 单人房。

奕琳进去的时候，病房内只有景榆和一名护士，护士出去后，便只剩他们两人。

景榆的伤情没有想象中那么严重，只是左小腿粉碎性骨折，半条腿打了石膏和绷带，基本不能动弹。

奕琳心疼着，心情还是愉快的，只是想到景榆的境况，不由得还是有些沉重。

她在床边坐下，握住了景榆的手。

"为什么不早告诉我？"她心疼地问。

"告诉你也没用，只会让你担心而已。"景榆说。

"上次你崴了脚，这次又被撞伤了脚，你怎么这么不小心？"奕琳嘟囔着。

景榆抿着唇，没说话，只是看着奕琳。

"对不起，我不该这么说。"奕琳道歉，同时意识到景榆确实不开心，似有心事，看她的眼神似乎也不再是那么纯粹的爱意，而是有些复杂。她不由得又有点心慌，猜测着可能的原因，脸沉了下来。

"没事。"景榆依然看着奕琳，伸手摸了下她的脸，说，"我好想你。"

"我也好想你。"奕琳说，心思放下了一些，又隐约觉得，景榆说这四个字的语气语调，与以往似乎也不太一样。

*

没多久，有女孩为景榆送来了午餐的便当。

景榆介绍是他的表妹，叫苏黎，并悄声告诉奕琳，他表妹知道了没关系，她会替他保密。

奕琳记得景榆提到过有一个同样学美术的表妹，想必就是这个了，不由得多打量了两眼。她皮肤很白，很有光泽，水灵灵的，打扮也是偏文艺风格。

临走时，苏黎问奕琳要不要跟她一起去吃午饭。

奕琳想要拒绝，然而景榆赞同，让奕琳出去吃，说他没什么事，真有事的话，可以按铃叫护士或护工。

奕琳便与苏黎一起外出就餐了。

同样是美术生，很快就有了些共同话题。

苏黎大学即将毕业，不过她对自己的专业兴趣不大，也没打算从事园林设计工作，她说她很可能一毕业就离开杭州。

"离开杭州，你想去哪儿？"奕琳问。

"还没决定，反正不想继续留在杭州。"苏黎很肯定地说。

"哦。"奕琳应了声，不便追问，犹豫了一下，试探地问，"你表哥是不是最近心情不太好？"

"这我也不是太清楚。"苏黎迟疑片刻，说，"不过前两天，在医院里，我看到我姨妈跟他吵架，两人都发了很大的火……而且我表哥，也是因为喝醉了酒才被摩托车撞的。"

奕琳听了，心一痛，不知该说什么。

"你是北京人，对吧？"苏黎问。

奕琳点了点头，随后低下了头。

"你知不知道我表哥家很有钱？"苏黎用一双水灵的丹凤眼看定奕琳，很突然地问。

奕琳意外地愣了愣，回答："知道一点吧。"

"他家里有上市的集团公司，这你知道吗？"苏黎继续问。

"这我不知道。"奕琳有些不自在，问，"那又怎么样？"

"没怎么样啊。"苏黎移开视线，晃了晃脑袋，有点失措地说，"只是觉得太有钱了，有时候也未必是什么好事。"

奕琳低头吃饭。

景榆的家境超出了她的预料，她同样觉得这对于他们的感情来说，并不是什么好事。同时又希望景榆的心事只是来自家庭，而不是与那个高中同学有关。

有奕琳回医院照顾，苏黎便无须再回医院了。

与奕琳分开前，苏黎加了奕琳的微信，说是方便联系，她学校离这儿挺近的，如果近期有什么事的话，可以找她。

回到医院，当景榆问奕琳有没有跟她表妹聊些什么时，奕琳在病床边的椅子上坐下，微笑着看着景榆说："你表妹说你家很有钱。"

景榆尴尬地笑了下，说："她怎么跟你说这个？"

"我也不知道啊。"又玩笑地说，"我还真不知道你原来是个名副其实的富二代。"

"富二代又不是富一代，"景榆淡淡地说，"那些钱又不属于我，其实跟我没多大关系。"

奕琳不想继续这个话题，逃避似的站了起来，说她给他准备了一个小礼物，接着便从包里取了出来。

是一个小吊坠。

款式很特别，树与花结合的形状。

树上缠绕一株藤蔓，腾上开一朵小花。

奕琳说，这是她自己设计，请朋友找人加工出来的。树代表着他，花代表她，这个吊坠代表的是他们的爱情。

景榆拿在手上，细看了看，说挺漂亮的。

奕琳提醒，背面还刻了字。

景榆翻过来，只见上面刻有英文"Our journey"。

奕琳愉快地将自己脖子上已戴好的吊坠掏了出来，给景榆看，说只做了两个，他的稍微大一点，她的小一点，真正的限量款，这世界上只有她和他才有。

景榆没说话，低了低头。

"我帮你戴上。"奕琳说。见景榆欲言又止的模样，迟疑了一下，方替景榆将吊坠戴在了脖子上。

"奕琳，那时候，如果不是我一步步逼你，"景榆拿起脖子下的吊坠，翻转着看了看，艰难地说，"你是不是并不想跟我在一起？"

"你什么意思？怎么突然问我这样的问题？"奕琳无辜且不悦，又不由得敏感了起来，"你老实告诉我，你是不是背着我去见过你那个同学了？"

"哪个同学？"

"就是你那个高中同学！"

景榆放下吊坠，舔了舔有点干燥的唇，隐忍地说："我其实跟她早就没有任何联系了。我那样说，只不过是为了试探你！"

"试探我？试探我什么？"奕琳不明所以。

"你到现在都还是不想告诉我是吧？"景榆激动了起来，似乎已压抑得太久，再也无法克制了，"我前几天还收到了一封信，你要不要也看一看？"

说着，冲动地拿起了自己的手机发给了奕琳，手指因激动而有些哆嗦。

奕琳紧张地打开了自己手机里的微信。

是一个文档，有很长的密密麻麻的文字。

奕琳仅看了个开头，便知是林建燊写来的，脸色不禁唰地变白。

"他怎么会写信给你？他是怎么知道你的？"奕琳既慌乱又迷惑。

"这我也不知道。"景榆表情冰冷，"他不仅给我写信，还来找过我了。"

"找过你？他什么时候找过你？"

"一个星期前吧。"

"他怎么可以这样？！也太过分了吧！——我真的一点都不知道。"奕琳有几分无辜。

"你不知道？"景榆悲伤地看着奕琳，"他最近都在纠缠你对不对？你为什么一点都不告诉我？"

"我……我只是不想让你误会……不是你想的那样，我跟他之间真的没有什么，最多只是朋友而已。"奕琳急于辩解。

"只是朋友而已？那他信上写的那么多，全都是编造的？"

"那……那只是以前……我以前……是跟他……关系还好，可我早就已经不喜欢他了……"奕琳说得有些结巴。

"你早就不喜欢他了？是从什么时候开始的？"

"我也说不清楚，"奕琳蹙眉，补充说，"起码有一两年了吧。"

"你告诉过他吗？"

"没有——他一直在国外，也没有明确追我，我怎么告诉他？"

"那你为什么会不喜欢了呢？他那么优秀。"景榆的目光透着不信任。

"优秀我就要喜欢吗？你也很优秀啊。"奕琳逃避着回答。

"总不至于，因为他太优秀，你就不喜欢了吧？"景榆反驳，仍看着奕琳，等着答案。

奕琳只能勉强地答道："我也不知道，反正我后来就真没有喜欢他了……我跟他，好像越来越聊不来，他的很多想法都跟我不一样，还总要搞得好像是我很幼稚……我不喜欢那样……"奕琳有些词穷，感到难于表述。

景榆听着，低下了头，沉静片刻，扭头斜瞟了奕琳一眼，低沉地说："奕琳，你不怕你只是在找个借口欺骗你自己吗？"

"我没有……"奕琳双目噙泪，"我现在真的只爱你一个。"

景榆抿了抿唇，仍低垂着头，说："林建燊在信里说，给他一个月的时间，他有把握能让你回到他身边。他认为所有的原因都只是他回来得晚了一点点。"景榆握了握拳头，"我在考虑，我是不是应该给他这一个月的时间，也给你一点时间，让你弄明白自己的内心——反正我这一个月也做不了什么，也去不了北京，还不如我们大家都一起冷静冷静。"

"你什么意思？"奕琳摇头，更加委屈，"你不想理我了，是吗？"

"我没有说不理你。"景榆低声否认。

"我不需要你给我时间，我很确定我自己的感情！相信我好不好？"奕琳说着，靠近景榆，抱紧了他。

景榆迟疑了一下，也还是抱住了奕琳，只是未说话。

*

有人推门而入，奕琳与景榆匆忙分开。

奕琳跳下床，整了整头发，有些局促。

是刚才的那名护士。

见此情景，护士有些不好意思，无声地推着小车到病床边，才说下午还有一瓶药水要打，接着例行公事地核对了床号与姓名，将针头插进了景榆手上的留置针头里。

待护士离开后，奕琳重新将门掩上，犹豫了一下，索性将门锁上了。

景榆看着，没说什么。

奕琳重新坐回床边，圈起景榆的脖子，吻起了他的脸。

景榆稍微躲避了一下，接着还是回应了起来。

久吻过后，奕琳看着景榆说："我爱你，很爱很爱你。"满脸的认真与执着。

"我也爱你。"景榆终于开口。

奕琳便轻松了许多,仿佛关于林建燊的误会已就此解开。

为了减轻景榆内心的压力,她接着劝说,让景榆不必太急于去北京,可以慢慢来,不要跟他爸妈闹得太僵。而且,她现在也能接受异地恋了。

景榆说,这个问题终究是要解决的,他不想与她分隔两地太久。

奕琳说她的工作很自由,等她妈妈没这么反对了,她可以时不时地来杭州住上一段时间,这样他们就有更多的时间可以在一起。

景榆想了想,说这不是他想要的状态,他如果要收购那家公司,就会去北京全力以赴。

奕琳沉默,用水果刀削着苹果,切成丁,用叉子叉好,拿起一块送到景榆的口中。

景榆用嘴接了过去。

"要不你下午还是早点回去吧?六点多的飞机比较合适,我现在帮你买票。"景榆说着,拿起了手机。

"我想买最晚九点多的那一班。"奕琳说,事实上,她更想的是乘坐第二天的早班飞机,"不用你买,我自己买就行了。"

"那班太晚了。"景榆予以否定,并很快帮奕琳买好了六点四十分的航班。

奕琳看了看时间,已经四点,从医院到机场,加上候机的时间,要预留近两小时。也就是说,她能与他在一起的时间,只剩下不到一小时,心里一下便堵得慌,好像是景榆在赶着她走似的。

"我妹放学后会过来,我不知道会不会是我妈带她过来。"景榆无奈地说。

奕琳忍着酸涩，点了点头，再次递给景榆一块苹果。

景榆摇了摇头，说不想吃了。

奕琳便自己吃了起来，说："那我这周末再过来吧——这几天我公司里有很多讨论会，后面就是自己创作原画，到时候我就可以在杭州多待几天，可以每天都来医院看你——你放心，我会趁白天没人的时候才进来。"

"不用了，你不用再过来了。"景榆移开视线，回避奕琳，"还是等我到时再去北京吧。"

"可你的腿，起码一个月也去不了北京。你这样说就是不想见我了对不对？你还是在介意林建燊写的那些话？"奕琳再次感到了委屈和沮丧。

景榆没有否认，看着奕琳，眼眶逐渐红了起来。

奕琳的心也再次慌乱。

在奕琳离开病房前，景榆再次激动又缠绵地吻了奕琳许久，看她的目光充满了不舍、隐忍，似乎格外复杂。

奕琳不愿意理会，只倔强地说，她不管他信不信，不管他是怎么想的，反正周六她都会过来。

第十三章

从医院到机场的的士上，奕琳忐忑地将林建燊的那封信，从头到尾粗略地看过一遍，才知道林建燊这封信写得特别长。有十几页，近万字，基本将他与她之间的所有经历都详略得当地呈现了出来。

如果这仅仅是一篇回忆性的散文，或者是过去在她还喜欢着他的时候，他写给她的一封情书，她想必会感动得一塌糊涂。

可是现在作为一封信，一封写给情敌的信，奕琳只感到了林建燊满满的恶意与处心积虑。

这封信，加上自己的刻意隐瞒，不知道景榆看后究竟会作何感想，会留下怎样的心理阴影。

又想到景榆是在见过林建燊之后，喝醉酒才导致了车祸，奕琳更是气得咬牙切齿。

一下的士，奕琳便怒不可遏地拨打了林建燊的电话。

电话一接通，奕琳便劈头盖脸地斥问林建燊究竟想要干什么，他这样的行为让她觉得特别卑鄙。

林建燊似乎并不意外，且早已料到景榆会将信件转给她看，十分淡定地反驳着说："我不觉得自己的行为卑鄙，相反，我觉得景榆有权利知道真相，我也有权利让景榆知道我的存在。"

"他为什么一定要知道你的存在？你有什么权利要他知道？"奕琳激动地问。

"事实和存在本身就代表着权利。奕琳，我这样说不知道你能不能明白，所有真实存在或存在过的，都有发出声音的权利。"林建燊如在法庭陈述般口齿伶俐，"作为当事人，你如果让他选择的话，他也会宁愿选择知晓一切真相，而不是被蒙在鼓里。"

"你……你就是在强词夺理，你不觉得你这样很让人恶心吗？"

"奕琳，你能不能不要把这样的词用在我的身上？我听了真的很难过。"林建燊哽咽了，"我知道，我这样做对你来说很难接受，可是站在我的角度，作为一名律师，只有选择让他先知道真相，我才认为更合情合理——"

"我不想听你说了。"奕琳大叫着打断，"反正你做什么都有道理，你这个人就是永远都不觉得自己有错！"

"就算我有错，也是因为我放不下你。"林建燊动情地说，"你知道我写那封信的时候，是什么心情？我几乎从头到尾都在流泪，我真的——"

奕琳不想再听下去，挂断了电话。

林建燊又打来了电话，奕琳直接挂断。

再次打来，再次挂断。

为了铃声不再响起，奕琳怒冲冲地将号码设定了黑名单。

面对林建燊，无论奕琳有多气恼，似乎也只能将被打掉的牙齿往肚子里吞，因为她根本不可能说得过他。

她只希望林建燊再也不要来纠缠她。

然而，第二天，奕琳下班回到家后，林建燊又换了号码打来电话，奕琳一听是他便又立即挂断。

半个多小时后，林建燊出现在了奕琳的家门外，张琴开了门。

奕琳指着门，激动地叫道："你给我出去！这是我的家，不是你想来就能来的！"

张琴听着，一把拽住奕琳的肩，重重地连推了两把，喝道："你这是干什么？有没有礼貌？"

这是奕琳长这么大以来，张琴第一次对她下如此重的手。

奕琳打了个踉跄，愣在了原地。

张琴也意识到自己的手重了，有些后悔，连叹了两声，对奕琳说道："我知道，你是在为建燊见他的事生气。可我告诉你，这个事是我的主意，是我打电话给他，让他出来见建燊的，他的电话号码也是我给建燊的，这事你要怪的话就怪我。"

"你也打过电话给他？"泪水划过奕琳的脸颊，"你们就是联合起来要逼我们分手是不是？你们太过分了！"

说着，便哭着往自己房间走去，嘭地关上了房门，并反锁上了。

随后，无论张琴怎么敲门，奕琳就是不开。

站在门边，能听见奕琳抑制不住的呜咽声，张琴既心疼又失望。

周三一大早，在张琴持续的敲门声中，奕琳还是开了门。

看着眼睛已经哭得红肿的女儿，张琴于心不忍，说："早餐我已经做好了。"

奕琳呆立着，手仍抓着门把手，不声不响。

"乖，我一会儿要去上班了。妈妈这次可能是做得不对，可妈妈也是因为担心你啊，万一他是个坏人怎么办？妈妈也是不放心你才这么做的，你就原谅妈妈一次好不好？"张琴轻声细语，"我今天下班会早回来，你也早点回来，我们好好地聊一聊，你看行不行？"

奕琳依旧不说话。

张琴无奈，换了鞋，匆忙出了门。

这天晚上，奕琳压根没回家，而是躲去了一个闺密家。

向闺密讲起自己的遭遇，遗憾的是，闺密也并不看好她与景榆，倒是说了一堆林建燊的好话。

奕琳懒得听，直催促着赶紧关灯睡觉。

到周四晚，奕琳才回了家，也仍是与张琴冷战，将自己关在房间里不肯出来。

之所以回来，更主要的原因是想要在周五，趁着张琴不在的时候，赶紧去杭州。

这个家，她一天也不想再多待了，甚至，也不敢再多待了。

这个家，有一半都快成林建燊的了。

这一次，奕琳是打算要多待些天的，因而带的行李不少，满满的一大箱，再加上一大背包。

仍是上午九点多的飞机，到达医院时是中午。

景榆的病房人去床空。询问护士台，得知景榆竟然上午办理了出院手续。

"他怎么这么快就出院了？"奕琳失措地问。

"是病人自己要求今天出院的。"被问的护士回道。

旁边的另一名护士还记得奕琳，眼神里流露着爱莫能助的怜悯。

奕琳转过身，拨打景榆的手机，却提示手机关机。她顿时茫然无绪。

走出住院部，在医院内花园的角落呆坐了老半天，奕琳最终给苏黎拨打了微信语音。

"你表哥不知道我今天过来，他手机关机了。"奕琳对打车前来的苏黎说。

"那怎么办？他现在应该已经到家了，也没办法再出来。他的腿还不能走路，除非你去他家。"苏黎说。

"我不去了。"奕琳摇了摇头说。

"那你怎么打算的？"苏黎同情地看着奕琳，"现在再回去吗？"

"要不，你还是把他家的地址给我一下吧。"

"你打算去吗？"苏黎有几分惊讶。

"不是，我就是想去那附近看一看。"奕琳说。

苏黎"哦"了一声，将地址发给了奕琳，问："要不要我陪你一起去？"

"不用了，你回去上课吧。"

"那好吧，有什么事再联系我。"苏黎说。

"嗯。如果他问起的话，你不要告诉他我来杭州了。"奕琳说。

"好，我知道了。"苏黎答应。

按照地址，奕琳找到了景榆家的小区，是临湖的一个高档别墅小区。

小区管理森严，奕琳自知自己连进去一探究竟的身份也没有，只能绕过小区，继续沿着环湖绿道走。

湖水很清澈，湖间有一座岛，有花草树木生长在水中，并有飞鸟在水上飞掠。

绿道环湖绵延，各种栈道曲径通幽，体育公园、花海广场、图书馆、美食酒吧街等，皆临湖而设。

奕琳沿着绿道绕湖而行，无论走到哪儿，放眼望去，皆可见到景榆家所在的别墅小区，就仿佛放眼都能看见景榆一般。

近在咫尺，却无法靠近。

前方出现一个"湖畔公寓"的牌子，茫然不知所措的奕琳，疲惫地拖着行李箱走了进去。

公寓内似乎还不错，重要的是，窗口便正对着景榆的小区。奕琳决定在此住下。

下午，景榆打来了电话，告诉奕琳，他今天已经出院了。

"你怎么出院了？"奕琳干巴巴地问。

景榆迟疑着，没有回答。

"我之前打你电话，你怎么关机了？"奕琳接着问。

"手机没电了，刚充的电。"景榆说。

奕琳"哦"了一声，便不知道该说什么，透过窗，眼睛直勾勾地盯着湖对岸的别墅群。

"你最近……还是不要过来杭州了，我也出不去，你还是等我去北京吧。"景榆心事重重，顿了半晌，继续低声道，"我最近……也有点心烦，想要好好冷静一下……"

"那好吧，我知道了……你放心，我不会过去的。"奕琳说着，颓然地挂了电话，眼泪不争气地直往下掉。

傍晚，张琴打来电话，声音急切，说她看到奕琳的行李箱不见了，问奕琳是去了哪儿，是不是去了杭州。

奕琳沉默。

"你赶紧给我回来！有什么事咱们好好商量，你这样一声不吭就跑了算怎么回事呀？"张琴明显紧张。

"我这几天不回去了。"奕琳说，"我想在这里待上一段时间。"

"待上一段时间，你想待几天啊？"张琴不安地问。

"我现在还不知道。"

"你是要我过去请你是不是？"张琴没好气地说。

"妈，你别过来——你过来也找不到我。"奕琳淡淡地说。

见奕琳语气坚决，张琴不得不服软："那你住个一两天，就赶紧回来吧——你要是担心林建燊来家里的话，我可以答应你，没有你的同意，我不会再让他到家里来，这总可以了吧？"

"……"

"你说话呀，明天能不能回来？"

"我不回去——妈，我告诉你，如果你非要逼我跟林建燊在一起的话，那我宁愿去死！"奕琳说，声音里透着寒意。

"你说什么呀！奕琳，你不要吓妈妈好不好？"张琴被吓得不轻，"我没有要逼你啊，你放心，我不会逼你的，妈妈也不是那么专制的人。再说感情的事逼也没用，这道理我也懂，你别想多了啊。"

"那我就在这边待一待，我也想要冷静冷静。"

"你就不能回家来冷静？"

"……"

"你说话啊，琳琳！"

"我暂时真的不想回去……"

"那你到底准备待多久？"张琴追问。

"我现在还不知道。等我想回去了，我会回去的。"奕琳说着，挂了电话。

次日，身在广州出差的奕瑞刚也打来了电话。

看样子张琴实在是没辙，又担心奕琳万一真出点什么事，只能告诉了奕瑞刚，让他来劝一劝，尽管也知道奕瑞刚会对她的做法很不满。

奕瑞刚规劝着，说这次确实是张琴和林建燊的不对，不该这样蛮横地插手他们之间的感情，让奕琳消消气。等奕琳气消了，还是早一点回家，免得张琴在家里担心。

奕琳冷静了不少，与奕瑞刚商量："我现在在家里，总觉得很烦，提心吊胆的，妈妈好像时刻都在监视我，严重影响到我的创作状态。我现在参与的是一个院线动漫电影的创作，是我第一次真正能参与电影的原画设计，我很想专心地把每一幅场景都设计好。我很喜欢这边的环境，有一个绿道，湖周边的布置也很幽美，我想要留在这里，好好地创作。"

奕瑞刚听了，表示理解，说她搞创作，确实也是可以换换环境，而不是只待在家里，新鲜的环境可以带给人更多的灵感。又问奕琳准备待多久。

奕琳斟酌地说："大概就一个月吧。"

奕瑞刚沉吟着。

一个月，说长不长，说短不短。

奕琳除了小时候暑假跟外婆回老家外，极少有离开北京这么长时间的情况。

奕琳犹豫了片刻，接着将景榆出车祸刚出院的事告诉了奕瑞刚，说她留在这边工作，也可以不时地去看看他。

她有意隐瞒了景榆正与自己冷战的实情，害怕将他们原本就岌岌可危的关系，进一步地脆弱化。

"严重吗？"奕瑞刚关心地问。

"没什么事，就是骨折了，做了个小手术。"

"那他现在是跟家里人一起住，还是自己住？"

"跟家里人一起住。"

"那他家里人知道你们的事吗？他们是个什么意见？"奕瑞刚问。

"这我也还不是太清楚，爸。"奕琳为难地说。

奕瑞刚静了静，爱莫能助地说："那你就自己看着办吧，爸爸相信你能处理好的。"

"嗯,爸,你放心吧。"

"那你这个月都打算住哪里?"奕瑞刚问,自然知道在这种还没有得到认可的状态下,奕琳是不可能住到景榆家里去的。

奕琳如实以告,说她找到了一间公寓,就在湖边,她可以早晚都沿着绿道跑跑步。

奕瑞刚问:"不会是那种日出租的公寓吧?"

奕琳说是。

奕瑞刚想了想,觉得还是不安全,建议奕琳还是要去住可靠的宾馆,或者找个管理可靠的小区,看看能不能短期居住一下。

又叮咛道:"出门在外,最重要的就是安全,不用考虑钱的问题,租金或中介费高点都没关系,必须保证安全。我一会儿给你转点钱过去,你千万不要在这方面节省。"

奕琳说:"不用,我自己有。你转告下妈妈,帮我说一说。"

奕瑞刚答应了。

挂了电话,奕琳想到自己正好可以用这一个月的时间,来让林建燊清楚地明白,他根本就没有一丝一毫的机会,心里不禁舒了口气。

不久,翻看微信,看到奕瑞刚已经用微信转账转了一万元过来,奕琳回信息拒绝。

奕瑞刚发来语音,温情地数落了一番。

奕琳最终还是收了下来。

*

为了让张琴和奕瑞刚放心，加上自己也确实感觉公寓里租住人员的杂乱与管理的欠缺，奕琳找了附近的一家地产中介公司，要求短期租住附近的小区房。

中介给出了不多的几个选择，其中一个也是紧临湖边的小区，出租人也是租客，一个单身女孩。

奕琳选择了先看看这家。在中介工作人员的带领下，奕琳来到了这间出租房。是高层楼的十楼，从房间的窗口，依稀可以看到景榆小区的别墅群。

出租的女孩叫贺敏，年龄比奕琳稍大一点，个子很高，个性随意，没怎么多想就同意了奕琳的短期租住。

奕琳当晚就住了进来，分别发信息告诉了张琴和奕瑞刚，同时还配上了几张小区内的照片。

尽管安全上有了着落，但对张琴来说，一个月实在是太久了。

奕琳在杭州多住一天，张琴感觉女儿跟她的裂痕就多一些。

但这件事情因她和林建燊合谋而起，便也只能忍耐。

忍了几天，又向奕琳要地址，说也想到杭州看一看，玩一下。

奕琳死活不同意。她可不想让张琴知道自己根本见不着景榆的事实。

张琴无计可施，告诉了林建燊。

林建燊说他律所里正好新接到了一两个跟杭州公司相关的案件，他可以接手下来，去那边跑一跑，再找人帮忙的话，要找到奕琳的住址并不困难。

张琴说:"你找到了住址,我要是去的话,琳琳又该说是我们合谋了。"

林建燊让张琴放心,说找到奕琳的住址后,他会帮忙注意奕琳的安全。只是奕琳大概不会见他,他也只能是暗中留个心。

张琴惭愧地说:"琳琳都这样对你了,你却还是这么关心她,让我都没脸见你爸妈了。"

林建燊说:"阿姨,别说这么客气的话,就算奕琳心里没有我,我也还是会把她当妹妹一样看。"

张琴不觉叹气道:"阿姨也是一直都把你当儿子一样看的……唉,琳琳这个孩子,真的是让我太伤心了!"

没过几天,张琴还是把林建燊近期因代理案件而常跑杭州的事告诉了奕琳,目的是希望奕琳一人在外能有个人照应,万一遇到危险或麻烦的事,还有人可以求助。

又告诫奕琳,不要以为她都这么闹了,林建燊还会死缠着她。林建燊也是一个自尊心强的人,若是明白了她心里真没有他了,就算她现在求着他回头,他也未必肯接受。他现在肯定已经对她死心了,只是看在以前的情分上,还愿意把她当妹妹看。她让奕琳好自为之,别再那么任性、无理取闹,以为林建燊就非她不可。

林建燊也发来类似的信息,说他之前还自信以他们之间那么多年的感情,一切都还有回转的余地,但既然奕琳心意已决,他虽然还是很痛苦,但也只能接受,希望彼此还能做朋友。她在杭州若有什么困难,或遇到什么问题,告诉他,他会出面帮她解决。

奕琳简单地回复,她不需要他的任何帮忙。

起初，知道林建燊也来了杭州，在北京、杭州两地跑，奕琳既烦躁又抗拒，生怕林建燊会找各种理由来继续纠缠。

然而，之后的几天，林建燊都好像消失了一般，再没有发过任何信息、打过任何电话。

奕琳不由得想，或许就像张琴说的那样，林建燊是真的受了伤，死了心。

他曾经一直是她抬头仰望的一个人，而如今自己居然会用"卑鄙""恶心"这样的词来骂他，指着家门让他出去，林建燊就算对她再有感情，也该心死如灰了吧——哪怕仅仅是为了尊严，也该选择放弃了。

又想林建燊与景榆见面、写信，让他知道他们之间的故事，或者真的有部分是出于他的职业思维，并非完全处心积虑地耍手段。

他的很多想法原本就非同寻常，与自己的思维越来越不在一个频道。

想到这些，奕琳内心竟隐隐有些愧疚，同时也放下心来。

接下来的日子，林建燊也确实没再与她有任何联系。

而她与景榆之间，还是因为林建燊，进入了近乎僵持的状态。

虽然还是会发点信息，但频率大不如前，内容也仅局限在询问彼此的日常或身体状况，回答起来都近乎客套。

玩笑的话、肉麻的情话，统统被压抑了起来。

两人也闭口不谈林建燊。

奕琳是害怕，而景榆是抗拒。

奕琳知道，如今的情形，她越解释，越解释不清，在景榆看来越像是在掩饰。于是索性不说，心想着就用时间来证明吧。

之前相隔千里，两人也恨不能时刻相见；如今两个小区只相距数百米，奕琳内心翻涌的渴望可想而知，但也唯有百般忍耐。

好在有任务在身，奕琳也不能任凭自己只沉溺在感情的世界里。对自己职业真挚的热爱，很快帮她调整好了状态，也有了非常规律的作息：

每天六点四十分起床，洗漱。出门到小区外吃早餐，接着沿湖边绿道散步四五十分钟，八点回到出租房。这时贺敏已经出门，屋内只剩她一人。泡杯热茶，便开始作画。十二点至一点，点外卖吃午餐。餐后小憩一会儿。下午接着作画，直到傍晚。晚上，或独自，或与贺敏一起，再到湖边跑跑步，回房做一做瑜伽，晚上十点左右睡觉。

因而奕琳最渴望见到景榆的时间，基本集中在早晚在湖边散步与跑步的两个时段。

她既渴望，又担心，同时也知道真能遇见景榆的可能性微乎其微。

一天早上，奕琳看见有人推着轮椅远远走来，呼吸立刻就急促了起来。

既盼望又担忧，屏气凝神地一步步接近，看清是个体格高大的中风老人，心跳才缓和下来。

但强烈的思绪涌上心头，思念立刻泛滥成灾。

她不由自主地走到了景榆的小区外，在出入口处徘徊，眼底噙着忧伤的泪，好像在很失意又很焦急地等待着某个人出来，引得出入的住户纷纷侧目，而她自己竟毫无察觉，只顾沉浸在自己的悲伤、纠结与渴望里。足足待了近一个小时，才依依不舍地离开了。

相对于自己的重重思念，奕琳感到景榆似乎正一天比一天更加冷静，这让她对他的感情不确定了起来。

他真的只是要留时间让她弄明白自己的内心吗？还是同时存在其他的想法？他该不会真的要像林建燊请求的那样，从幸福的角度出发，重新审视他们三人的关系吧？甚至在揣度是否林建燊更能给她幸福？难道他真的在考虑退出了吗？这是她万万不能接受的。

但站在景榆的角度，奕琳又觉得，或许真正地冷静一段时间，对于景榆也是很有必要的。

他们从一开始就对彼此充满激情，短短数日内更是如中毒上瘾般不可自拔。

景榆请求她做他的女朋友，答应为她去北京，是否都更是激情失控的结果？

他确实需要停下来，好好地冷静冷静，从激情中抽离，然后再决定是否还要为了她而离开杭州。

想到这儿，奕琳似乎一下清醒了半截，同时，对于这一个月的冷静期，又感觉释怀了许多。

无论景榆最终的决定是什么，她都必须接受，正如她自己说过的，如果哪一天他想要分手，她绝不会怪他。

只是景榆的决定，必须是出于他们和家庭原因，而与林建燊没有半点关系。

*

好在正如奕瑞刚所说的，陌生的地方能带给她更多的灵感。

奕琳每天的创作都灵感充沛，颇为顺利。

电影以爱情为主线，她负责这条主线上的故事板。

讲述的故事也正好起因于男女主人公的一见钟情。两人因身世等问题，遭遇各方阻挠。为坚守爱情，两人不断与命运进行抗争。虽然故事最终以男主人公为爱而亡的悲剧收场，但两个人坚守爱情的故事可歌可泣，让奕琳尤为感动。

奕琳在场面背景中大量运用了"水"与"树"的意象。

"水"代表人物内心深处的恐惧与迷茫。

"树"代表对爱情的忠贞与坚守。

"水"与"树"的结合，代表迷茫与坚守的共存。

两种意象的运用，使得画面氤氲迷离，美如幻境，又意境丰富，气势恢宏。

且根据人物情绪的不同，大胆地运用色彩表现。

红的水、紫的树，不拘一格，情感饱满，连奕琳自己也深为感动，一边绘制，一边眼底便不知不觉蓄满了泪水。

绘制时，奕琳喜欢播放点相宜的音乐。以往基本是经典的纯音乐，舒缓悠扬，节奏恰当。

如今却爱上了听流行歌曲，尤其是棉子的《勇气》，歌唱出了她的心情，也与电影基调相符：

我爱你

　　无畏人海的拥挤

　　用尽余生的勇气

　　只为能靠近你

　　哪怕一厘米

　　爱上你

　　是我落下的险棋

　　不惧岁月的更替

　　往后的朝夕

　　不论风雨

　　是你就足矣

　　……

循环播放无数遍后，奕琳忍不住将歌曲的链接发送给了景榆。

不料景榆也回复了一首同样名为《勇气》的歌，歌手与歌曲却都不一样。

景榆分享的是迪克牛仔演唱的版本。

奕琳打开来听，很快便泪如泉涌，无法自拔：

　　终于做了这个决定

　　别人怎么说我不理

　　只要你也一样的肯定

　　我愿意天涯海角都随你去

　　我知道一切不容易

我的心一直温习说服自己

　　最怕你忽然说要放弃

　　爱真的需要勇气来面对流言蜚语

　　只要你一个眼神肯定

　　我的爱就有意义

　　我们都需要勇气去相信会在一起

　　人潮拥挤我能感觉你

　　放在我手心里

　　你的真心

　　……

　　她想他最近应该也一直在听这首歌吧，是要给自己勇气吗？

　　她很想告诉他，她希望他是真的能感受到她的真心，而且她也决不会突然放弃。

　　然而，终究是什么也没说。

　　景榆也只分享了链接，同样也未说一句多余的话。

　　她想，她是懂他的。

第十四章

转眼三周过去了，奕琳感到胜利在望。

这天傍晚时分，奕琳还在绘画，同居的贺敏突然敲门，想要奕琳陪她去赴个约。

奕琳转过身，不解地问："你去约会，干吗还要带上我呀？"

贺敏解释，她跟那男的其实也不熟，就见过一面，是那个男的带了个朋友一起过来，所以要求她也带个女友，这样他的朋友就不至于尴尬。

奕琳不想去，拒绝着，想要继续作画。

而贺敏近乎哀求起来。

二十八岁的贺敏，仍是单身，平常与奕琳聊天，基本也都是聊她自己的感情，包括如何将自己赶紧嫁出去之类的话题。

她说就当是奕琳帮她一个忙，他们已经过来了，她没办法拒绝，也找不到其他女孩一起去；而且就在湖边，只是去吃顿饭就回来。

奕琳看贺敏为难,想到平常贺敏也帮过自己不少忙,作为报答,便还是答应了。

两个男人开了车来,一辆黑色宝马X5,停在离小区前门不远的湖边。

见到奕琳与贺敏,两人没有下车,只让俩女孩上车。

奕琳见车上两个男人,都是三十好几的年龄,且久经社会的模样,心中不喜,又生出了退缩之意。

驾驶位的男人说:"上车吧,没多远,我们已经订好座位了。"

贺敏在一旁相劝,说他是一家公司的总经理,他的身份证她都看过,放心吧,只是去吃顿饭就回来。

奕琳担心将贺敏的约会闹僵,只得勉强上了车。

在车上,相互做了简单的介绍。开车的姓陈,是贺敏所认识的,称陈总。

副驾驶位的姓赵,称赵总。

两人都有自己的公司,也是生意上的朋友。

车开了快半个小时,仍没有停的意思,奕琳忍不住询问。

赵总回转身,笑着回应:"快了快了,很快就到了。"又对陈总说:"难得今天这么开心,要不换家好点的去吃吧?"

陈总说:"我也正有这个意思,就是稍微远点,小姑娘别着急哈。"

赵总说:"要不就去上次的那家大饭庄吃海鲜,怎么样?"

陈总说:"你请客啊?"

赵总说:"没问题啊。"

陈总说:"既然你说没问题,那就去吧。"

在两人一唱一和间，车驶上了高速路，车速也越来越快，很快驶向了郊外。

穿越一大段荒郊野岭，再次灯火通明时，宝马车终于在路边一处昏暗的角落停了下来。

在坑坑洼洼、半明半暗中走出数米，眼前呈现的独栋大饭店看起来相当豪华。

奕琳环顾了一下，发现附近除了几家规格颇高的饭店外，还有数家招牌耀眼的KTV会所。

两位总经理熟门熟路，迎面而来的服务员也是认识他们的，径直将四人引入二楼的一个包间。

点菜的时候，菜单上的标价开始让奕琳很不自在，贺敏倒是一副波澜不惊、乐享其成的样子。

最终点菜的是赵总。

赵总也是毫不吝啬，光挑贵的点了满满一桌，在点过龙虾、帝王蟹、鱼翅汤这些之后，还给每人加了道三百九十八元的鲍鱼。

根据菜单的标价，估摸这一桌饭钱已经五六千了。

奕琳有些不安。

好在赵总与陈总都表现平常，一边吃，一边琐碎地聊几句。话题也都正经，偶尔劝劝菜，甚至没有上酒，只喝汤和饮料。

饭毕，奕琳秉着本心，想要AA制，自己承担自己的部分，自然是遭到了赵总的拒绝。

赵总说："小姑娘，你还真客气。不过话说回来，这年头像你这么实诚的女孩真不多了。"

贺敏笑着贴近奕琳说："你不要跟他们客气了，没事的，他们有的是钱。"

奕琳不再强求，对贺敏说："那我们现在回去吧。"

陈总听见了，说："现在时间还早，这就回去有什么意思？再说，今天是我生日，贺敏早答应了陪我过生日，我连KTV的房间都定好了。贺敏，你说是不是？"

贺敏迟疑地说："你的生日不是还有几天吗？"

陈总说："择日不如撞日，就今天过吧，今天过还有两位美女作陪，总比过几天一个人孤零零地过好。赵总，你说是吧？"

赵总说："是啊，是啊，都是有缘人，咱们今天就替陈总把生日过了，一起开心开心。"

走出饭店，赵总与陈总便向着紧挨的KTV会所走去。

奕琳不愿进。

其他三人一致围上来劝说，又拉又拽。

奕琳挣脱着说："你们不要再拉了，我自己走。"

这一次，奕琳感受到了几分胁迫，但又心怀侥幸，不想把局面搞得过僵。

从大厅上楼，宽阔的楼梯两边，有数十名美女，一律白纱长裙，个个身形高挑，浓妆艳抹。

陈总与赵总依旧表现正经，目不斜视，似乎对她们毫无兴趣。

点过蜡烛，唱过生日歌，吃过蛋糕，象征性地过过生日，两个中年男人似乎彻底放松了下来，或者说，逐渐卸下了伪装。

总体说来，陈总比赵总要好些，只是像个情场老手，与喝得有点醉意的贺敏调起了情，甚至让她坐到了自己的大腿上，与她手把手地玩着色子赌输赢，输了的便喝酒。

贺敏被逗得咯咯笑个不停。

而赵总却很快就喝高了，或站起来胡乱地扭动着，或乱号乱吼地唱几句歌。

之后，开始对奕琳进行骚扰。

他靠近奕琳，面红耳赤，目光灼灼，一边问东问西，各种金钱与利益诱惑，一边试图对奕琳动手动脚。

奕琳神经绷紧，竭力地应付，回避着赵总的话题，躲避着他的肢体。待她想要起身离开沙发时，不料被赵总猛地一扑，摔倒在了沙发上。

赵总把脸凑上，意欲强吻。

奕琳猛然一挡，迅速地翻滚下沙发，才侥幸躲过，愤怒地喊道："贺敏，你到底走不走？你不走的话，我要走了！"

奕琳对贺敏下最后通牒，正打算夺门出去，但被门边反应过来的陈总一把逮住了。

陈总紧抓着奕琳的手臂，开始打圆场，让奕琳坐下，说只是酒喝多了点，一场误会，既然奕琳不愿意，就没人会勉强她，放心好了。

接着又数落起赵总来。

赵总附和着道歉，说误会了，请奕琳小姐原谅。

奕琳完全是在陈总的强力之下，坐回到沙发上的，她犹如惊弓之鸟，远离着赵总，心中充满了恐惧。

她万万没想到，来杭州这么久，就陪着贺敏出来这么一次，居然就碰到这么可怕的事情。

可光害怕又有什么用？

她竭力让自己镇定，想到了景榆。但他的右腿有伤，极有可能还开不了车。何况他离得这么远，她也不想在这样的情况下见到他，实在是太狼狈了。

接着又想到了林建燊，也很快予以否定，继续寻思着自己逃脱的办法。

她知道，以她与贺敏的力气，根本不是两个中年男人的对手，硬的行不通，只能是来软的了。

因而，她装出原谅了的样子，似乎已经不太在意了。

当赵总再次坐近她身边，她只要求与他保持一点距离，对他也还算客客气气。

如此伪装了二十来分钟，奕琳才再次站立起来，拉着贺敏，说要去卫生间。

两个男人尽管不乐意，却也不好阻拦。

来到卫生间，奕琳说不管怎么样，她绝不会再坐上他们的车，她要与贺敏一起打车回去。

贺敏有些迷糊，但见奕琳如此紧张与害怕，还是同意了。

奕琳很快用手机呼叫了快车服务，显示将有一辆汽车在十分钟后到达。

"要不我们就直接走吧，不要回去了。"奕琳说，以防万一。

贺敏不同意，说至少也要回去打个招呼吧，否则好像没礼貌。

奕琳知道贺敏仍抱有一线希望，想给自己留点后路，也不好再坚持，便让贺敏在门外打招呼，然后两人就立刻离开。

出乎意料的是，当奕琳与贺敏走出来时，陈总与赵总已等在了卫生间的外面。

陈总说:"走吧,已经结过账了,我们带你们回去。"

四人一起走出会所。

当得知奕琳与贺敏要自己打车回去时,奕琳看到赵总的目光变得凶狠了起来,而且不再做任何掩饰。

他恼羞成怒地骂道:"你们这也太不够意思了!我们陪吃陪玩的,你们说走就走,也太不给面子了。"

"是啊,这就太不给面子了,还不让我们送,这是摆明着不信任我们。"陈总也摆出很生气的样子,"抛开钱的事不说,你们这是把我们当成什么人了?这我们可不能接受,小姑娘。"

奕琳连忙道歉与解释,说只是不想再麻烦他们,她们住得太远了。

陈总说:"这不用你们操心,赶紧上车吧,上车了就既往不咎。"说着,将车的前门打开,让贺敏先上车。

贺敏迟疑着。

僵持中,预约的车到达,停靠在不远的路边,闪着灯。

奕琳欲拉着并不太清醒的贺敏赶紧走,被赵总猛地一推,撞在陈总身上。

赵总说:"拉住她,我这就去叫那车走。"

果然,不一会儿,预约车便开走了。

陈总方才松开了奕琳。

奕琳往旁边挪了两步,赵总警觉地盯着,让奕琳充满寒意。

夜风吹着,更加地冷,奕琳浑身都在发抖。

奕琳想到了报警,却又怕彻底激怒了他们,接着又想到了林建燊,有点哆嗦地说:"我有个朋友,是做律师的,就住这附近,我让他来接我们。"

一边说，一边赶紧拿起了电话，颤抖着拨通了林建燊的电话。

林建燊很快就接了。

奕琳开门见山地说："林建燊，你在杭州吗？我现在在外面，你能不能过来接我一下？"

林建燊问："你现在在哪儿？"

奕琳并不清楚，急忙说了饭店的名称，又说了旁边KTV的名字，让林建燊自己搜一搜。

"你那边是不是遇到什么事了？"林建燊警觉地问。

"嗯，要不你跟他们说一下，说你马上就来接我怎么样？"

"好，你把电话给他们。"林建燊语气也多了几分不安。

奕琳又连忙把手机递给陈总，说自己已经跟朋友说了，并再次强调是做律师的。

陈总没有接，赵总直接将手机夺了过去，放在耳边还不到三秒，便挂了电话，也不肯将手机再还给奕琳，就紧握在自己手里。

"你不是……才从北京过来吗？怎么就……认识……当律师的朋友了？"赵总口齿不清地质疑，转向陈总说，"我们不要信她，走吧，走吧。"

"要不就等一会儿吧。"陈总劝阻。

奕琳挽着同样又冷又茫然的贺敏，内心焦急万分。

还未等到三分钟，赵总就彻底没了耐心，说："小姑娘，你是玩我们吧？你那……朋友是不是……还在北京，等着赶飞机呢？"

"不是，他真的就快到了。"奕琳极力镇定，"要不你们就先走吧，我们在这里等。"

"算了，我看你那朋友也挺忙的，还是我们送你们回去吧——不要这么不信任我们，搞得我们也很难堪。你说是不是？"陈总也不满起来。

"要不我们还是上车吧。"贺敏低声地劝说，既有几分稀里糊涂，也有几分胆怯。

"我不上车！"奕琳坚持，冷风中僵持久了，抖得更加厉害。

两个男人动起了手来，一下便将两个女孩拉扯开了，分别往车里推。

贺敏基本没有反抗，很快被陈总推上了副驾驶位。

赵总也开始野蛮地将奕琳往后座位推。

奕琳拼命挣扎，极度恐慌，似乎连意识也不太清晰起来。

赵总更加暴力，将奕琳整个抱了起来，往车里塞。

奕琳只能靠着双脚，死死地抵抗，嘴里失声地叫喊着。

就在这千钧一发之际，林建燊总算是循着声音赶到了，冲上前，大声地喝道："你们这是在干什么？光天化日地抢人吗？赶紧给我放手！"

"林建燊！"奕琳尖叫道。

"不关你的事，滚开，少管闲事！"赵总头转向林建燊，凶狠地说。

但到底林建燊个子高，又是北方人的体格，目光也是来者不善，赵总很快便有些怵。

奕琳趁机挣脱，躲在了林建燊的身后。

"这个是我的发小，我不知道你们之间到底发生了什么事。"林建燊尽量冷静，从口袋里掏出了一张名片，递给了走上前来的陈总，说，"我是一名律师，刚刚正跟几个司法部门的朋友在这附近吃饭。他们都还没走，如果你们有什么纠纷的话，要不我现在就把他们叫过来，让他们现场来评判评判，怎么样？"

说罢，作势就要打电话。

陈总看过林建燊的名片，连忙阻止着说："林律师，你等等，不要那么急嘛。其实也没什么事，我们自己解决就行了，没必要惊动你那帮朋友。"

"那你说吧，到底什么纠纷？我们自己怎么解决？"林建燊冷淡地问。

"其实也没什么纠纷，就误会一场。我们也就是好心送她俩回家，多喝了点酒，方式有点鲁莽了，多有得罪，还请您大人大量。"陈总嬉笑着说，从公文包里掏出了自己的一张名片，双手递给林建燊，"这是我的名片，咱不打不相识，说不定以后遇到什么事，还需要请林大律师您帮忙。"

"这个好说。"林建燊将名片收下，说，"我主要受理民商事案件，有需要时尽管找我。"

陈总转身拍着赵总，让他消消气，这事就到此为止算了，同时将手机还给了奕琳，说了几句抱歉的话。

贺敏也有几分茫然地从车上下来了。

在陈总的推搡下，赵总将怒火强压了下去，一声不吭，有几分醉意地坐上了副驾驶。

"林律师，你是开车来的吗？需不需要我们送你们一程？"陈总最后问。

"不用了，我有车。"林建燊挥了挥手。

奕琳与贺敏上了林建燊的车。

奕琳既后怕，又感激林建燊的及时出现，一时间也不知该说什么，便闭口不语。

林建燊也不追问，只是问过贺敏所住小区的地址，随后便遵从导航语音，沉默地开着车。

到楼下，林建燊没有送两人上楼，只是看着奕琳，说："明天中午我过来跟你吃个饭，可以吗？"

奕琳依旧不太敢看林建燊，失措地点点头，应了一声。

第十五章

第二天中午，林建燊如约来找奕琳，似乎也是为给奕琳压压惊。

两人一起进了附近的一家北方餐馆。

奕琳仔细打量了林建燊，他似乎瘦了不少。以往的他看起来精力充沛、神采奕奕。如今虽然穿着依旧精神，但面容里还是有着难掩的颓丧与疲惫，整个人似苍老了几岁。

奕琳偷瞄了他两眼，移开了视线。

"你今天没事了吧？"在餐厅坐下，林建燊关切地问。

"没事了。"奕琳自觉狼狈，低着头，"昨晚谢谢你。"

"别那么客气——老实说，昨晚你能给我打电话，我还是挺高兴的。"林建燊看着奕琳，眼神中流露些许欣喜，"你放心，他们不敢再来找你，我已经警告过他们了。"

奕琳依然低着头，逃避林建燊的目光。

林建燊伸手拿过奕琳的餐具，撕开包装，用开水烫过一遍，再放回她的面前。

"谢谢。"奕琳说。

林建燊没说什么,继续清洗着自己的餐具。

"你最近经常待在杭州吗?"奕琳主动问。

"嗯,一个破产清算案,涉及面比较广,头绪很多,所以来这边待得比较多。"

"哦。"

"你……在这边……还好吧?……你现在跟他……怎么样?"林建燊犹豫地问。

"你什么意思?"奕琳有几分冷淡地问。

"你在杭州待这么久,是不是……根本没有告诉他?"

"你怎么知道?"奕琳诧异。

"我猜的。"林建燊眨了眨眼睛,身体向后倾了倾,"要不然的话,你昨晚根本用不着给我打电话。"

奕琳不禁恼火,心想"还不是拜你所赐",却压住了这句话,冷嘲道:"你是不是总觉得你自己很聪明?"

"不是我聪明,是我比较了解你——有时候你太喜欢替别人着想了。这是你的优点,也是你的一个缺点。"林建燊一边说,一边替奕琳把茶斟上,勉强地笑笑。

饭菜上桌。就像以往那样,林建燊完全清楚奕琳的喜好,点的菜也都是奕琳爱吃的,甚至还会忍不住给奕琳夹菜,让她尝尝是否合胃口。

奕琳以前已经习惯了这样的模式,并不拒绝;如今自然是很抗拒,冷冷地制止着林建燊为她夹菜。

林建燊略显尴尬，也不再勉强。

两人静静地吃着饭，都没多少食欲。

林建燊在犹豫半晌后开口："奕琳，你是不是还在等着他去北京？但我告诉你，他很有可能去不了北京了。"

"你什么意思？"奕琳心里一惊，抬起了头。

林建燊一时没接话茬，只是看着奕琳。

"你到底什么意思？"奕琳惊慌地追问，"你为什么要这么说？"

"据我所知，"林建燊慢吞吞地回应，"他原本是想要去北京收购一家高科技智能有限公司的——这我不知道你知不知道——他的打算是从自己管理的子公司里抽调大额度的资金，但被他爸知道了，一怒之下就撤了他总经理的职位。所以，他现在什么都做不了……"

奕琳听了，内心一阵慌乱，随后气恼地质问："你是怎么知道的？你调查他了是不是？"

"我没有调查他，我也是听说的。"林建燊忍了忍，解释道，"我代理的案子里面，有债权人正是他公司的客户，也是他公司的债务人。我也就随便地提了一下，是对方主动聊起来的。"

"我为什么要相信你？"奕琳不依不饶。

"难道你觉得我是骗你？"林建燊悲哀地挑了挑眉，"你如果不相信的话，可以问问他是不是已经上班了。作为一个公司的总经理，总不可能就因为一点小伤，连续一个多月都不上班吧？"

奕琳回想，虽然她与景榆联系不多，但终究每天还是会发几条信息，而景榆确实没有提到过任何与上班或工作有关的内容。

难道他真的被他爸撤职了？

难不成他为了去北京而做的计划，本身就是一个不管不顾的冒险？

那他现在该怎么办？难怪他会对自己越来越冷淡，他一定是在为想不到办法而不知所措，不知该怎么面对她了吧？

这样想着，奕琳不禁思绪凌乱，用手撑着额头，捂起了眼睛。

林建燊压抑又若有所思地关注着奕琳，半晌后，方再次开口："奕琳，我是真觉得你们两个不适合在一起。就算是站在纯粹朋友的角度，我也还是希望你幸福——可是他给不了你幸福，就算他去北京，没有他家人的支持，他连一套房都没法提供给你，你们怎么可能幸福地生活？"

"你觉得我就在乎这些吗？"奕琳忍不住气恼地反问。

"我知道你不在乎，可这不是你在不在乎的问题，而是他在乎。他如果真的爱你的话，他不可能不在乎。而且以他的专业和工作经验，他甚至很难找到真正适合他的工作。你有想过这些吗？他如果过得不开心的话，你又怎么可能真正幸福？"

"好了，你不要再说这些了！"奕琳有些激动，眼睛里已含了泪水。

"好，我不说了，对不起。"林建燊道歉，并做了个举手投降的动作，以示歉意。

奕琳闭了闭眼睛，眼泪成串地滴落。

她甚至都说不清自己为什么突然就这么难过，一切都还悬而未决，她为什么就突然这么难过了呢？

是因为林建燊说中了她一直以来的隐忧吗？她一直都害怕景榆为她而漂泊，然后过得并不快乐。

她害怕他为她付出，而她却连幸福也给不了他。

她一直都这样害怕，却一直不敢深想。

林建燊寥寥的几句话，似乎一下将她想要隐藏的自私给挖掘了出来，逼着她必须去面对景榆去北京后所要面临的一切，以及真正的内心世界。

见奕琳久久没吃一口饭，林建燊又给她夹了些菜，并抽出了几张纸巾递给她。

奕琳没有接，自己抽了纸巾，一边流着泪，一边擦着。

林建燊静静地看着，直到奕琳不再流泪了，方缓慢而又斟酌地说："奕琳，你听我说——我说过，我一直是站在第三者的角度考虑这件事。你可以不接受我，但我不能眼睁睁地看着你往不幸福的道路上走。长痛不如短痛，分开对你对他都有好处。未来的路还很长，说不定哪一天他扛不住了、后悔了，到时你们都会非常被动。如果……你怕自己狠不下心来的话，我可以帮你——你放心，我不会再对你有任何想法，我只希望你将来的人生能幸福、顺畅一些，而不要从一开始就带着这么大的隐患……"

奕琳神思游走，目光涣散，不作理会。

林建燊自觉地停了下来，招呼服务员过来结了账，然后说："要不我陪你再去湖边走一走？"

"不用了。"奕琳拒绝，干巴巴地说，"我还要回去画画。"

"那我陪你回小区吧。"林建燊说。

奕琳没再说什么，自顾自地往前走。

"奕琳，你还记得吗？"林建燊一边走，一边老生常谈地提起了往事，"以前每次在外面玩得晚了，都是我送你回家的。因为只要是我送你回家，你爸妈就不会责怪你。有几次，明明是你有其他的事，弄得晚了，你还是一个电话过来，让我送你回家，就是省得你妈唠叨。"

奕琳依然不声不响，似乎并没有在听。

"我现在有个心愿，不知道你能不能帮我实现？"林建燊提高了声音。

"什么心愿？"奕琳淡淡地问。

"我想最后一次把你平安地送回家。你知道，昨晚的事，我想想也都后怕。"林建燊看着奕琳。

"……"

"你要是不想欠我昨晚的人情的话，不妨就满足一下我这个愿望。"林建燊轻叹了一声，"要不然的话，我都不知道该不该把这件事告诉你爸妈——你妈还一直叮嘱我，要我注意你的安全。这么大的事，如果我不说的话……"

"你不要告诉他们！"奕琳脱口而出，停下脚步，与林建燊面对着面。

"我也是为了你的安全。"林建燊诚挚地说。

"好，那我答应你。"奕琳直视着林建燊，"不过，我要等到这个月的月末才回去，31日。"

林建燊听了，知道这个日期，与他写信给景榆的日期——2月28日，正好相隔一个月。他不觉惨淡地一抿唇，说："好，也就只剩几天了，我等你。"

奕琳回到了出租房，再无任何心思作画。几番犹豫，拨通了景榆的电话。

离上一次通话，听到景榆的声音，已经隔了有一周了吧。

"你最近怎么样？"景榆在电话那头低声地问。

"我还好。你呢？你的脚可以走路了吗？"奕琳问。

"可以了，只是还不能太用力。"景榆回答。

"那你是不是已经上班了？"奕琳迫不及待。

"还没有。"景榆似乎有些猝不及防，"暂时还没有，再等段时间吧。现在有人在帮我管理，我也不着急。"

奕琳深吸了口气，放弃追问。

"那你最近都在忙些什么？"

"看点书，学习学习。还有，最近也在找房子，已经找好了，准备下个月初就搬过去。"景榆说。

"你为什么要搬出去？你是不是跟你爸妈闹得很僵了？"奕琳揪心地问。

"也不是。你不是说以后想常来杭州嘛，我出去住，你也方便，要不然也不方便。"景榆解释，又补充，"我家里的事，我以后慢慢再说给你听。"

"可你不是说，你要到北京全力以赴的吗？为什么还要搬出去住？"

景榆静了静，迟疑地回道："奕琳，那收购的事，遇到了点麻烦……可能没那么快……"

奕琳咬着牙，神思恍惚了片刻，回过神说："我知道了。那你慢慢来吧。"

景榆应了声，一时无话。

"我想你了。"奕琳噙着泪，低声说。

"我也想你了。等再过几天，我就去北京找你。"景榆温柔地说。

奕琳顿了顿，说："再说吧。"便挂了电话。

第十六章

第二天，奕琳勉强完成了大半幅素描，却是既画得很伤心，又很不满意。

她甚至对剧情的走向产生了抵触的情绪，觉得只要编剧稍作修改，男主人公就可以不死，为什么就非得要他死？

既然他们一路坚守得这么伟大又艰辛，为什么还一定要是悲惨的结局？

她真的想不通，为什么连艺术都要这样残酷？

难道是因为现实本身就是残酷的吗？

可她为什么突然就要这么悲观了呢？

她对林建燊已失去信任，却为什么还要被他的话影响？

为什么身边所有的人都不看好他们？

是因为所有旁观者都比他们更能看清楚现实吗？

她可以不在乎流言蜚语，可她不能不在乎他的幸福。

她深知事业对于一个男人的重要性。如果他到北京，就意味着失去事业，那他还怎么可能真正幸福？

如果他不幸福，那自己的幸福又有何意义？

何况，她有什么资格，让他为自己付出这么多？

想着这些，奕琳心如刀割。

第三天，奕琳的状况依旧。与林建燊的一顿饭，彻底改变了她的状态，也包括她创作的状态，且一时半会儿很难调整好。

她只好放弃，决定休整两天，将刚打开的电脑又合上了。

一个人漫无目的地在陌生城市的街头游走，奕琳深刻地体会到一个人在异地他乡的孤独、渺小、无助与彷徨，就像三天前晚上她所遭受的恐惧与惊吓一样。

如果在北京的话，根本就不可能发生，即使遇到类似的情况，她甚至也用不着害怕；可身在异地，她是那么孤立无援、恐惧至极。

如果不是林建燊及时出现，后果不堪设想。

而这样的孤独、渺小与无助感，还有各种各样的不适应，都是景榆到北京后，所必须去面对的。她光是想想便心疼不已。

失魂落魄地游走了半天，悲观地胡思乱想了许多，奕琳最终还是无处可去，折回了出租房。她情绪低落到极点，浑身乏力，好像提前失恋了。

不吃不喝地躺倒在床上，便又重新想起自己原本孤儿的身份，想起与景榆在云南时的点点滴滴，想起景榆为她所做的一切，泪水无声息地滑落，将枕巾洇湿了一大片。

下午，从浑浑噩噩中醒来，奕琳几乎想要提前回北京去了。

就待在家里，假装什么也没发生过，她什么都不知道，只安安心心地等着景榆的到来。

等着他发信息告诉她，他到北京了，然后她兴冲冲地从家里逃出，去见他，与他在宾馆里缠绵。

她什么也不用多想，他说什么，她就信什么，一切都听凭他的安排。

如果能继续那样自我欺骗，该有多好！

然而，她能接受自己伪装幸福，却终究无法接受他伪装幸福。

*

一整天，奕琳都沉浸在低迷、彷徨、无助、忧伤，乃至哭泣当中，神志昏沉，满脸倦容。

临近黄昏，仍躺在床上，读到苏黎发的一条朋友圈，写着：又是心痛到无法呼吸的一天。

不由得立即与她同病相怜起来，心想她该不会也是失恋了吧？

于是在评论下留言，关切地问："你怎么了？"

苏黎回复："没事了，谢谢奕琳姐关心。"

两人自上次在医院门口见过一面，之后再没有联系，似乎彼此都没有动过要进一步走近的念头。

此刻，奕琳却突然感到了亲近。尽管苏黎已经回复了没事，她还是坐起了身，给苏黎拨打起微信语音。

一方面是想要安慰安慰她，另一方面也是想着从她的口中，获得一点关于景榆和他家人的真实近况。

苏黎接起了语音，叫了一声："奕琳姐。"

"苏黎，你真没事吧？"

"没事，是昨晚……大半夜发的，现在已经好了。"苏黎不太好意思地说。

"你如果有什么不开心的，可以告诉我。"

"嗯……你呢？你还好吧？"

"我……现在就在杭州。你有空吗？要不我们见个面，一起吃晚饭？"奕琳说。

"你又来杭州了吗？"苏黎问。

奕琳一时难以回答，迟疑了一下。

"你是跟我表哥一起吧？"苏黎接着问。

"不是，就我一个人。"

"你一个人？"

"嗯，你表哥还不知道我来了杭州。"奕琳补充，"我们见面再说吧。"

"哦？"苏黎疑惑，随即像是明白了什么似的赶紧说，"那要不我去找你吧？你现在在哪儿？"

"好啊。"奕琳说，并告诉苏黎自己的住址。

"那好，我现在就去找你。"苏黎说，"要不我们就一起去吃烧烤吧？我知道湖那边有一个还不错的烧烤场，顺带喝点酒，怎么样？"

"好啊，我也想喝点酒——我等你过来。"奕琳说。

挂断语音，奕琳起床收拾了一番。

两人直接约在了烧烤场会面。

烧烤场是露天的，前面是一个广场，聚集着大量的人，有带小孩儿玩耍的，也有许多来跳广场舞的。

烧烤场在广场后面，还比较安静，人也不多。

烧烤炉是用电的，无烟。

苏黎和奕琳已经点好了数种食材，要了两瓶啤酒。

苏黎建议一人喝完一瓶，不够的话，就再来两瓶。

奕琳说她一瓶就够了，她不怎么能喝酒，仅一杯头就会晕。

苏黎说她也不能喝，但喝完一瓶没问题。

两人都心知对方有心事，只是尚未开口。苏黎一边将牛肉片夹到铁架上，一边问："你这次来，不会又是先斩后奏吧？"

奕琳笑了笑，帮忙夹着。

"我看你还真挺有钱的，说飞来就飞来，说飞去就飞去，连招呼都不事先打一个。你是想要给他惊喜，还是想要给他惊吓？"苏黎开玩笑道。

"现在机票也没那么贵，都打很低的折扣。"奕琳说，迟疑了半晌，还是如实地说，"其实我——从上次来杭州，到现在都还没有回去过，一直都在杭州。"

"啊？不会吧？这么久你一直待在杭州？！"苏黎惊叫道。

"嗯。"奕琳点了点头，"我怕你告诉他，所以就说我已经回去了。"

"你不会待在这里这么久都还没见过他吧？"苏黎诧异地看着奕琳，"他应该可以走路了吧？至少挂个拐杖也能出来见你了呀。"

奕琳低头："是我一直没有告诉他。"接着，一边进行烧烤，一边将大致缘由告诉了苏黎，包括她不愿意待在家里，而留在杭州的原因，以及因为她的隐瞒导致景榆的误会等。

"要不我打个电话给我表哥，我来帮你解释解释？"苏黎在感叹过林建燊的心机后说。

"不用了。"奕琳摇了摇头，"其实这个……不是主要的问题。再说一个月也快要过去了，没什么好解释的……我跟你表哥的主要问题，还是异地的问题。"

"那倒也是。"苏黎若有所思地附和，给两个人的杯子都倒满了啤酒。

"你表哥想要冷静，可能还是你姨父姨妈给他的压力太大了吧。我听说你姨父把你表哥从公司撤职了，这你知道吗？"奕琳看着苏黎。

"啊？是吗？"苏黎显得很惊讶，"我很少去他家了，不是太清楚。不过我知道那个公司一直都归我表哥管，是我表哥把它从小做到大的，他爸为什么要撤他的职？"

"为了防止他把资金转去北京吧。你表哥原本有点想去北京创业……"奕琳说着，不觉伤感落泪，掩饰地端起酒杯，喝了一小口。

"……"

"其实，我现在也挺想放弃的，不想让他这么为难……"奕琳有几分哽咽，"我昨天给他打电话，他还说准备从家里搬出去。我真没想到他会跟家里闹得这么僵。"

"我前两天……跟我表妹视频，"苏黎迟疑地说，"也听她说了，说她小哥要搬出去，还说她爸妈要跟她小哥断绝关系，她很害怕——我猜到应该是跟你们有关。"

"你姨父和你姨妈，他们是不是——都是非常专制的人？"奕琳忍不住问。

苏黎想了想说："反正都不是太好说话吧……听说我姨父从很年轻的时候，就很会做生意，后来我姨妈也一直和他一起做生意。可能他们都会觉得自己很有能力吧，做事也都很讲究魄力，说一不二……"

"其实我也理解……"

"真的，奕琳姐，如果你能来杭州，说不定你们两个还有希望，我姨妈和姨父也说不定就不会再阻拦你们了。我表哥愿意为你去北京，说明他真的很喜欢你。"苏黎鼓励地看着奕琳。

"可我从小到大，从来没有想过要离开北京。我爸妈就我一个女儿，我不能不管他们。"奕琳为难地说。

"那你——就真的舍得放弃我表哥吗？"苏黎说着，游移开了视线。

"如果换作是你的话，你会怎么做？"奕琳问。

苏黎淡淡地一笑，说："这有什么好如果的，我跟你的情况完全不一样。"

"那倒也是，每个人情况不一样。"奕琳说，等着苏黎说出自己的心事。

"都已经熟了，快点吃吧。"苏黎将火调小，拿起一串香菇，吹了吹，咬了一口，说，"不过，我很理解你，就算你想分手，也是为了我表哥着想……可是，你就能确定你自己以后不会后悔吗？"苏黎瞟了奕琳一眼，端起了酒杯，喝了一大口。

放下杯子时，杯中的啤酒已少了一半。

奕琳未说话，也喝起了酒，只是无法做到像苏黎那样大口地喝。

苏黎打了个嗝，猛然喝了半杯酒似乎刺激得她不太舒服。看得出来，她其实也并不习惯喝酒。

"要不我给你也讲个故事吧？"苏黎轻捶着自己的胸口说。

"好啊，什么故事？"奕琳洗耳恭听。

"曾经有个女孩，对一个男孩一见钟情，然后还挺幸运的，那个男孩也喜欢上了她。两个人于是背着所有人，暗地里在一起了。但男孩家里好有钱，女孩家里好穷，因为她有个迷恋赌博的妈妈，家里永远欠着还不完的债。所以，女孩从来没有想过要嫁给男孩，也没想过要一直在一起。后来，男孩家里给他介绍了一个同样有钱的女孩，男孩来问女孩的意见。女孩说：'挺好的呀，你快点去跟她在一起吧，你们才是天生一对，不用管我了啊。'然后，男孩就真的跟那有钱女孩在一起了，还不到三个月，就决定要结婚了。"

苏黎呵呵笑了声，说，"我是不是很不会讲故事？"

"然后呢？他们结婚了吗？"奕琳好奇地问，想来这故事应该与苏黎有关。

"然后就没有然后了。"苏黎说完又大口地喝了一口啤酒，扭头问，"你知道那个男孩是谁吗？"

"是谁？"

"他叫景铖，是我表哥的一个堂哥。"

"啊！"奕琳不由得失声。

"你知道他？"苏黎问，似乎并不意外。

"我听你表哥说到过，但没有说到过他跟……"奕琳不知该如何表达，"那个女孩是你吗？"

"嗯。"苏黎承认，"因为我表哥也不知道吧，没有人知道，是我不想让任何人知道的。昨天就是又想到了他,所以特别难过,不过今天已经好些了。"

奕琳一时不知该如何安慰,她没想到苏黎这个尚未毕业的二十二岁女孩,经历过这样的生离死别。

"我表哥的堂哥家,跟我表哥家一样,都很有钱。"苏黎克制着情绪,抿了抿唇,"我跟你不一样,我不存在异地恋的问题。跟你相反,如果我妈知道我能嫁一个这么有钱的人,肯定恨不得一把把我推出去,才不会管我是嫁去哪里——可惜我不想让她如愿,她越是希望我找个有钱的人恋爱,我就越是要证明,我所爱的不是钱。我就是要证明我爱得很纯粹,我可以做到不求任何结果地分手,所以我跟你的分手理由也都不一样。"

为了证明爱得纯粹,而宁愿分手。

奕琳一边将烤好的食物夹往旁边,一边想自己又何尝不是:是因为爱,而想要分手。

景榆曾说她跟他表妹一样,没想到果然是相像的。

"只是我真的没有想到,他会那么快就出了意外。如果知道的话,我又何必跟他分手?"苏黎悲伤起来,盯着脚下的炭火,"他其实并不想跟我分手的,可当时我却偏偏要分手,我就是不想阻碍他结婚。当时我就觉得,他也不小了,而我反正不会嫁给他,既然他家里人那么迫切地想要他结婚,那我就让他结婚去吧……其实我现在挺后悔的,自从他出事以后我就后悔了……"说到这里,苏黎抑制不住地流下泪来。

奕琳抱着苏黎的肩安慰,想起景榆曾经说过的一些话,疑心景榆对两人的秘密恋情或许并非一无所知,心里咯噔了一下。

待苏黎收住了哭声，奕琳问："你们是不是也一起去过丽江？"

"嗯，我们还去过很多的地方。"苏黎吸了吸鼻，说，"因为在杭州怕有人看见，去旅游就觉得很自在，无拘无束，所以，那时候我跟他都很喜欢旅游。"

奕琳方才明白，为什么景榆说，遇见她，才让他更明白堂哥最后的内心世界。原来景铖所走过的那些路线，都是与苏黎一起经历的。

*

旁边的烧烤摊位原本空着，此时来了一对年轻的恋人，穿着情侣装，背对她们而坐，两人的背影看上去很是和谐。

奕琳羡慕地看了半晌，才收回了视线。

苏黎边喝着啤酒，边同样地看了看，也同样地收回了视线，开口道："我第一次看到他的时候，就知道自己肯定会喜欢上他，就像宿命一样，没办法逃开。仅第一眼，我就猜到了他是谁，他的那种气质，就那种有钱人的气质，跟我的表哥真是太像了。"

苏黎沉浸在回忆中，对奕琳讲述起来："我不否认，我就喜欢那种气质，那种出生在大城市，又从小就含着金钥匙长大的气质。虽然在这气质面前，像我这种从小地方来的人像丑小鸭一样，可这并不妨碍我喜欢，反而加深了我发自内心的喜欢。"

"你长得很漂亮啊。"奕琳插了一句。

苏黎轻舒了口气，继续说道："可能我也就是外表还过得去吧，否则我妈也不会那么期盼我考上大学。在我妈的心里，只要我能顺利考上大学，我似乎就能帮他们实现鲤鱼跳龙门的心愿，帮他们改变阶层。你能理解这样的妈妈吗？"

奕琳不便应答，递给苏黎几张纸巾。

苏黎拿在手中，若有所思："说实在话，如果不是碰到景铖的话，我或许也没必要假装得这么清高。可是景铖不一样，他真的很单纯，特别爱笑的一个大男孩，跟我表哥一样，高大、喜欢运动、身材很棒，甚至比我表哥还要阳光、爱笑，长得也很帅气。只是我表哥是双眼皮，他是单眼皮，而我正好就喜欢单眼皮的男生。

"那天是他们家族举行一个派对，就是大家一起去一个庄园里玩。其实吃饭的时候，我就看到他了，只是不在一个饭桌，隔得还蛮远的，他应该也看到了我。然后，饭后我一个人在高尔夫球场的草坪上闲逛，在一处上坡路段遇见了他，他也正好一个人，我就大胆地跟他打起了招呼。

"我记得那天我穿了一件白色的连衣裙，很漂亮的裙子，我很喜欢，而且我还化了点妆。那时阳光特别好，鸟语花香的，加上草丛里的音响正播放着音乐，我心里早就已经特别诗情画意了，好像预感到会单独遇上他一样，结果就真遇上了。当时的感觉，真就好像是童话里的公主遇上了心目中的白马王子一样。那个时候的我，也不知道为什么，内心居然没有一丝卑怯，反倒显得过度自信。我笑着问他是不是景榆的堂哥或堂弟。他说是啊，是堂哥，又问我是谁。我说我是他的表妹。然后他就掉转身，跟我走了段路，还问我怎么这么不怕晒，太阳这么大，我连帽子也没戴，女孩子不是都怕晒黑的吗？我说我没觉得晒啊。可能是晒习惯了吧，我那时真没觉得晒，只觉得阳光特别亮眼，特别美好。没多久就听到有人叫他，我担心以后再难有机会见到他了，就鼓起勇气加了他的微信。他匆忙地加了我，让我跟他微信联系后就跑开了。

"后来，也是我主动找他聊天。我那时才读大一，闲得很，有事没事就找他聊。他那时候也是刚从国外留学回来，才上班不久，不知道为什么也很喜欢跟我聊，就是你逗我开心、我逗你开心那种，什么都聊得起劲。聊了差不多两个月，他约我放假前见一面。我那时其实也没想到他会约我见面，觉得能一直跟他聊天就已经很开心了。

"第一次见面是他来我的学校，我带他在校园内到处逛了一圈。寒假我回了家，他跟我还是瞎聊，但开始会说些关心的话，带点暧昧，我当时还是蛮意外的，没想到他会真喜欢上我。第二学期开学，他第二次来找我的时候，我们就差不多算是在一起了。

"但我真的从一开始就很怕被人知道，怕被认识他的人知道，传到他爸妈的耳朵里。只要他爸妈一知道，肯定会让我们分手。他自己也知道，所以也很小心。估计他们整个家族都知道我有一个怎样爱赌博的妈妈，在那么穷的家庭里长大，自然会认为我所图的就是钱，想麻雀变凤凰。我特别不想被他们那么看，所以跟他一直没敢确定关系，就隐隐约约的，是又不是的那种。

"后来五一假期的时候，他想要出去旅游，我一冲动就同意了。那一次去的就是云南，到了不少地方，印象都特别深刻，后来暑假又去了一回。从云南回来，怎么说呢，关系就变得完全不一样了，就是觉得特别爱，好像再也分不开了的那种。

"可能我就是个特别纠结的人，越是爱得深了，越觉得害怕，越想退缩，却又控制不了自己。他很难理解我的反复无常，但真的很包容我。只有每次外出旅游的时候,我才觉得放松,可以放纵自我地陶醉和享受。他知道我这样,便总是想方设法地积攒假期,带我离开杭州外出游玩,短的两三天,最长的一次也就七八天。

"到我大二快结束的时候,他家里人开始逼他接受那个有钱的女孩,我那时内心的矛盾和纠结一直就没有断过,觉得继续下去也很累,便想着乘机结束了也好,反正迟早是要结束的,也不用耽误他的婚姻大事。听说那女孩不但家里特别有钱,本身的性格也很好,长得也可以,我就觉得他俩还是蛮般配的。"

苏黎一边说,一边用手抹着脸上不知不觉流下的眼泪,苦涩地笑了一笑。"后来他总觉得对不起我,要转钱给我。我不同意,可他还是转了,转了三十万元到我的卡里。他说不想我生活变得拮据,我才意识到,我跟他在一起一年半的时间,其实已经用了他不少钱。正好那个时候,我妈逼着我向我姨妈借十万元钱,说是借,其实就是讨要,我们家已经欠我姨妈家太多钱了,我实在开不了口,可我妈逼得太急,说要是不能借到十万元,她会被告去坐牢。我实在没有办法,就转了十万元过去给我妈,我自己留了一万元,然后把剩下的十九万元转回给了他。"

苏黎仍不停地用纸巾擦着眼泪,奕琳将烧烤炉关掉。

"自从接受了他那么多钱以后,我就真的再也不想见他了。我拉黑了他的微信,只留了电话没有拉黑,但他也没有再联系过我。他其实是个责任感很强的人,觉得自己有责任的事,都会努力去做。后来,我就听说了他要结婚的消息,那段时间我过得就像行尸走肉一样,但没想到后面还有更大的噩耗在等着我……"

"不要再想了,苏黎,都已经发生了,就让它过去吧。"奕琳抚摸着苏黎，安慰道，"我听你表哥说，他是因为太过劳累才出的事，跟你们分手没有关系。"

"我不知道，我也不敢想。"苏黎抹了把脸，抬起了头，"我只想记住我跟他最开心的那些日子，就是一起旅游的那些日子，真的很开心，所以——"苏黎泪眼看向奕琳，"你知道吗，当我听我表哥说你们是在丽江认识的时候，我就大概能知道你们之间的感情是怎样的，似乎爱得很深很深，可一回到现实，却又最无能为力，就像只是做过一场梦一样。那些盛大的喜悦，那些可以不顾一切的激情，到头来，又能怎样呢？还不是一回到杭州，就连牵手都不能光明正大地牵？"

苏黎继续喝起啤酒，将自己的一整瓶都喝进了肚子。

看着已几分昏沉的苏黎，奕琳建议："要不今晚你就不要回学校了，跟我一起住吧？"

"好啊，那我就不回去了。"

奕琳说："那我还可以再喝一点，我来把你的也喝了吧，今晚我们一醉方休怎么样？"苏黎拿起奕琳的啤酒瓶，把啤酒倒进自己的杯子。

"我已经够了。"奕琳说，虽然只喝了两杯多点，但头已经很痛了。

第二天苏黎起床之后，奕琳煮了冰箱里的冷冻饺子做早餐。

苏黎问，北方人是不是普遍都喜欢吃饺子、吃面食？

奕琳说，也不全都是，她爸不是北方的，是江苏人，她妈是江西的，所以她家里口味比较杂。她妈妈会做江菜，她爸爸在家的时候,他们都吃江菜。

苏黎说,江菜与浙菜还比较接近,景榆在家吃的也都是比较正宗的浙菜,但因为应酬多,跑动得多,其实也是什么菜都习惯吃,连很辣的也能吃了。

奕琳想起景榆跟她一起吃饭时,都是以她的喜好为准,他自己确实是不挑食的,但好在两人的基础口味还比较接近。

站在窗边,苏黎问奕琳知不知道景榆家的别墅是哪一栋,并用手指了一指。

原来就是最前排拐角处的一栋,正好完全在视野之内。

奕琳对那一栋早已非常熟悉。

"住得这么近,你居然可以做到不告诉他,我太佩服你了。"苏黎笑道。

"我带了工作来做,每天要画画,也没那么多空闲,还算好吧。"奕琳说。

"等我表哥知道了,他肯定会很感动的。"苏黎断定。

"我之前也这么想过。"奕琳抿了抿唇,勉强一笑,"起码能让他看到我的决心,我没有任何可摇摆的。可是现在……我真的不想让他知道了。"

"为什么?"苏黎看着奕琳,"你不会真的想要放弃了吧?"

奕琳咬了咬唇,忍着泪,过了半晌说:"我还没有想好。不管怎么样,你千万不要告诉他好吗?包括我跟你说的那些话,都不要告诉他。"

苏黎伸手拍了拍奕琳的肩,说:"放心吧,我不会说的。你自己还是想清楚吧,不要让自己后悔——其实我都能理解你。"

"谢谢。"

"跟我客气什么。"苏黎显出轻松的样子，抱了抱奕琳，"我要回去了，今天周六，我十点钟还有兼职要做。"

奕琳点了点头，也抱了抱苏黎。

"那我们以后有机会再见面吧——我还是希望你不要放弃，也许一切都会好起来的。"苏黎鼓励。

奕琳未说话，只是感激又同情地看着苏黎。

"你不是问过我毕业后想去哪里吗？我现在告诉你，我其实早已经想好了，就去新疆支教。"苏黎在最后说，"因为那是景铖一直计划要带我去而最终没有去成的地方，我就想要去看看。我走了，再见。你回北京的时候也要路上小心。"

"我知道，再见。"

第十七章

苏黎离开后,奕琳仍站在窗边,看着苏黎指过的那栋别墅。

在离开之前,她终于能知道景榆家的具体位置了。

只是,她仍旧看不到他。她回想起苏黎说过的话,说景榆的爸妈或许不会太过干涉景榆的感情。

想到这点,似乎能让她对他放心一些。

倘若他的感情是自由的,那么只要他再遇到心动的女生,凭他在杭州这么优越的条件,想要追到估计一点也不困难吧。

分手,对他,也许仅仅只是一次失恋而已。

可是,对自己呢?分手意味着什么?

意味着景榆曾注入她身体里的温暖与充实,将彻底被抽离而去?

意味着她的生命将被彻底撕裂,形成更加巨大的且再也无从填补的空洞?

意味着他给予过她的靠岸的,以及生根一般的感觉,不过是虚幻一场,她仍旧是浮萍,且从此失去方向?

她是真的很恐惧。

可她又能有什么别的选择呢?

难道真的要等到他无路可退吗?

既然她做不到假装一无所知地回北京,等着他的到来,那么,她如今唯一能做的,就是在这里,解决这一切,阻止他去北京,阻止他从家里搬出去。

她必须与他好好地谈一谈,告诉他,他们并不是必须在一起,她并不是他最好的选择。她不想他为了她而一无所有,不想他因为她而跟家里人断绝关系。

或许,只要自己坚定地提出分手,以他目前的处境,他应该也会同意吧。

她只希望他还能记得,她曾说过,如果哪一天他们被迫分手,她不怪他,而他也不要怪她。

谁都不怪谁,只记住曾有过的所有美好,这或许对他们而言便是最好的结局。

*

"我来杭州了。"奕琳估摸着时间,将信息发出。

为了让景榆方便,她接着告诉他,她已经到了他家所在的街道区域内,让他发更详细点的地址给她。

曾经聊天时,他提到过他家所在的街道名称,还曾提到过他家前面有个湖。

景榆打来了电话，问她具体到了哪儿。

奕琳失措地说，她也不是太清楚，她看到有个湖。

景榆说，他现在不在家，出来办点事，现在马上回去，需要四五十分钟，让奕琳先找个地方坐，如果还没吃饭的话，就先吃点东西，别饿着。

奕琳答应着。

她能听出他声音里的激动，他一定是以为，一个月期限将满，她趁着周六来找他了。

他一定不会想到她是为提分手而见他的。

但对于她，在信息发出的那一刻，便似乎已无路可退。

无论前面是刀山火海还是人间地狱，她也只能举步向前。

她没想到他不在家。

此刻，她已站在了湖边，背上背着一个鼓起的双肩包，好像真的刚从千里之外赶来。

她已做好了准备，没想到却还要等待四五十分钟。

在原地徘徊时，想起马路对面不远——就在维也纳酒店的旁边，有家西餐咖啡店，决定就去那儿等着。

店内面积很大，但顾客很少，空荡荡的。

亮的灯也少，有些昏暗。

奕琳走向角落，找了最里面的桌，面向墙壁而坐，点了一杯曼特宁咖啡，偏苦的味道，并将位置发送给了景榆。

她犹豫自己该不该就在旁边的维也纳酒店住上一晚，即使她是来提分手的，也还是想要与他最后一次缠绵——她实在太渴望他了。

她不知道，在缠绵后，是会令他们的分手变得更加艰难，还是更为容易一些。

无论如何,她在他的面前做不到决绝。

或许林建燊的提议没错,能让景榆即刻死心的办法,莫过于让他帮忙。

但她是无论如何都不会请林建燊帮忙的,那样伤景榆太深。

她希望先让他明白自己分手的决心,然后再等待他的接受和同意。

静坐了二十来分钟,景榆到达。

待奕琳抬头时,景榆已伫立在了她的面前。

十分炫目的白。

在奕琳的印象中,景榆似乎从没有这么白过。

这次却突然白到炫目,几乎让人产生眩晕之感。

有血流直冲头顶,奕琳一时恍惚,浑身微微颤抖,不知今夕何夕。

景榆将椅子稍微拉开,在对面坐下。

奕琳仍然感到炫目,一时间无法正视。

他却在看着她,面带微笑。

"没想到你今天会突然来,我还出去了。"景榆说。

"没事。"奕琳说完看向景榆,他今天穿的是黑衬衫、白西装。

大概就是这白西装的缘故吧。

很好的质地,贴身、时尚,很亮眼的纯白。

然后她才看他的脸,白得如此英俊,仍旧令她难以正视。

这是她第一次看到他穿得如此正式,没想到他穿西装竟然这样好看。

可他究竟是去办了什么事呢，要穿得如此正式？

她忍着没问，只微笑着说："你好帅啊。"

"你不会直到现在才发现你男朋友很帅吧？"景榆欲开玩笑。

奕琳似笑非笑，面色窘迫。

"你怎么好像瘦了很多，脸色也不是太好。"景榆敛了笑，眼底涌上担忧与疼爱。

"有吗？"奕琳不自在地轻问。

她已化过淡妆，他还是能看出她脸色不好。而且，如果自己真瘦了很多，应该就是这两天暴瘦的吧。奕琳心里想着，伤感袭来，眼圈微红。

景榆看着，更是心疼起来，凑近桌面，伸手握住了奕琳的手，说："对不起，是不是我最近让你想太多了？原谅我好不好？都过去了。"

"我没有怪你呀。"奕琳说着，抽出了自己的手。

"你吃过饭了吗？"景榆问。

"嗯。你呢？"

"我也已经吃过了——要不今晚我们就住旁边的酒店怎么样？"景榆说着，站起来，拿起奕琳的背包，欲带她一起离开。

"我还想在这里坐一会儿。"奕琳说，低着头，用勺子搅了搅咖啡。

景榆重新坐下，意识到奕琳有话要说。

他招呼来服务员，说要一杯同样的咖啡。

"你是不是有什么话想说？"景榆看着奕琳。

奕琳迟疑了半晌，说："你能不能不要从你家里搬出去？"

景榆也想了想，说："其实我早就想搬出去了。我的事不用你担心，我自己会处理好的——你放心，我也会想办法尽早去北京。"

"我不是这个意思。"奕琳痛苦而无力地摇了摇头。

"奕琳，经过这么久，我也已经想得很明白了。既然老天让我赶在他回国前遇到了你，就说明我们更有缘分，我只想要好好珍惜。"景榆看着奕琳，深情地说，"我相信，随着我们相处的时间越来越久，你只会越来越爱我，对不对？何况这六七年你跟他也难得见面，你和他不过就认识的时间长一点而已，说到爱情，根本还抵不上我们在云南经历的那几天，你说对不对？我想听听你真实的感受。"

奕琳张着嘴巴，说不出话，像是突然喘不上气，又像很绝望了似的，只痛苦地瞅着景榆。

直到终于能说话了，她说："我们还是分手吧，我觉得我们根本就不适合。"

眼中泪水溢出，心如针扎。

"你说什么？！这就是你考虑一个月的结果？"景榆难以置信，双眼盯着奕琳，颤抖地说，"你究竟是什么意思？"

奕琳一边深呼吸，一边努力让自己面对。

有服务员端来咖啡，放到景榆面前，眼睛偷瞄着他的脸，停顿了几秒，方转身离开。

"我不能接受，奕琳，你想都别想！"待服务员离开后，景榆激动地说。

"可我们真的不适合——而且我真的不想将来有一天你可能会后悔，你知道吗？我不想你后悔，不想你不开心。"奕琳噙着泪说。

"我后悔？我为什么要后悔？你告诉我，我为什么要后悔？"景榆伸手紧抓住奕琳的手腕，逼问道，"是不是你后悔了？告诉我，是不是你自己后悔了？"

奕琳躲避着景榆的目光。

"你告诉我，是不是你后悔了？"景榆继续逼问，脸上青筋凸起，目眦欲裂。

"我没有后悔。"奕琳看向景榆，说了出来。

"既然你不后悔，我就不会后悔。"景榆像是松了口气，站起身，想要坐到奕琳这边来。

也是这时，他看到一个身影从某个座位上立了起来，朝他们走来。

景榆浑身血液逆流，双腿一软，几乎跌倒，一只手下意识地扶住了桌面。

奕琳也回过了头。竟然是林建燊！她猛然间恍惚起来。

"你怎么会在这里？"景榆将手收回，猛然推搡起林建燊，嘴里重复道，"你怎么会在这里？你来这里干什么？"

林建燊连打了两个趔趄，却丝毫没有反抗，只是看着奕琳，似乎在用眼神告诉她：什么也别问，保持镇定，我是来帮你的。

奕琳苍白着脸，并不能接收到林建燊的讯号，同样问："你怎么会在这里？"

林建燊未予理会，只清晰地说："奕琳，机票已经买好了，我们早点回去吧。"又对景榆说，"景先生，我们很快就回去了，把奕琳交给我，你没什么不放心的。"

奕琳愣怔着，喉咙里发不出声音，好像身处另一个世界。

曾经，在她打开那本《收养登记证》时，她也产生过同样的症状，就是整个世界突然失真，自己恍惚进入了另一个世界。

她想挣扎着出来，却怎么也出不来。

她想要呐喊，却发不出声音。

一切都恍恍惚惚、摇摇晃晃，就像镜头在剧烈地晃动，而她就处在镜头晃动的世界里，与真实的世界隔绝开来。

她听到景榆的声音，说"奕琳，我们分手吧"，又目睹到他黑白的背影，在真实与晃动的世界之间，决绝地远去。

她感到无法承受，双腿发软，想要去追，却被人死死地给拉住了，挣扎不脱。

"我现在来买机票，我们今天就回去。"林建燊一只手拽着奕琳，另一只手掏出了手机。

与其说是说给奕琳听，不如说是在自言自语。

*

在回京的飞机上，林建燊似乎才想起回答奕琳那个"你怎么会在这里"的问题。

他说他正好住在维也纳酒店，经过时恰好看见了他们，他是直到确认她想要分手，才决定出面帮她的。

他希望她不要再多想，还是那句话，长痛不如短痛。

奕琳身体前倾，闭着眼睛，没有回应。

"你知道我为什么一直喜欢住在维也纳酒店吗？"林建燊自问自答起来，"因为我对它一直有种很特别的情结……我不知道你还记不记得,你高三住校时,有一个周日,晚上我送你回学校,你突然心血来潮,想剪头发,把长头发剪成短发,就是苏菲·玛索少女时剪过的那种,你觉得很好看,于是我就陪你去。没想到理发师剪得特别慢、特别细致,从九点一直剪到十一点多。你学校的宿舍已经关门,我们决定就在外面溜达一个晚上。但后来你熬不住了,想睡觉,我们几经犹豫走进了一家酒店,可你还是害怕了,怕被人误会,又拉着我赶紧走了出来。之后,我带你去了我的学校,我们就在未名湖边坐了一个晚上,直到天微亮,我才送你回你的学校。那晚我们进的酒店,就是一家维也纳酒店。"

奕琳依然闭着眼睛,不声不响。

"你还记得边月和上官骏吗?"林建燊继续说,"他们两个在一起了。"

奕琳似听非听,双唇开启,用嘴巴一呼一吸。

"边月她——曾经跟我表白过,说她喜欢过我很多年。我其实也知道一些,上官骏也知道。上官骏当年暗恋的是你,边月也是心知肚明。"林建燊低声说道。

"为什么要告诉我这些?"奕琳睁开眼睛,乜斜了林建燊一眼。

"我也不知道为什么。"林建燊自语般地回答。

"林建燊,你可以不要说话了吗?"奕琳重新闭上了眼睛,"我有点不舒服。"

"哪里不舒服?"林建燊一边问,一边用手摸了摸奕琳的额头,应该没有发烧。又握了握奕琳的手,发现她的手很冰凉,便叫来了乘务员,要求加条毛毯。

乘务员将毛毯送了过来。林建燊将其摊开,盖在了奕琳的身上。

回到家的第二天，奕琳就病倒了。

幸好这一天张琴请了假，没有去上班。

昨晚，当林建燊把软绵绵的奕琳送回到家时，张琴既惊又惑，暗地问了林建燊。

林建燊只说是两人分手了，其他什么也没说。

张琴疑惑，奕琳分明是奔着和好的目的去的，怎么就分手了呢？难不成是被男方给甩了？心中又气又恼。

但回头一想，觉得这样也好，这种基础不牢靠的感情，本身就很脆弱，拖得越久越是个麻烦，早分了也好。

但奕琳的憔悴无力，还是令张琴很担忧，因而这一天她根本不敢去上班，只想在家里陪着女儿，以便及时地开导她。

奕琳没有给张琴开导的机会，早上只喝了半杯牛奶，就说她要去画画了。回了房间，将门也锁上了。

张琴以为奕琳真的是在房间里作画，是在利用工作麻痹感情，便一边等着，一边给她煲起了滋补汤。

汤煲好了，敲了敲房门，奕琳没有回应。

隔了段时间，张琴再去敲，奕琳还是没有开门。

张琴一下就慌了，赶紧找到钥匙把门打开，看到奕琳根本没在画画，而是躺在床上，盖着棉被，蜷缩成一团。

一摸额头，体温偏低，掀开棉被，才知道奕琳出了很多冷汗，衣服、床单、被子全都湿了，嘴唇和脸色都是苍白的。

张琴赶紧给奕琳擦干了身体，换过了衣服，将她带往医院。

经初步检查，奕琳并无大碍，只是过度劳累导致的神经紊乱，需住院两三天，输些营养液，便可好转。

张琴自然心知奕琳的病因，也愈加觉得奕琳如此感性地投身感情，是件很可怕的事。

怎么就跟她生母一样了呢？

难道这东西也是能遗传的？

张琴惴惴不安，又犹豫该不该把奕琳住院这事告诉林建燊。

林建燊昨晚将奕琳送回来时就对奕琳的身体不太放心，而且以林建燊对奕琳的感情，两人也不是完全就没了可能。但想到李之芬几天前曾刻意跟自己聊到想让林建燊去相亲的事，还是决定算了。

李之芬大约也是已经知道了奕琳放弃了林建燊，谈异地恋的事，因而嘴上虽不说，但心里定然已有了芥蒂，才故意告知她林建燊相亲之事的吧。

那个相亲对象，据说是一个部长的侄女，同样是北大本科，英国留学获得硕士学位归来，身高有一米七多，看照片也长得不错。

李之芬言辞间透着欢喜和满意，只差林建燊这边同意去见个面了。

也就是说，林建燊还没有答应去见面。可男女之间的事，谁能说得清呢？也可能一见面，感觉说来就来了。

而奕琳这孩子，却在这么关键的时期，把自己投入这么荒唐的感情里去，活生生地错过了林建燊。

想到这点，张琴心里极不是滋味。

不料林建燊自己打来了电话，询问奕琳的身体状况。

张琴便如实以告，又说不要紧，过两天就出院了，忙的话就不用过来了。

林建燊还是抽了空，买了束鲜花前来探视。

张琴不由得问起林建燊有关相亲的事，说他年纪也不小了，有合适的就去见一见，别耽误了自己。

林建燊说："阿姨，你怎么像我妈一样？我自己的事我自己会安排。现在我才加入事务所没多久，要忙的事太多了。我还想趁着年轻多忙点事业，感情的事暂时还不想考虑。"

张琴悬着的心放下了些，又更觉得对不起林建燊这孩子了。

林建燊跟奕琳打了打招呼，关切地说了几句，不多久便告辞了。

张琴望着林建燊的背影，深叹着气。

*

令张琴没想到的是，仅二十多天后，林建燊租下了整个美术馆大厅，为奕琳举办了一场相当规格的作品展。

他用心地找来奕琳从小到大许多的获奖作品，将奕琳所发布过的大量电子画作影印装裱；剪辑了奕琳的动漫作品镜头。在奕琳完全不知情的情况下，通过他自己的努力，让展示的内容全面且充实，还请来了报社记者及一些动漫界的师友们。

而且就在当天，林建燊提前精心布置好场地，准备孤注一掷地对奕琳展开仪式性的告白。

在这些天里，林建燊还做了一件事，就是让边月、陈子晗、上官骏等曾经的伙伴们，重新与奕琳取得了联系。

而奕琳，她从飞机飞离杭州那一刻起，便感到整个世界都好像飞离了一般。

虽是逐渐从失真的世界里走了出来，却还是对现实有了一种不真实的距离感。

原本还色彩鲜艳的世界，在她的眼中似乎一下子全成了黑白色。

巨大的空洞吞噬着她，心脏也连着疼痛了好几天。她几乎以为自己就将这么死去，但到底还是活了下来。

但随后，尽管身体有所恢复，但她的感官知觉却似乎再也无从恢复，尤其是视觉的迟钝感，让她根本无法再掌控颜色。

她对颜色感到了从未有过的陌生与疏离。因此，为了不耽搁电影的进程，她甚至想要放弃接下去的原画创作，想要转交给其他设计师。

只是责任导演在看过她已创作好的数十幅画面后，非常满意，还是执意由她去完成爱情主线上的所有故事板，且宽慰她，让她不必着急。

一部电影的诞生本身就是个漫长的过程，既然生病了，那就放她一段时间的假，好好地休息一阵，等身体好了再来继续。

奕琳心里毫无把握，也只得答应了下来，期望身体的知觉能尽早恢复。

然而，她也深知自己状况差到极点，又不由得心灰意冷，只能暂时搁置，听之任之。

第十八章

与边月的重新联系确实还是能给奕琳一些安慰。

边月去西安读大学后,大概是因为林建燊提到过的那个原因,逐渐与奕琳疏远。

两人曾一度失去联系。

如今边月即将从西安美术学院硕士毕业,已与北京某公司签订了工作协议,只等着八月底前去报到入职。

边月告诉奕琳,这次她找工作,林建燊帮了她很大的忙。

林建燊真的是个特别好的人,她实在不明白奕琳为什么不能考虑他。

似乎是为了报答林建燊,边月不顾毕业季的繁忙,接二连三地坐高铁回到北京。名义上是为了见见男朋友上官骏,而实际上更是为了劝服奕琳。

奕琳不想说起林建燊,但与边月聊天,无论是聊过去,还是现在，似乎都无法绕开林建燊。

边月说，她曾经也单纯地信奉过爱情，但一到二十六岁，她的想法就全变了，就只想找个最合适的人，而不是非要找最爱的人。

她相信要不了多久，等奕琳也二十六岁了，就会有跟她现在一样的想法。

甚至在边月看来，奕琳与景榆的丽江相遇，并不算什么缘分，而是一场桃花劫，是一场劫难。

这样的遇见，有不如无。

奕琳不想辩驳，也因此不想倾诉。

但有边月陪在身边，还是能有效缓解一些临时的痛苦，阻止她独自陷入那些无尽的绝望的情绪里去。

另一个给奕琳带来更大安慰的是，她可以梦到景榆了。

以前，两人好的时候，她从来不会梦到他；但分手后，回到北京，出院回到家的那个晚上，她就梦到了他。

随后每隔一两天，或三四天，她都能梦到他一次。

且只要是有景榆出现的梦，都充满了无比的深情和温暖。

她与他在梦里相遇、牵手、拥抱，乃至亲吻、缠绵，都萦绕着一种被放大成千上万倍的极致的温暖，就像她曾经反复梦到的岛屿和树木那样。

即使是噩梦——比如她曾梦到景榆在她眼前一点点分崩离析，她也还是渴望梦到，因为只要景榆出现，她就必定能感受到他存在时那种别样的拯救式的温暖。

有关景榆的梦，替代了曾经关于岛屿的梦。

她对梦境再次产生了深深的依恋。

对她而言，梦似乎真的可以凭借意志来控制。当然，并不是任何时候都可以，也不是能完全控制。只是偶尔，大方向上的控制。

每次醒来，她都只想纹丝不动地继续沉浸在那残存的温情与暖意里，想让那份贴心的暖意持续得更久一些。

每次入睡前，或只是躺在床上，她都渴望着能早一点再进入有景榆的梦乡。

在那些梦乡里，以及刚醒来的短暂时间，奕琳的感官知觉似乎都异乎寻常地通透与敏锐，以致梦里一花一草的摇曳都是那么拨人心弦，梦里的色彩也总是那么清晰又分明，一丝一缕都是那么情真意切——或极致的喜，或无法承受的悲。

有时她能梦到非常连续的过程，就像完全真实地发生着一样。

她靠着梦境残存的温暖，开始画一画素描，只是还无法去精准地辨色，因而便也无法去上色。于是只能先画着素描，想等进一步恢复之后，再去填色。

她想，到时她一定会给这些撕心裂肺的悲剧画面，填上一些情真意切的温暖的颜色。

除此之外，奕琳的感官其实依旧是迟钝的。

因而，那一天，当奕琳被边月带往美术馆后，看到越来越多的熟人以及似熟非熟的自己的作品，看到整个被精心布置的大厅时，她并不能感受到那些绚丽多彩的颜色，而只觉得满目疮痍，灰压压一片，压得她透不过气来。

她呆呆地面向似乎不那么真实的林建燊，听着他含着眼泪的一番告白，她甚至没有感动，只是觉得遗憾。

非常遗憾，为自己那段漫长而落寞的少女岁月而遗憾。

她干巴巴地对林建燊说了一句"对不起",之后便转身而逃。

她感觉自己就像是独自奔跑在一个无声、荒凉又恍惚的世界里,害怕被人追上,于是一直一直地朝前跑,直到跑上了一辆在启动的公交车。

她在几辆公交车间兜兜转转,兜过了大半个城市,直到天黑,才回到了自己家的小区。

就在小区门口,半明半暗的树影下,她恍惚看见了景榆的身影。她不管不顾地扑上前去,怀疑自己是又一次跌进了一个拥有景榆的梦境。

*

仍似在梦里,景榆将她带到一栋宾馆的房间,与她相吻了起来。

直到他再次告诉她,这不是在做梦,是他真的来北京找她了,她仍觉得有几分似梦。

他说他打过她很多次电话,她怎么一直不接?

她从背包内取出手机。

有太多的未接电话。

她告诉他,是她不敢看手机,调成静音了。

几个小时前,林建燊在美术馆,当着很多人的面向她告白,她实在是太意外了。

"所以,你拒绝他了,对不对?"景榆问。

奕琳回答:"我从没想过跟他在一起。"

"说你只爱我,奕琳。"景榆盯着奕琳。

"我只爱你。"奕琳看着景榆，仍旧有几分恍惚。

"我现在就想……"说着，他开始粗鲁地脱她的衣服。

奕琳浑身战栗，发出一声低吟，随后咬紧了唇。

景榆自己也低吟了一声，将奕琳抱紧，说："奕琳，说你爱我……说你只爱我……你知不知道……我这段时间……过得有多痛苦……我都快要死掉了，你知道吗？"

"对不起……对不起……"奕琳同样抱紧了景榆，小声地道歉，泪水汹涌地从眼角滑落。

"我不需要你说对不起……你什么都不用说了……"景榆深吻起奕琳。

攫取过后，景榆仍紧搂着奕琳，不想她将衣服穿上，只想与她继续维持着肌肤之亲。

他搂着她向她道歉，说是他不该怀疑她对他的感情，但其实他一直在等着她的电话，等她想明白，她更爱的仍然是他。只要她一个电话，他还是会不顾一切。可他等了这么久，都没有等到她的电话。

她说，她也想打电话，每天每天都想打。可她不敢打，而且她也很害怕，害怕他再也不会相信她了。

"如果不是苏黎告诉你，是我告诉你，你还会这么完全相信我吗？"奕琳看着景榆问。

"为什么不会？"景榆伸手掏出脖子上戴着的吊坠，微笑着说，"你看，我一直都还戴着它。"

奕琳也破涕为笑了，说："我还以为你早已把它给扔掉了呢。"

"我怎么会舍得扔掉？"景榆充满柔情地看着奕琳，密长的睫毛微微扑闪，"就算是你真的想分手，真的选择他，其实我心里也明白，你肯定是替我考虑的……而且，我一直都相信，我们之间有过的爱情，就像这吊坠一样，是这个世界上独一无二的爱情。所以哪怕真分手，我也会想要一直戴着它。"

"你真的这么想？"奕琳问。

"嗯。"景榆点了点头。

奕琳再次流下热泪。

"其实我根本不用怀疑你的爱，我之前痛苦的只是你的选择。"景榆注视着奕琳，一边替奕琳擦拭眼角的泪，一边自己的眼角也溢出了泪来。

"那现在我们该怎么办？"奕琳低声问。

"没什么该怎么办，就好好在一起，不要再胡思乱想了，知道没？"

"可苏黎为什么会告诉你？我让她不要告诉你的。"奕琳说。

"你让她不要告诉我？"景榆重复，无可奈何地紧蹙了下眉，"你就真的舍得我们就那样结束？"

"我不知道。"奕琳痛苦地摇了摇头。

"你不知道？"景榆再次蹙眉重复问。

"我还是不明白，都过了这么久了，苏黎为什么还要告诉你？"奕琳纠结。

"因为她自己也还没放下……因为她想要看到我们坚持……知道了吗？"景榆只得低声地回答。

"那你——知道她和你堂哥的事？"奕琳忍不住问。

"知道，我堂哥跟我说过。"景榆说着，又将头埋在她的胸口，轻啮起来，令她再次处于情欲的状态。

事后，她久久地蜷伏着，除了呼吸与心跳，一动不动，虚脱了般。

他用纸巾替她轻拭着肌肤上的汗，擦完，才将她扶了起来，仍是让她依偎在自己的胸膛。

她探身吻了吻他，说了句"我爱你"。

"以后还会想要跟我分手吗？"他疲惫地瞟着她问。

她笑了一笑说："不知道啊。"

"我是认真的。以后我们就好好在一起，我经不起再来一次了。"景榆将手搭在奕琳光洁晶莹的背上，闭了闭眼睛，又睁开了，"其实我没你想得那么坚强，我也需要你的支持和力量。"

奕琳的心一颤，问："为什么要这么说？"

"宝贝，我知道你跟我提分手，是怕我跟家里人闹得太僵，怕我跟我爸妈断绝关系。"景榆再次闭了闭眼睛，深吸了口气，"可我必须告诉你，我跟我爸妈之间，如果我做不到决裂，我就只能是臣服，一辈子臣服在他们的权威下，听凭他们的差遣——这不是我想要的人生。"

声音虽轻，却如重锤般，让奕琳原有的所有思虑都动荡了起来。

"我想要来北京，也不光是为了你，而是……我如果想要摆脱他们的话，我就必须离开杭州——你明白了吗？"

"你为什么不早告诉我？"奕琳坐起了身，看着景榆。

"因为我不知道你会这么傻，就因为这个原因要跟我分手。"景榆淡淡地笑了笑，"而且是用那么残忍的方式。"

"对不起。"奕琳俯身道歉，微笑中含泪，脸贴近景榆的脸，心疼地说,"我那天真的不是故意的,我也不知道林建燊会突然出现,我真的没有跟他约好——你一定要相信我。"

景榆用手摸着奕琳的脸说:"我相信你……只要你心里没有他,他怎么做都不重要。"

"其实,我更担心的是你来北京后会过得不开心——不过,听你刚才那么说了,我就不用担心了,对不对?"

"你本来就不用担心这么多。离开杭州,去外地闯荡,也是我一直的心愿。"

奕琳再次躺下,抱紧景榆,恨不得与他融为一体,小声说:"那太好了……其实我真的可以什么都不在乎,我只要跟你在一起……我什么都可以不要,我只要你……我真的太爱你了……"

景榆感动地吻起奕琳,也将她越抱越紧。

*

电话铃声响起,是景榆的电话。两人分开,景榆穿上了短裤,接起了电话。

奕琳方才想起自己手机调了静音,拿起来看了看,发现无数未接电话里有几个张琴的电话,还有两个奕瑞刚的电话,看来大家都在忙着找她,说不定已经乱成一锅粥了。

她急忙穿好衣服,用微信回了几个信息,说自己只是在外面走走,没事。

至于张琴,奕琳还是必须得回个电话。

景榆的电话已经讲完,她转头示意了一下,让他别出声,才拨通了张琴的电话。

"你现在在哪儿？怎么一直不接电话？"张琴的声音明显焦灼而压抑，开门见山地问。

"我在外面啊。刚手机调静音了。"奕琳说，感到自己的声音很轻盈，想掩饰都难以掩饰。

"这么多人找你，你为什么还要调静音？"

"我就是不想被打搅。"奕琳理直气壮。

"那你准备什么时候回来？"张琴强压怒火。

"我一会儿就回去了，你告诉爸一声。"奕琳说。

"好，那你现在马上给我回来！"张琴不容分说地挂了电话。

*

奕琳跳回到床上，仍又抱紧了正半躺着等她的景榆。

"你真的只要跟我在一起，什么都不在乎？"景榆微笑着问。

"嗯，当然。"奕琳肯定地说，"只要有你就够了。"

"只要有你的支持，我也就够了。"景榆仍微笑着。

"我当然会支持你。"奕琳想了想说，"但你也要调整好自己的心态，万一暂时找不到合适的工作，也不要着急。我们可以想想其他办法，比如自己创业，可以从小生意做起。你觉得呢？"

"我不是说过要收购北京的那家公司吗？"景榆不解地问。

"可你不是说那个遇到麻烦了吗？"奕琳反问。

"是遇到了点麻烦，但也不是解决不了。"景榆说。

奕琳心想：都什么时候了，干吗还要在我面前硬撑。但咬了咬唇，没有把话说出来。

也幸好没有说出来，因为紧接着就听到景榆说："主要是资金上的问题。不过我自己在杭州也有一套别墅，还没有装修，我准备把它卖了，再争取些朋友的投资，应该就没有问题了。"

奕琳颦了下眉，想起林建燊说的那些话，走神了片刻。回了回神，试探地问："那你爸妈会同意你卖吗？"

景榆解释，那套别墅是他爸妈给他准备的婚房，在他个人名下，他有权处置。而且，虽然是他爸妈给他准备的，但他受之无愧。他从读大学开始，就为家里工作，二十一岁大学一毕业，就接手管理他现在负责的公司，从投资几百万的小公司到现在资产上亿，他不觉得自己没有资格接受这价值几千万的房子。

奕琳听着，想到景榆辛辛苦苦这么多年，却被他爸毫无商量余地地撤了职，也不禁为景榆感到不平。却还是忍不住担忧："如果你真的连房子都卖了，不是要跟你爸妈彻底决裂了吗？"

"我也不想这样，是他们非要逼得我这样。"景榆有几分淡漠，"这么多年，无论我怎么努力，在他们眼里，似乎我不过就是他们的一颗棋子，叫我怎样就得怎样，完全看不到我的付出，认为我所有的付出都理所当然。我哥哥和我堂哥他们就是活生生的例子——从来不在意我们的看法、我们的思想、我们的感受，我们都得听从他们的安排，我早已经受够了。"景榆抿了抿唇，摇了摇头，控制着情绪，不想在奕琳面前进一步深究。

奕琳想到自己的父母，倘若不是父亲的支持，倘若张琴不容易心软，那么她将过着怎样一种压抑的人生？为此，她也十分能理解景榆。她边用手指摩挲着景榆的胸肌，边安慰他："以后我都支持你，我们做彼此的力量好不好？"

"好，你要记住你现在所说的话。"

"我会记住的。"奕琳笑，"万一我忘了，你就提醒我。"

"不准你忘！"景榆拥起奕琳，接着感叹道，"我到北京，也不是一定就能成功，一定能给你想要的生活。但我一定会努力，会为了我们的将来一直努力，我相信未来一定会越来越好的。"

"我想要的生活，就是跟你在一起，每天醒来的第一眼就能看到你。"奕琳甜蜜地说。

"这也是我想要的生活，和自己相爱的人在一起，做自己想做的事，就这么过一辈子，无论成败，都无怨无悔。"景榆微笑着回应。

奕琳心驰神往。

"以前跟我堂哥聊天的时候，他也曾经这么说过。我那时候并不是太能体会。直到遇到你，我好像才真正理解了他。"景榆若有所思。

"你说，你表妹和你堂哥，他们两个是不是都爱得很深？"

"起码都是用了真心吧。"景榆感叹。

"你说，如果不是苏黎要分手的话，你堂哥是不是不会分手？"奕琳问。

"不知道，很难说——不过我堂哥知道，只要他去相亲，苏黎肯定会跟他分手。"

"那你堂哥为什么还要去相亲？"

"因为他当时没有选择。他家公司正筹备上市，急需大笔融资，迫在眉睫。我堂哥是家里的老大，他觉得自己有那个责任……再说，他们之间的恋爱对彼此都是折磨，苏黎太没有安全感，太不自信，而且年龄也太小了，就算勉强公开在一起了，面对那么多压力，苏黎也承受不了，她只会更加崩溃……我堂哥同意分手，也是对她的一种保护。"

奕琳听着，深为痛惜。

"所以，以后无论有什么事，我们都要开诚布公地说出来，再也不要动什么分手的念头了！"景榆说，"而且我知道你跟苏黎不一样，你比她自信，有完整的自我，所以我相信你一定可以跟我一起坚持！"

"你以前不是说我跟她一样吗？现在又说不一样了？"奕琳笑，回想起那时的时光，忍不住又在景榆胸口轻啮起来。

"你还来……你不是答应你妈一会儿就回去的吗？"景榆轻笑。

"我不想回去了。"奕琳嘟囔。

"你爸是不是已经从广州回来了？"景榆问。

"已经回来了。怎么啦？"

"他明天在家吗？要不我明天就去你家拜见岳父岳母大人？"景榆试探地说。

"你不怕呀？"奕琳笑。

"怕呀，但怕也还是要见啊——也许你妈见了我真人，发现我还挺适合当他们的女婿的，就没这么反对我们了呢？"

"可我今天刚拒绝林建燊，我妈要是知道了，明天肯定不会给你好脸色。"

"放心吧，我都不怕，你怕什么？就明天吧。"景榆坚持，"要不下次你爸又出差，不知要等到何时。早点见了，让你妈也早安心一点，起码不用总担心我是个坏人。"

奕琳犹豫了片刻，说："要不我先回去问问，探探情况？"

"好啊，那你还是早点回去吧，别让他们等太久了。"景榆不舍地催促。

"好吧。"奕琳同样恋恋不舍，"你也一起下去吃个饭吧，我回家吃。"

景榆应着，起身穿上衣。

回到家，已经过九点半了，张琴和奕瑞刚都在客厅里等着。

"你怎么现在才回来？"张琴怒气冲冲。

"你吃过饭了没有？"奕瑞刚温和地问。

"还没有。"奕琳说着，自己进厨房，将保温锅里给她留的两盘菜端到了餐桌上，又进厨房盛了一小碗饭。

"你今天是不是当着所有人的面，把林建燊给拒绝了？"张琴走了过来，"你这样做，让他把面子往哪里搁？你说你是不是做得也太绝情了？！要不是边月告诉我，我还不知道竟然有这样的事情发生。"

奕琳静坐着，一声不吭，举起筷子，想要去夹一块西兰花吃。

"你还真有心思吃啊！你考虑过林建燊的感受没有？"张琴手指着奕琳，将声音提高了八度，"你这样当众拒绝他，他该有多难受？"

奕琳于是放弃了夹菜，低头干嚼着米饭。

"你不要再说她了，先让她好好吃个饭。"奕瑞刚也跟了过来，拉着张琴回客厅，"这件事，我已经说了，是林建燊自己要冒这个险，明知道琳琳一直在拒绝，还搞出这种事——这也怪不了琳琳。"

"你就知道袒护她！林建燊到底有什么不好？那么优秀的一个人，这么真心诚意，放下面子，你们还要蹬鼻子上脸！"张琴愤愤不平。

"这不是优秀不优秀的问题，感情本来就勉强不来。"奕瑞刚按着张琴在沙发上坐下，"琳琳也不是故意要伤害他。"

"真不知道你们爷儿俩是怎么想的，一个做得出来，一个就知道袒护。你说你都这把年纪了，还一直就知道随她任性，你到底有没有好好考虑过她的人生？"张琴叨唠着，"她这个年纪也不小了，还这么不明事理，不是白白耽误自己吗？"

"我怎么没考虑她的人生？我当然有考虑。"一向不紧不慢的奕瑞刚听了张琴这话也有点急了，"正因为感情事关一生的幸福，所以我们才更不能勉强她。"

"所以就要由着她胡来？"

"这怎么是由着她胡来？她有她自己的感受，难道我们不应该尊重？现在早不是封建社会了，不是你觉得好，她就必须觉得好……"

餐桌离沙发有点远，加上奕瑞刚嗓音比较低沉，奕琳听得不是很清楚。

一边吃着饭，一边思索着待会儿到底要不要提明天景榆想来家里的事。

提的话，好像不是时机；可不提的话，景榆又在那儿等着。

吃罢饭，将饭桌饭碗收拾好，奕琳趿拉着拖鞋，坐在了单人沙发椅上，等着张琴的数落。

不料，张琴似乎已被奕瑞刚劝服，老半晌不语，只一副心中郁结的表情。

奕琳双手交插放在双腿间，鼓了鼓勇气，说："爸、妈，我跟他又和好了。他想……明天来我们家里……拜访你们。"

"你跟他又和好了？！"张琴一听，回过神，气又不打一处来，"你还是因为他，才拒绝林建燊的对不对？我就说嘛——你说那到底是个什么样的人啊？林建燊放弃你的时候，他就要跟你分手；现在林建燊重新来追你了，他就又要跟你和好？！"

"妈，你误会了。今天的事，他事先根本不知道。"奕琳辩解，放低了声音，补充，"我也不知道。要不然的话，我才不会去。"

"就算这事他不知道，那当初他想甩你就甩你，现在想要和好，你就要跟他和好了吗？"张琴怒其不争，"你自己就没有一点尊严？"

"他没有甩过我啊！"奕琳不解。

"他没有甩你？你忘了你是怎么从杭州回来的？这段时间你自己说说你有多伤心，你因为他病了多久？"说到这儿，连张琴自己也心疼不已，眼底涌上一层泪花，"他一句和好，你转眼就什么都忘了？就原谅他了？！"

奕琳怔了怔，为难地解释："妈，上次不是他提的分手，是我自己提的。"

"你提的分手？"张琴并不相信，"你巴巴地跑去杭州那么久，为什么要提分手？"

"我……就是……看他为了来北京，跟家里人闹得有点僵……所以才提了分手……再加上，他对我和林建燊也有误会，所以我们才分了手……妈，他对我真的很好……"奕琳嘀咕道。

张琴颇为意外，加上又牵涉之前她与林建燊的合谋，不禁有些心虚，欲语又止。

奕瑞刚已大致听了个明白，说："那你就让他明天来家里吧，我也想早点见见，看看怎么样。"

他搂起张琴的肩，推她回房间，对奕琳说："你也早点洗漱，早点休息吧，时间也不早了。"

张琴被奕瑞刚推进了房间，在床边坐下，思索了半天，仍百思不得其解："你说这琳琳，究竟是中了什么邪？就是不要建燊，非得跟那人在一起。"

"依我看啊，不是琳琳中了什么邪，是你自己的执念太深了。"奕瑞刚一边脱着外套，一边说，"事情不是明摆的嘛，琳琳就是不喜欢建燊，就喜欢那个人。是你一直觉得琳琳应该选建燊，琳琳自己的态度不是一直都很明确嘛。"

"我就搞不懂了，琳琳怎么可能不喜欢建燊？她不是一直都喜欢建燊的吗？"

"那是以前。这都过了多少年了，你的思想不能总停留在过去。"奕瑞刚坐上了床，扯过被子，半坐着，"再说，也只有你一直觉得建燊适合琳琳，我早已经不这么想了。两个人根本就不在同一条道上，理念不一样，追求的方向不一样，越走越远不是很正常吗？"

"你这是什么意思？怎么就不在同一条道上了？他们两个青梅竹马，无论是家境还是自身条件，也都不差。再说两个人性情也都差不多，都很努力，都有人生追求，怎么就越走越远了？"张琴辩驳。

"我就这么说吧,琳琳和建燊呢,他们两个,就像一个是研究人体解剖学的,一个是研究人体美学的。两个人看到的画面、产生的想法,能一样吗?琳琳是搞艺术创作的,她会喜欢建燊总在他面前讲解血淋淋的解剖学知识?在我看来,琳琳不喜欢建燊了,蛮正常的,说明她长大了,有了自己的想法、自己的思想体系,有她自己想要坚持的一些东西。建燊有可能会破坏她想坚守的东西,所以让她产生了抵触,自然也就慢慢不喜欢了。"

"有你说得这么夸张吗?说到底,就是琳琳还不太懂现实,远没有建燊那么成熟——这个距离,他们之间确实是有的。"张琴不得不承认。

"你这观点就不对了。思想体系不一样,但没有说哪个体系就比另一个体系更成熟,或更幼稚。这世界本来就是多元的。当然了,如果琳琳还喜欢建燊,她不觉得那是个问题,或者问题小于她的喜欢,那我也不反对他们。建燊对我们家琳琳,确实是用了心,这么多年……也不容易。"奕瑞刚不由得叹了口气,边躺下边说,"他爸那几年卷入权力斗争,对他影响也不小……凭他的心智,应该也慢慢能意识到自己的一些问题。其实他是个本性还不错的孩子……"

"就算不是建燊,那琳琳怎么也得找个本地的吧?"张琴也脱衣躺了下去,"你没听她说,为了来北京,那男的跟家里闹僵了。这说明了什么?说明他家里也不同意。"

"哪有那么多十全十美的事,明天看看再说吧。"奕瑞刚说着,伸手关了灯。

第十九章

　　第二天，当张琴见到景榆的时候，不由得想，如果昨天奕琳接受了林建燊的告白，那么今天带着礼品前来的，就应该是林建燊了。

　　那她该多轻松、多开心、多自在！

　　而不是像现在这样，要去面对一个完全陌生却又至关重要的人，就好像千斤重压一下压在了心口。

　　她要去观察、去判断、去辨识。若是满意的话，那还好些；若是不满意，这千斤重压估计还得压在心口一辈子。

　　好在经过奕琳拒绝了林建燊这件事，加上奕瑞刚昨晚分析的那些话，迫使张琴放弃了对林建燊的期望，因而对景榆的敌意和成见都减少了不少。

　　不得不承认，在气质上，景榆并不输给林建燊；而身高、身型与容貌上，景榆还更胜一筹，超出了张琴的预料。

　　这么帅气逼人的男孩，要想不喜欢还真有点难，也难怪奕琳一头栽进去就出不来了。

不过对于张琴来说，她还是更希望奕琳能找个外形稍微帅气点的就足够了，安安稳稳地过一辈子。太过帅气，对婚姻来说，未必是什么好事。

可长得帅终究也不是人家的错。

除了这点之外，其他也看不出什么明显的缺点。浙江大学的工商管理本科，之后还读了该校的EMBA（高级管理人员工商管理硕士），学历也算不错的了。

人看起来也算真诚，踏实、谦虚、礼貌，有礼有节、不卑不亢的。

总之，应该不会是个花花公子样的人。对奕琳的感情，也不是自己之前所猜疑的那样，看起来也是非常诚挚，发自内心。

如此看来，奕琳这孩子也不是完全没有眼光。

而此刻的奕琳，真正就像被施了魔法一般，昨日上午还一副大病难愈的蔫样，今天就整个神采飞扬了起来。那眼角眉梢的欢喜和甜蜜，真是怎么都掩不住。

看着奕琳那么甜滋滋幸福的模样，张琴心中也不觉泛起丝丝快意。

逐渐地，张琴又观察出，奕琳与景榆似乎不太像刚开始恋爱的样子，倒像彼此相熟了许多年，举手投足间有着相当的默契。

张琴一个激灵，想到奕琳与这个男孩该不会是已经发生了什么不该发生的关系了吧？

这不是没有可能，而且是可能性不小。想到奕琳与林建燊那么多年，估计连手都还没牵过，跟这男孩才认识多久，中间还闹过分手，怎么会进展这么快？张琴猛然间又很不满起来。

但等这不满逐渐消了下去，心里却开始多了几分顾忌，对景榆倒逐渐客气了起来。

奕瑞刚从一开始便抱了接纳的心态，因而对景榆也没什么不满意。

就像以往招待林建燊一样，招待着景榆，也是将他带到阳台，客气地与他单独聊起了天。

奕瑞刚平常在家话不算多，但若是家里来了什么客人，就会职业病般话多起来。

无论什么人，他都能选择不同的话题，跟客人津津有味地聊上很久，很平易近人。

奕琳并不太担心父亲的态度，倒是有点担心聊久了，景榆会不自在。

好在景榆尚能应对，想必面对奕瑞刚还是要比面对张琴舒服许多。

两人聊得似乎也还蛮投机，不时能听到奕瑞刚或景榆愉快的笑声，聊的也多是政治、经济或人生哲理一类的话题，与奕瑞刚同林建燊聊天时的气氛似乎也相差不大。

张琴进了厨房做饭，奕琳也跟了进去，说："今天陈阿姨怎么没来？"

"我让她今天不用来的，免得不方便。"张琴边洗着菜边说。

陈阿姨是奕琳家请的固定小时工，负责每天的卫生和晚餐。

"谢谢妈还亲自做饭，我太爱你了！"奕琳甜甜地说，一旁帮着择菜。

"你呀，好的时候，还知道嘴甜；不好的时候，把我的话全当耳边风，说什么都不听。"张琴嗔怪，接着有几分迷惑地说，"也是奇怪，我怎么觉得他有点眼熟——我是不是在哪儿见过？"

奕琳忍俊说："没有吧，怎么可能？"

"就觉得这身型、他的眉眼……我好像在哪儿见过一样。"张琴回忆着，却怎么也想不起来。

"妈，不瞒你说，我第一次见到他的时候，也觉得眼熟。没骗你，我也觉得挺奇怪的。"奕琳半是认真半是玩笑，"可能他就是长得比较大众化吧，你看那些明星，不都长得挺大众化的嘛，尤其是身型和眉眼，看着都会觉得有点眼熟。"

"你这是在变着法儿夸他长得帅吧？"张琴笑笑。

"他本来就帅嘛，还用得着我夸？"奕琳不无得意。

"瞧你，也就这点出息！"张琴摇了摇头。

"妈，要不你教我做菜吧？怎么做江菜？听说江菜和浙菜差不多。"奕琳跃跃欲试。

"瞧瞧，这就是我的女儿，真有出息呀！"张琴有些哭笑不得，"你这还没嫁呢，就想着伺候人家了？我养你这么多年，也不见你学做饭给我吃。"

*

下午，奕琳送景榆离开后，张琴迫不及待地想知道奕瑞刚的看法。

奕瑞刚说："目前来看的话，也还不错。"

张琴又急着问:"还不错是什么意思,你就不能说具体点?"

"挺好的吧。"奕瑞刚只得答道,"还比较有自己的想法,有一点浪漫主义的情怀在,这点比林建燊更适合琳琳。"

"浪漫主义的情怀?这能当饭吃啊?"张琴撇了撇嘴。

"这你就放心吧,总体上还是很务实的一个人,在做生意上,也有自己一些不错的观点。"接着,奕瑞刚简略地说了下景榆想要来北京收购与投资的项目,表示就这一点,也说明了景榆很有商业头脑和眼光;而且跟他自己的科研项目有相关性,说不定以后自己还能帮上点忙。

张琴听了,一下放心了许多。又想起来说:"对了,你有没有跟他强调,我们可就这么一个女儿,是不会让她嫁出北京的?"

"他不是都已经做好计划了嘛,难不成你还非得让人家写个保证书不可?"奕瑞刚有些不满,又放柔了语气,"再说,我们把琳琳带大,也不是就非得自私地把她留在身边。她长大了,有她自己的人生,我们也不要过多干涉。"

"是我非要把留她身边吗?她真嫁那么远的话,你不担心啊?"张琴反问。

奕瑞刚听着,未说话。

对于这第一次见面,张琴对景榆的态度,奕琳几乎是感激的。

虽然谈不上热情洋溢,但起码也是以礼相待,且还亲自做了六道拿手的江菜,还有两盘凉菜。

更关键的是,奕琳送景榆从机场回来后,张琴居然没有再说任何反对的话,只是对奕琳执拗的选择无可奈何的样子。

张琴纠结地说:"他要是真能来北京,那也还好。万一他来不了呢，那你打算怎么办？再跟他分手吗？还是跟他去杭州啊？"

"妈，你就不用担心了。"奕琳说，"既然他都已经决定了，他就会做到的。"

"万一他做不到呢？"张琴仍旧不放心，"抛开我跟你爸不说，你一个女孩子，真要是一个人远嫁的话，有的是苦头等着你。到时一旦你们感情不好了，你身边连个诉苦的人都没有，这些你想过吗？"

"放心吧，妈，无论如何，我都不会离开你们的。"奕琳郑重地说。

张琴一阵感动，说道："我和你爸也不是说非得一辈子把你留在身边，我们就希望你过得幸福。等我们老了，我有你爸做伴，你爸有我做伴，这不就够了呀？"

*

接下来的五一假期，当奕琳说要与景榆外出游玩时，张琴没有阻挠，似乎已然接受了两人的恋爱关系，只叮嘱奕琳要注意安全。

奕琳随口应道："知道了。"

张琴说："你知道我说的是哪个安全吗？"

奕琳一愣，随即才明白，有些羞涩地回道："知道了。"

尽管奕琳当初为了阻止景榆搬出去而不惜分手，但实际上，景榆还是于四月初从家里搬到了出租房。

出于对景榆独居房的好奇，奕琳放假便飞去了杭州，想要一探究竟。

简简单单的三室一厅，极简轻奢的装修风格。

景榆将房间收拾得既干净又整洁。

虽只是短期居住，但景榆还是添置了一些日常必需品，还有跑步机及其他一些简单的健身器材。在两人和好后，他还替奕琳买来了瑜伽垫和瑜伽球，放在一个房间内，就像一个专门的健身房。

一个书房，里面有书架与书桌。

最大的一间房自然是卧室，很宽大的一张床，床品的颜色也是奕琳所喜欢的偏暖的彩色。

奕琳后悔地说："早知道你还是会搬出来，那我当初干吗还要分手啊！"

"是啊，你干吗要分手？"景榆堵住奕琳，"害得我一个人在这房子里痛苦了那么久。"

"对不起。"奕琳抱住景榆，能想象到景榆一个人在这房间里的漫长的煎熬，也难怪他也一样清瘦了不少。

"光说对不起有用吗？"景榆坏笑着说。

"那你想要我怎么样？"

"当然是补偿我。"

"怎么补偿？"奕琳明知故问。

"你知道的。"景榆说着，一把将奕琳抱了起来。

*

两人在出租房内晨昏不分地颠倒了两天。第三天，由景榆开车，两人前往盐城。

一个完全陌生的城市，却安息着她至亲的一群人，包括她的亲生父亲、亲生母亲、祖父、祖母，以及与她有着相连血脉的各个祖先们。

虽然她不曾见过他们，且对他们没有什么印象，但不管怎样，她的身体里都流淌着他们的血液。

从墓地离开后，两人到了海边的度假区酒店办理入住。

黄昏之前，两人穿着泳衣，到浅水区游水。

奕琳放松四肢，仰面浮在水上，睁眼看着蔚蓝的天空和洁白的云层，想起那些曾经不断重复的梦，同时想到，她有多久没有游过泳，又有多久没有做过那雷同的梦了？

最后一次，应该还是出发去丽江前的那个晚上吧。

自从遇见景榆后，她就再没有做过那个梦。

一切都像是命运的安排，又像是命运对他们的考验。

奕琳收起四肢，钻进水中，向不远处的景榆游去。

而景榆，也正向着她游来，带着强健的生命气息和不惧一切的勇气。

*

如今，似乎再没有什么是能令奕琳产生摇摆的了。

也是直到这时，奕琳才真正感到自己是个大人了，并感到自己前所未有地完整，完整到就像从来没有缺失过。

她感激亲生父母带给她生命，感激现在的父母把她抚养长大，也感激遇见景榆，以及景榆的坚持。

正是景榆的坚持，让她也懂得了坚持。

或许，唯有如此，她才算是真正意义上的大人了吧。

景榆因为卖房及筹备资金的事，仍留在杭州，但来北京的次数越来越多。

张琴对景榆越来越满意和喜欢，照顾得也越加周到，还将客房收拾一新，换上了全新的床单、被褥、枕头，以便景榆留宿。

这样的待遇，即使是对林建燊，也从未有过。

张琴也很少再提及林建燊。

奕琳只知道，林建燊在被自己拒绝后，出国了好长一段时间，可能是出国散心，也可能是为国际案件出差。

*

别墅出售并不顺利，而景榆交谈过的几个朋友，大多因为近些年生意不够景气，而无法考虑资金投资。

尽管景榆轻描淡写，满怀希望，奕琳还是能感受到景榆内心巨大的压力。但他不想让她担心，她便假装不知，只叮嘱他不用着急，慢慢来，即使计划失败也不要紧，他们再一起想其他办法。

她甚至想要自己帮忙，想要告诉奕瑞刚，看看他能不能想想办法——她家里还有一套房产，也许可以拿去办理抵押贷款。

景榆赶紧阻止，让奕琳千万别提这些，他可不想一开始就仰仗她的家人。

奕琳知道景榆心中的顾忌，只好作罢。

一个多月后，景榆终于带来了好消息。一是别墅终于找到了买家；二是他联系到大学的一个同学，愿意投资，甚至愿意与他一起到北京创业。

与此同时，不知该算是好消息还是坏消息，景榆的父母为了阻止景榆卖房，同意了景榆最初的决策，即以子公司的名义和资金来进行收购。

景榆思虑再三，还是没有答应。这一次，他想要的是真正的自主权。

但考虑到父母在他的执意面前已经做出了让步，他便也让步地放弃了卖房，权当是抵押给了父母，但收购必须是以他个人的名义。

景榆的父母无奈地答应。

在决裂面前，最后妥协的终究还是他的父母。

但奕琳也知道，景榆父母虽是有所妥协，但并不意味着他们真正愿意景榆从此就留在北京，更不意味着他们赞成了他俩的恋情。更多的是，他们看景榆心意已决，毫无回旋余地，所以只能给景榆一次机会，想用成败来左右景榆最终的去留。

即使前路依旧艰辛，压力重重，但无论如何，奕琳都不会再摇摆了。

她坚定地选择支持景榆、相信景榆，也相信他们在一起，一定能够走好接下来的属于他们的人生之路。

努力了这么久，一切总算尘埃落定，景榆心头的巨石终得以放下，人生也终于有了更加确定的方向和目标。

只是到北京后，虽说准岳父母对自己都很不错，但景榆终究还是不愿意住到奕琳家，也不想住到她家的另一套房子里去，而宁愿暂时租房子住。

为此，奕琳表示了理解和支持。

而景榆更渴望的是，奕琳能从家里搬出来，跟他一起住。

转眼已是六月底，很快便是奕琳的生日了。景榆想做的，便是趁此机会，再带奕琳回一次丽江，并在那儿——他们相识的地方——向她求婚。

"过几天就是你生日了，你想怎么过？"景榆打通电话，"要不我们再去一次丽江怎么样？"

"好啊，我也正好想去。"奕琳惊喜地说。

"那你能抽出几天时间？"景榆问，"要不我们这周五就出发？"

"我最近正好把所有工作都完成了，请个两三天假应该没问题。"奕琳欢喜地说，"到时我们还可以再去一次泸沽湖，我好想去看那泸沽湖的海菜花，听说现在是开得最美的时候。"

"好啊，那就后天出发。是我去北京接你，还是我们直接在昆明机场会合？"景榆说，"要不我去北京接你吧？"

"不用了，就直接在昆明机场会合吧。"奕琳开心地说，"我想再体验一下跟你在那里相遇的感觉。"

"好啊，那就昆明见。"景榆一口答应。

第二十章

在奕琳生日的前两天，两人终于再次踏上了前往云南的旅程。

奕琳从北京直飞昆明，景榆同样从杭州直飞，抵达的时间比奕琳略早一些。

当奕琳拖着行李箱走出机场时，景榆已等候在了出口处。

奕琳扔下行李箱，跳到了景榆的身上。景榆抱住她旋转了几圈，亲着她的脸。

偌大的世界，很快就成了二人的世界。

她的眼睛没办法离开他。

他也一样。

他的小腿早已痊愈，走姿完美。

在昆明住宿过一晚，第二天，奕琳与景榆便乘早班飞机抵达了丽江。

奕琳犹豫要不要再去方姑娘的"在·自由"客栈住宿。

她怀念那里的花花草草，更怀念她与景榆曾在那里经历过的最初的怦然心动。但又不太好意思，怎么都有点像是去昭告恋情似的。

景榆说他已预订好客栈，奕琳便也用不着纠结了，与景榆乘车前往。

不料来到的竟是堪称度假酒店金字塔尖的悦榕庄。

"就我们两个人，没必要这么浪费吧？还是换一家吧。"奕琳有些抗拒。

她知道里面的最低价格都上千元一晚，认为他现在也算是创业期，还是能省则省些，不要那么浪费。

景榆规劝着，说因为明天是她的生日，他想好好给她过个难忘的生日，这两天就听他的安排，后面几天都听她的。

奕琳方才答应，与景榆一起走了进去。

整个庄园很大，犹如一个偌大的公园式小镇。

一栋栋分散又排列规律的别墅，外观皆是古老淳朴的纳西风，里面设施却又尽显现代五星级酒店的雅致与奢华。

景榆预订的是独栋别墅，带有庭院花园，花园内有一个恒温按摩池。

"这里面整个色调搭配好温馨！"进入别墅，奕琳赞叹。

"你喜欢就好。"景榆微笑。

"那前面的是不是就是玉龙雪山？看起来好熟悉。"奕琳看着远处的山峰道。

"对，就是玉龙雪山。"景榆走近，与奕琳一同观看，"这里面有五十多栋别墅，每栋别墅里面都能看到玉龙雪山，这是这里的一个特色设计。"

雪山近在眼前。往事浮现，历历在目。

简单地整理了行李，奕琳带上相机，迫不及待地想要漫步古镇。

步行不到二十分钟，两人来到了另一个古镇——束河古镇。

相对于大研古镇，束河古镇更为偏远，也更为幽静。

同样的石板路，同样的红棕色纳西建筑，同样的前庭后院，以及同样的空气与气息；同样的小桥流水，同样的鸟语花香，乃至同样的阳光与阴影。不同的似乎只有心境。

奕琳说起自己曾经与父母的旅游。父亲总是喜欢名胜古迹，而母亲更喜欢休闲度假，包括两人单位组织的旅游也大致都是如此。但对她来说都一样，都好像只是换了个地方吃饭，换了个地方睡觉。她以前从来不觉得旅游有什么好玩的，直到去年到丽江，是她人生第一次一个人旅游，感觉就完全不一样。她现在才理解，为什么有些人这么酷爱旅游。

景榆说，他也差不多，以前旅游就是吃喝玩乐，为了让身心放松，也总是一大帮的熟人，每步行程都被安排得妥妥当当，与应酬几乎没多大区别。去年他第一次独自外出旅行，没想到竟然遇见了她，也是彻底刷新了他对旅游的认知。

"来到这里，你会不会也觉得生命好像变得特别简单，变得好像只需要阳光、水和一些食物就够了，就可以快快乐乐、无忧无虑地过一辈子？"经过一座石桥，奕琳边走边说。

"还需要再加一样。"

"需要加什么？"奕琳扬头，看着光芒中景榆俊美的脸。

"加上你呗。"景榆微笑低头，一只手揽着奕琳的肩。密长的睫毛在光芒中微微扑闪，连脸上细细的绒毛也看得分明。

"你后来有跟马丁、唐糖他们联系过吗？"奕琳问。

"有跟马丁联系过，但也不是很多——你肯定想不到，他原来早就结婚了，回去不到一个月，他女儿就出生了。他居然是在他老婆怀孕八个月的时候，一个人跑出来旅游的，这亏他做得出来。"景榆笑。

"天！这我还真不知道，他居然隐婚？"奕琳说，"我也没看到他发朋友圈说生小孩儿的事。"

"他应该是没有发，或者屏蔽了我们。我也是跟他聊天才知道的……就分手那段时间，很痛苦，莫名地觉得他很亲切，就找他聊了聊……不过，话说回来，现在还是真有点羡慕他。"

"你干吗羡慕？"奕琳嗔道。

"我当然羡慕啊，他跟我一样大。"

"他明明比你大一岁。"奕琳纠正。

"年后我不就跟他现在一样大了嘛。"景榆说，又怕奕琳误会，转而又道，"放心，以后生孩子这事由你做主，我不会催你的。"

"你越说越远了。"奕琳绷了脸。

"其实也不是很远吧？"景榆一本正经。

"那你想生几个？"奕琳又忍不住问。

"两个。你呢？"

"我也是想生两个，这样有伴，就不会孤单了。"奕琳说。

"你还真就想生小孩子了？"景榆笑。

"才没有——说一下而已……"奕琳娇羞地说，做出要揍人的样子。

"嗯，其实我也没想那么早。我们的二人世界都还没过够呢，等过够了，再考虑吧。"景榆说着，趁奕琳不备，突然一把将她举了起来，压在路边的一堵墙上，脸凑上去，吻了起来。

"你放开我！"奕琳挣扎。

"我不放。"景榆继续吻着。

"有人来了！"奕琳提醒。

景榆这才放奕琳下来。

但游人明显已经瞧见了，过后，仍回头用异样又羡慕的眼神打量着他们。

逛过了束河古镇，两人又租了辆双人自行车，骑行到白沙古镇。

相比于束河古镇，白沙古镇更为寂寥，古老到有些荒凉，游人屈指可数，商业开发也极少。

有纳西族老奶奶散坐在路边，兜售染布及刺绣等自制品。

奕琳每每看到，问询过一番，都禁不住买下数个。也谈不上有多喜欢，更多只是因为喜欢这些老奶奶，想让她们开心一下。

给钱的时候，都是给张百元纸币，不用她们找零。

由于奕琳的外婆格外慈祥，奕琳对慈祥的老人一直都很喜欢。而且奕琳发现，这里几乎每个老人身上都有与她外婆相似的那种慈祥，她便犹如从她们的脸上一次又一次看见了自己的外婆一般，且为她们拍了照。

之后观赏了比较出名的白沙壁画，尝过当地人制作的各种原汁原味的小吃后，两人打道回府。

*

"我今天在束河的时候，看到有个人，跟林建燊很像，但戴了帽子和墨镜，看得也不是很清楚。在白沙的时候，我好像又看见了……就是一晃而过，感觉特别奇怪。"傍晚，两人都身穿泳衣，一起在按摩水池泡澡的时候，奕琳忍不住告诉景榆白天所发生的令她感觉奇怪的事。

"林建燊知道你来丽江了吗？"景榆在身后抱着奕琳，颦眉问。

"他不知道……应该不会是林建燊。我妈说他去了美国，很久没回来了。我只是觉得那人有点奇怪，好像在跟踪我们似的。"奕琳若有所思。

"会不会只是个游客，跟我们玩的路线差不多？"景榆说。

"有可能吧。"

"有件事，我不知道该不该告诉你，跟林建燊有关的。"景榆试探地说。

"什么事？你说。"奕琳扭头看了眼景榆。

迟疑了半晌，景榆方才开口："其实，我知道这个事，也是非常巧合。那天，跟几个人一起吃饭，其中有个人与女朋友有了矛盾，正处在僵持中，不知道该怎么办。另外一个人为了给他出主意，便讲了个真事，也是他听来的。说是有一对年轻人，估计也是情侣间闹矛盾，女方为了躲避男方，从外地跑到了杭州，一直不肯见面，后来男方用了一个计谋……"

"什么计谋？"

"就是……男方请了两个男人帮忙，假意邀请女孩的女朋友，带上女孩，一起出去玩，吃饭泡吧喝酒，男人再假装喝醉为难女孩……"

"这……这怎么可能？！"奕琳不觉激动。

"我也只是刚好听说的。"景榆顿了顿，"当听到那女孩就住在我隔壁小区的时候，我才想到这人很可能就是你。"

"你什么时候听说的？"奕琳问。

"前不久，就十几天前吧。"

"那为什么不早点告诉我？"

"我不知道你能不能接受。"景榆说。

"我是有点没法接受。"奕琳蹙起了眉头。

"我也没想到林建燊会是这样的人，竟会做出这样卑鄙的事。"景榆有些激动，转而关切地问，"你那天没什么事吧？"

"没什么事，只是……我真的没想到。"回想起当时的情景，奕琳仍心有余悸，"他怎么知道我会打电话给他？万一我没打呢？"

"就算你不打，他也会装成是偶遇。"景榆说，接着猜测，"你说，那天在维也纳酒店正好碰到，会不会也是他故意的？"

"不会吧？他根本就不知道我在那儿等你。"奕琳否定。

"说不定他有跟踪你。"景榆说。

"他跟我说，他那天正好就住在维也纳酒店……你也不要把他想得那样坏，我也不想……把他想得那么坏……"奕琳还是忍不住替林建燊辩解。

"我也没有把他想得有多坏，只是在这些事上，他做得实在太过分了……但其实我也能理解，这么多年，他可能都把感情寄托在了你的身上，他自己应该也很痛苦。"

景榆抿抿唇，接着说："只是我觉得，知道了这件事，让我放下了很多，否则的话，我真的……多多少少……还是有点担心，怕万一有一天，我们的感情出现点问题，你就又重新想起他的好。

"但我现在再也不会这么想了。我前前后后仔细想了下林建燊的所作所为，才发现他真的跟我们不一样，真的不值得你喜欢。为了得到你，他一直都在使用手段，而且不择手段。你跟他根本就不是同一类人，相差太大了，所以你才会不喜欢他了，我说得对不对？"

"你到现在才终于肯相信我了？"奕琳再次感到了委屈。

"对不起。"景榆愧疚地在奕琳头顶上亲了亲，说，"当时，我确实是被他的那封信给感动了。现在看，不过都是他的一种手段。他的文笔确实不错，很感人，不愧是做律师的。"

"你相信了就好。反正在见到你之前，我心里没有任何一个人，所以一见到你，我就喜欢上你了。"奕琳转过身，瞧着景榆。

"是吗？"景榆窃喜，"可你刚刚说的，我好像没太听清楚，你能再说一遍吗？"

"没听清楚那就算了，有些话我只说一遍。"奕琳拒绝。

"那你就只说你爱我，这总可以吧？"景榆哄道。

"这句我也已经说过了。"

"但这句不能只说一遍，我要每天都听你说。"景榆把脸凑近奕琳耳朵，边吻边说。

"我爱你。"奕琳妥协。

"我也爱你。以后我们有任何事，都要对对方说出来，知道吗？等我们都真正了解了对方，就不会再这么容易产生误会了。"景榆说罢，吻起了奕琳。

"嗯。"奕琳应着，回吻景榆。

数分钟后，景榆将奕琳抱了起来。

奕琳双臂勾着景榆的脖子，与他四目相对。

"你之前瘦了很多，现在好像又胖回来了，这样刚刚好。"景榆抱着奕琳，从池子里起身，离开浴池，边走边说，"我喜欢你胖一点。"

"我不喜欢。"

"我喜欢就行。我想问你个事——林建燊有见过你穿泳衣吗？"

"干吗问这个？"

"就好奇一下。有没有？"

"有啊。"奕琳答道，"他妈妈和我妈妈都喜欢泡温泉，他在国内的时候，有拉我们一起去。怎么啦？你不会又——"

"又什么？"景榆笑看着奕琳，亲了一口，说，"我不会又嫉妒的，放心。"

"我想起一件事，"奕琳若有所思，"我妈好像每年都会带我到有海的地方去度假，从小就这样。我跟她游玩去得最多的地方就是海边。但她又很不放心我一个人在海边玩——你说，这会不会跟我的身世有关系？"

景榆想了想，说："也有可能吧。"

"嗯，算了，不说了，是不是都没有关系。"奕琳继续看着景榆，眼睛里流露着越发炙热的渴望，柔声说，"我好喜欢听你唱张学友的那首《深海》，什么时候去卡拉OK，我想再听你唱。"

"你想听的话，随时都可以，我以后每天都唱给你听。"景榆说着，埋头亲吻起奕琳，并加快了步伐。

*

第三天，奕琳的生日。

奕琳完全没有想到，景榆不仅仅是为她过生日，还会在这天单膝跪地向她求婚。

上午，两人打车到山脚，随后徒步，再次去那个女网红的姐姐家看望了孩子们。

女网红的小儿子依然由她姐姐带着，看起来很健康，也活泼了一些。

奕琳见到后，放心了许多。

之后，奕琳说出自己想要以后每年都资助他们的学业，直至他们成年的决心，景榆也毫不犹豫地给予了支持和肯定。

回到拉市海后，景榆便将奕琳带到了一片树林中，它就如奕琳曾经梦到过的那片岛上树林。

树林不大，整个都被精心布置过，鲜花、气球，一样不少，如色彩斑斓的童话世界，浪漫袭人。

奕琳起先自然是不知道的，以为树林里即将搞什么活动，拉着景榆要去看看。

树林里寂静无人，却有音乐在播放，旋律熟悉。当她听清正是他们所喜欢的 *Our Journey* 时，她惊喜地想要告诉他，这时才看清，那些新鲜的玫瑰花拼成的爱的花语里，有着他们的名字和照片。

他在她的面前单膝跪下，向她呈上他早已准备好的钻石戒指，她立即感动得泪流满面。

他说，据说婚姻是女人的第二次生命，他希望自己是给予她第二次生命的那个人，从此就由他来照顾她一辈子，问她愿不愿意嫁给他。

她流着泪，点着头说，她愿意。

他为她将戒指戴上，将她紧紧拥在怀里。

之后，奕琳问景榆为什么会选择这里，是不是因为她对他说过，这里有点像是她梦里的岛。

景榆说，不仅因为这里像她的梦境，还因为这里是他萌生想要与她一辈子在一起的想法的地方。

她说，谢谢他这么爱她。

他说，也谢谢她选择让他来爱她。

*

回到别墅，奕琳才知道原来趁着他们不在的时候，别墅与庭院也同样被景榆请策划公司派人来装饰过。

卧室内摆放了许多红玫瑰，洁白的床上有由大量玫瑰花瓣组成的爱心形状。

两人在遍布玫瑰花瓣的床上，以前所未有的如痴如醉，获取着彼此，并沉醉于这种永恒般的获取当中。

玫瑰花瓣如祝福语般，撒落一地。

音响里正循环播放通常婚礼上会播放的音乐，欢快、炙热又深情地表达着此情的不渝。

奕琳感到，似乎仅这一天，她便与景榆已共度过漫长的一生。

她眸子清亮，眼神迷离，肌肤白嫩而粉红，在多彩的色泽里，焕发着生命升华的光。

直到晚上，在别墅张灯结彩的后院里，才真正是为她庆祝生日。

二十五周岁的生日。

他为她在生日蛋糕上点燃了五根蜡烛。

她许下心愿，将蜡烛吹灭。

除去霓虹灯光，天上的月亮也很明亮，虽不是满月，但也即将圆满了。

晶莹皎洁，温情脉脉。

景榆抬头看了月亮片刻，像是想起了什么，拉奕琳站起来。

"你要干吗？"奕琳笑问。

"我们来拜拜这月亮，就让它来当我们今天的证婚人。"景榆说，仍看着月亮。

"是真的要拜吗？"她问。

"嗯，来吧。"景榆说着，双腿跪了下去，奕琳也赶紧跟着跪了下去。

他们双手合十，拜过之后，重新坐回到椅子上。景榆商量着说，他想回去后就与她领证结婚，至于婚礼，可能需要再晚一些，不知她是否在意。

奕琳问为什么要这么急。

景榆便把自己想要与她同居的想法说了。

奕琳犹豫了一下，腼腆地答应了下来。又说，如果他父母还是反对的话，可以先不告诉他们，但可以告诉她的父母，这样她就可以从家里搬出来，跟他一起住。

景榆开心地赞同。

*

仍旧是夜晚，她与他相拥着，商量起明天的行程。

明天他们将前往泸沽湖，她担心他开车太累，提议还是坐客车去。

他说他还是想要租车，像上次那样，有二人的世界。而且只要她在旁边，他就一点都不会觉得累。

"好期待明天可以看到海菜花。"奕琳说。

"我也很期待，能见见你梦里的花。"景榆说。

"可我已经好久没有梦到它们了。"

"你还想梦到它们吗？"

"不想。"奕琳贴紧着景榆，低声说，"我觉得我现实中已经有了。"

"你是在说我吗？"

"嗯。"奕琳点头应了一声，说，"景榆，我好爱你。"

"还叫我的名字？你忘了你该叫我什么了？"景榆说，声音轻柔，"你下午不是一直都在叫吗？"

"老公，我好爱你！"奕琳甜蜜中略带羞涩。

"老婆，我也很爱很爱你。"景榆边亲吻着，边将奕琳越抱越紧。

丽江，大研古镇的一间酒吧。

林建燊坐在昏暗的一隅，独自饮酒，眼睛里密布着猩红的血丝。

爱情的烈焰在明亮处绽放，它有多美，躲在暗中的他，面目便有多狰狞。

真实地见证了他们的浓情蜜意，他更是嫉妒到快要发狂，心痛到有血流喷涌之感。

从丽江到泸沽湖的路上，他一直驱车尾随在两人的越野车之后。

他始终头戴棒球帽，鼻子上方架一副宽大的墨镜。

曲曲折折的丽宁公路，蜿蜒绵长。一面是山体，一面便是万丈悬崖。

他能想象到在前面的越野车内，两个人是如何卿卿我我、春风得意。

而他永远都得不到那样的幸福，哪怕一分一秒。

他注视着前面的拐角，用右手压了压帽檐，再握紧方向盘，做好加速与急刹的准备。

顷刻间，车身向前冲刺，耳畔一声紧接一声的巨响。

身体前俯后仰，车灯刺眼，冷汗淋漓。而那辆黑色越野车，似乎从眼前坠入悬崖，且不停地翻滚……

突然一串紧急的喇叭声唤回了他的意识，他向前望去，二人的黑色越野车依然安稳地行驶在路上。

他暗中捏了把汗，很深地吸吐了几口气，转动方向盘，掉头行驶。

桌上堆满了啤酒瓶，有的已空，有的仍是满的。

他大口地喝着酒，用充满血丝的眼睛，呆滞地扫视着整个酒吧。

他知道，他已经彻彻底底失去了她，包括做朋友的资格。

他似乎已被整个世界抛弃。

他费尽心思，不顾一切，终究挽不回他的爱情。

他其实早已知道，在两年前，她便已经不再对他有从前的感觉。

只是他不愿意承认，以为回国就可以扭转乾坤。

但他到底还是输了，输得如此彻底。

为防止再冲动，他颓然地删了跟踪她的软件。就让他们爱去吧，那狗屁的爱情，迟早也不过是繁花一梦。

无论如何，他是不会相信这样的地方能产生真正的爱情的。

他们也不可能。

最多不过就是荷尔蒙在作祟，一时错乱的激情而已，他们迟早会尝尽苦头。

恍惚间，他看到了她正走进这间酒吧。

与她一起进来的，不是那个让他嫉妒到发狂的男人，而是一个女孩。

个子比她略高一些，穿着紧身条纹衣，个性看起来有几分张扬。

她却是内敛的，被条纹衣女孩拉着朝他的方向走来。

近了看，仍旧是很像的。

当然并不是她——怎么可能是她呢？

只是，奇怪的是，他居然还是心跳加速了起来。

这么多年，他的心一直没有放下过她，极少会对其他女孩产生心跳加速的感觉。

"真见鬼了。"他在心里骂道，怀疑只是自己喝多了，眼睛花了。

"你好，请问这里有人坐吗？"条纹衣女孩愉快地问。

他摇了摇头，未说话，只是顺带又瞟了她一眼。

条纹衣女孩拉着女孩在对面坐下。

他依然未动声色，自顾自饮了口酒。

"你一个人吗？"条纹衣女孩见他未回答，又说，"请问你是哪里人？"

"北京。"他回了一句，"要不要喝酒？"

"好啊。"条纹衣女孩高兴起来，说，"我们两个都是深圳的。很高兴认识你，我叫小果，她叫可雯——我闺密。"

"你好。"可雯略显紧张地点头招呼。

他想告诉她，她长得挺像他喜欢的一个女孩。但话到嘴边，又咽了回去，只是职业性地探起身，向她伸出了手，说："你好，我叫林建燊。"

（完）